I0673677

www.ingramcontent.com/pod-product-compliance
Lightning Source LLC
Chambersburg PA
CBHW020644260626
47157CB00008B/2902

* 9 7 8 1 9 9 0 1 5 7 1 3 4 *

|انتشارات انار|

| نسرین تقی‌زاده | از داستان‌های ایران - ۲

انار ترش

قصه‌ای به روایت یک مادر

کنون، ای سخن‌گوی بیدار مغز

یکی داستانی بیارای، نغز

انار ترش ـ قصّه‌ای به روایت یک مادر

از داستان‌های ایران-۲

نویسنده: نسرین تقی‌زاده دزفولی

دبیر بخش «از داستان‌های ایران»: بنفشه حجازی

ویراستار: رضوان نظری بسطامی

مدیر هنری و طراح گرافیک: عبدالرضا طبیبیان

چاپ اول: بهار ۱۴۰۰، مونترال، کانادا

شابک: ۴-۱۳-۹۹۰۱۵۷-۱-۹۷۸

مشخصات ظاهری کتاب: ۲۱۲ برگ

قیمت: ۱۱٬۵ £ - ۱۳٬۵ € - ۲۰ $ CAD - ۱۶ $ US

نشانی: 746A, Plymouth Av., Montreal, QC, Canada

کدپستی: H4P 1B1

ایمیل: pomegranatepublication@gmail.com

اینستاگرام: pomegranatepublication

انتشارات انار

پیشکش به
تمامِ مادران ناخواسته

فهرست برگ

سخن نویسنده

قصّه‌ای که در ادامه خواهید خواند روایت‌گر زندگی طیف گسترده‌ای از زنان ایران و حتّی جهان است. قصّه از نگاهی زنانه روایت شده و همهٔ اتّفاقات، بیش‌تر از آنچه که بیرون از قصّه به نظر می‌رسند جانفرسا بوده‌اند. من کوشیده‌ام فشار روانیِ تحمیل شده بر شخصیّت اصلی را در قصّه منعکس کنم. شاید اگر قصّه از منظر شخصیّت‌های مرد روایت می‌شد با وجه دیگری از اتّفاقات روبه‌رو بودیم. انتخاب شهر، قوم و جامعه‌ای که قصّه در آن رخ می‌دهد بر حسب شناخت من از اقوام و شهرهای ایران صورت گرفته است. با توجّه به مراوداتی که این حقیر با قوم بزرگ لر داشتم تصمیم گرفتم با انتخاب جامعه‌ای از افراد این قوم، ضمن استفاده از ظرفیت‌های اقلیمی لرستان برای فضاسازی‌های مناسب قصّه و به تصویر کشیدن بخشی هرچند اندک از آداب و سنن این قوم، حوادث قصّه را

درمیان انسان‌هایی که مظهرکاملی از نمود هویت ایرانی هستند پیش ببرم. جامعهٔ تصویرشده نماد هویت قوم لر نیست و این طیف از انسان‌هایی که در قصّه هستند بالقوّه می‌توانند متعلّق به هر قوم یا ملّیّتی باشند. قطعاً قوم بزرگ لر مانند هر قوم دیگری دربرگیرندهٔ اقشار مختلف انسان‌ها با تفاوت‌های زیاد در تفکّر و طبقات اجتماعی است.

امید دارم روزی جهان جای بهتری برای همهٔ ما باشد.

۱۳۹۹/۱۱/۲۵

بخش یکم

با آقایی تو باغ انار نشسته بودیم، براش قرآن می‌خوندم. از این که نوه‌اش انقدر قشنگ قرآن می‌خوند لذّت می‌برد، بهم لبخند می‌زد و دونه‌های تسبیح رو بی‌ذکر می‌انداخت.

– پول می‌دم به بابات هرچی دلت خواست برات بخره.

علیرضا یه صندوق انار چیده بود و داشت از ته باغ با خنده می‌اومد.

براش دست تکون دادم.

– می‌خوای بیام کمکت؟

دستش و کشید سمت ته باغ!

– نه برو کمک محمد.

جایی که ما با آقایی نشسته بودیم روز بود ولی ته باغ انگار شب بود. ترسیدم

ولی دوست نداشتم کسی بفهمه که ترسیدم. رفتم ته باغ. محمد داشت به جای انار شاخه‌های سبز درخت رو می چید. نگام کرد، صورتش شبیه محمد نبود ولی می‌دونستم که محمدِ. باید می‌رفتم کمکش ولی می‌ترسیدم. یه نفر صدام کرد برگشتم بی بی بود.

- درخت‌ها مقدّسند، شاخه‌هاش رو نچینید. توام کمک محمد نکن برو پیش بچّه‌هات.

دستش رو کشید سمت دیگهٔ باغ. سه تا بچّهٔ کوچیک بودند، یکیشون شبیه بچّگی‌های تیام بود ولی فکر می‌کردم توفانِ. یکیشونم خود تیام بود. یکیشون هم شبیه بچّگی‌های خودم بود ولی توی خواب فکر می‌کردم فریباست. توی خواب فکر می‌کردم فریبا هم بچّهٔ منه. بچّه‌ها کنار حوض بازی می‌کردند، رفتم بیارمشون مبادا بیفتند توی حوض. توفان رو بغل کردم و دست تیام روگرفتم، خواستم دست فریبا رو بگیرم که فاطمه از ته باغ داد زد:

- به بچّهٔ من کاری نداشته باش. بچّهٔ منِ به تو مربوط نیست. صورت فاطمه شبیه خودش نبود. نمی‌فهمیدم شبیه کیه. یک کم شبیه جوونی‌های مامان بود انگار. ازش ترسیدم، فکرکردم فریبا بچّهٔ منِ، ولی از ترس فاطمه ولش کردم. با بچّه‌ها از حوض دور شدم. فریبا افتاد توی آب. جیغ کشیدم و از خواب پریدم. وقتی صادق رسید بالای سرم داشتم گریه می‌کردم. چقدر دلم برای بچّه‌هام تنگ شده بود.

- بیدار شدی، خواب بد دیدی تموم شده.

- همهٔ زندگی من خواب بده.

بلند گفتم و بلند بلند زاری می‌کردم.

- آروم‌تر عزیزم آقای کرامت پایینِ صدات رو می‌شنوه. زشته بلند شو سر و صورتت رو بشور. تو همین آشپزخونهٔ بالا همه چی هست سر حوصله صبحانه بخور بیا پایین.

بی‌صدا گریه می‌کردم. تو دلم فکر می‌کردم چقدر دلت خوشِ صادق تو این وضعیت به فکر صبحانه‌ای!

دست و صورتم رو شستم سر و وضعم رو مرتّب کردم. همون لباس‌های پاره و کثیف دیشب رو پوشیدم و رفتم پایین. صادق و آقای کرامت مشغول حرف زدن بودند. آقای کرامت رو قبلاً زیاد دیده بودم ولی هیچ وقت حرفی بیش‌تر از احوال‌پرسی بینمون ردّ و بدل نشده بود. هر وقت می‌اومد شرکت بدون انتظار وارد اتاق صادق می‌شد، جلوی پام بلند شد، تعجّب کردم انگار اینجا تو خونۀ صادق اهمّیّت دیگه‌ای داشتم روی مبل کنار صادق نشستم.

ـ یه چیزی می‌خوردی.

ـ اشتها ندارم.

ـ حدّاقل یه لباس دیگه از تو کمد برمی‌داشتی.

ـ لازم نیست اوّل می‌ریم خونه لباس عوض می‌کنم.

آقای کرامت شروع کرد به حرف زدن از پروسۀ طلاق و نفقه و مهریه و دیه و بچّه‌ها از همه چی حرف زد. جوری ساکت بودم که انگار با دقّت گوش می‌دادم ولی هیچی نمی‌شنیدم. کلمات از کنار گوشم رد می‌شدند بدون این که درکشون کنم. از یه جایی شروع کردم به گریه‌کردن. به احترامم ساکت شدند و هیچ کدوم سعی نکردند آرومم کنند یا ازم بخوان که گریه نکنم. اشک‌هام که تموم شد گفتم من آماده‌ام، می‌تونیم بریم. امید داشتم بچّه‌ها رو تو خونه ببینم من و کرامت سوار ماشینش شدیم سمت خونمون رفتیم. تمام مدّت تو راه فکر می‌کردم، فکرهایی که بعد از گذر از ذهنم فراموش می‌شدند؛ انگار مغزم داشت مشکلات و استرس‌هاش رو نشخوار می‌کرد. دلم می‌خواست علیرضا خونه نباشه ولی بچّه‌ها خونه باشند. می‌دونستم امکان نداره این‌جوری باشه ولی ته دلم امید داشتم. وقتی رسیدیم کرامت می‌خواست جلوی در تو ماشین منتظر بمونه ولی من ازش خواهش کردم باهام بیاد بالا. خواهشم رو پذیرفت ولی داخل واحدمون نیومد، در رو باز گذاشتم،

اونم جلوی در موند. احساس می‌کردم کسی توی خونه منتظرمِ تا من رو بُکُشه امّا کسی توی خونه نبود. ظرف‌های کثیف دیروز هنوز توی سینک بودند. از دیدنشون اشک‌هام سرازیر شدند. وسایل بازی تیام و توفان وسط سالن بودند. یکی از صندلی‌ها رو زمین افتاده بود، فکرکردم حتماً سرم به این خورده ولی زود به خودم اومدم. باید خیلی سریع وسایلم رو جمع می‌کردم، بزرگ‌ترین چمدون رو از بالای کمد درآوردم و شروع کردم به جمع کردن وسایل. از مدارک شروع کردم، شناسنامهٔ خودم و بچّه‌ها، سند ازدواج، دفترچه بیمه، فاکتورهای خرید طلا و طلاهام رو هم برداشتم. عکس‌های بچّه‌ها رو هم گذاشتم. نمی‌دونم چرا یه جوری چمدون می‌بستم که انگار هیچ وقت قرار نیست برگردم. احساس نا امنی می‌کردم. اون خونه دیگه واسم امن نبود. باید فرار می‌کردم. لوازم آرایشی بهداشتی و لباس‌هام روگذاشتم. کفش‌هام رو توی نایلون پیچیدم وگذاشتم. برای همهٔ وسایل جا نبود. باید از بعضی وسایل چشم‌پوشی می‌کردم. چند دست از لباس‌های بچّه‌ها رو هم گذاشتم. بالاخره می‌اومدن پیش من. زیپ چمدون رو بستم و در رو بازکردم. کرامت چمدون رو از دستم گرفت. در آسانسور باز شد، علیرضا رسید. از استرس ماتم برد. علیرضا داد می‌زد و فقط می‌دیدم عصبانیِ. نمی‌فهمیدم چی میگه! هولم داد داخل، مقنعه‌ام رو مچاله تو دستش گرفته بود داشتم خفه می‌شدم، سرم داد می‌زد امّا نمی‌فهمیدم چی میگه. مقنعه‌ام رو ول کرد و با دو تا دست‌هاش گلوم رو گرفته بود. کرامت باکفش اومد تو، خواستم بگم باکفش نیا، من هر روز اینجا رو طِی می‌کشم، طِی کشیدن کار سختیِ. ولی صدام در نمی‌اومد. کرامت علیرضا رو می‌زد و تکون می‌داد. من و علیرضا با هم تکون می خوردیم، علیرضا من رو ول کرد، افتادم روی مبل. سخت نفس می‌کشیدم. هنوز فکرهای مسخره تو سرم می‌اومد. زیور جلوی در ایستاده بود. علیرضا داشت کرامت رو می‌زد. یعقوب داشت سعی می‌کرد علیرضا رو جداکنه ولی زورش نمی‌رسید. صدای ماشین پلیس اومد زیور رفت پایین و با پلیس برگشت.

من همون جا روی مبل نشستم. گریه نمی‌کردم ولی اشک‌هام خودشون می‌ریختند. کرامت با پلیس‌ها حرف می‌زد و علیرضا هنوز داد می‌زد. قرار شد بریم کلانتری.

به دست علیرضا دستبند زده بودند. تو راهروی کلانتری رو به روی من نشسته بود. کرامت داخل اتاق بود و داشت با پلیس حرف می‌زد.

- بچّه‌ها کجان؟

- تو بچّه‌ها برات مهمّند؟

- به تو ربطی نداره چی برای من مهمِّ چی مهم نیست. ازت سوال پرسیدم مثل آدم جواب بده!

- تهران، خوب خرابت کرده با من این جوری حرف می‌زنی آخه آدم انقدر کم جنبه!

هیچی نگفتم. اونم دیگه چیزی نگفت. کرامت شکایت‌نامه رو تنظیم کرد. هم از طرف خودش هم از طرف من. علیرضا رو توی کلانتری جاگذاشتیم و رفتیم. تازه دیدم کرامت چمدون رو هم گذاشته تو ماشین. رفتیم پزشکی قانونی معاینه‌ام کردند، جای دست‌های علیرضا دور گلوم مونده بود. جای خفگی رو هم نوشتند. کرامت آشنا داشت همه چیز رو پر و پیمون نوشتند.

بعد از پزشکی قانونی نزدیک عصر شده بود.

- باید بریم نهار بخوریم وگرنه دوتامون از حال می‌ریم مخصوصاً تو که صبحانه هم نخوردی.

چیزی نگفتم، سکوتم رو هرجور دلش خواست تعبیر کرد. رفتیم رستوران، تمام مدّت من ساکت بودم. ذهنم انگار داشت خودش با خودش حرف می‌زد. صداهای تو سرم رو می‌شنیدم ولی نمی‌فهمیدم خیلی گرسنه بودم، غذا می‌خوردم یه صدای بلندی تو سرم گفت: "یعنی بچّه‌ها نهار خوردن!" این جمله رو خوب شنیدم، خوب فهمیدم، بغضم ترکید. بلند گریه کردم. کرامت سعی می‌کرد آرومم کنه، امّا چندان موفّق نبود، هرچی گریه می‌کردم خالی نمی‌شدم.

- حالاکه آروم نمیشی بلند شو بریم، زشته همه دارن نگات می‌کنن.

تازه متوجّه بقیهٔ آدم‌ها شدم، رفتیم تو ماشین. هنوزگریه می‌کردم.

- من بچّه‌هام رو می‌خوام. بدون بچّه‌هام نمی‌تونم، دیگه طاقت دوریشون رو ندارم. تو این شهر بزرگ معلوم نیست بچّه‌هام رو دست کی می‌ده!

- باید صبور باشی، مطمئن باش حال بچّه‌هات خوبه.

- می‌خوام ببینمشون.

- اگه نمی‌خوای برگردی پیش علیرضا باید تحمّل کنی، باید صبرکنی همه چیز روند خودش رو طی کنه.

- من روکجا می‌بری؟

- آپارتمان مجرّدی صادق.

یک کم به تنهایی احتیاج داشتم. برعکس تصوّرم آپارتمان مجرّدی صادق چیزی از یه خونهٔ کامل کم نداشت. از شرکت دور بود. توی یه محلهٔ خلوت با کوچه‌های پهن و پر از ساختمون‌های لوکس. ساختمونش علاوه بر سرایدار نگهبانی داشت. لابی بزرگی داشت و دو تا آسانسور داشت. واحد صادق بزرگ بود. دو برابر آپارتمان ما بود حتّی شاید بزرگ‌تر. چهار تا اتاق خواب داشت که دوتاش مستر بود، تراس خیلی بزرگی داشت با یه منظرهٔ خیلی قشنگ. کرامت همراهم تا بالا اومد، چمدونم روگذاشت تو یکی از اتاق خواب‌ها. تمام وسایل خونه لوکس بودند. کلید روکه بهم داد راجع به همسایه‌ها حرف زد وگفت که خیلی باهاشون تعامل نکنم و من اینجا موقّتم، هرچی کم‌تر بقیه ببیننم بهترِ. کرامت که رفت و در رو بست احساس کردم تو پیلهٔ امن خودمم. احساس کردم رو زمین نیستم، استرسم کم شد. این جا دست هیچ‌کس به من نمی‌رسید. چمدونم رو بازکردم، کمد اتاق بزرگ و خالی بود، وسایلم رو چیدم توکمد؛ لباس‌های بچّه‌ها رو هم درآوردم. کاش این خونه مال من بود کاش توفان و تیام هم اینجا بودن. کاش می‌شد سه تایی زندگی کنیم. دوباره گریه کردم ولی گریه‌ام آروم و بی‌صدا بود. فکرکردم آب حالم رو بهتر می‌کنه. حمام

رفتم. خاطرات گذشته می‌ریختن تو ذهنم، چی شد که به این‌جا رسیدیم؟ یادم اومد علیرضا می‌اومد دنبالم و با هم تا خونهٔ آقایی پیاده می‌رفتیم. فکر می‌کردم همهٔ عالم به راه رفتن من نگاه می‌کنند. علیرضای اون روزها رو چقدر می‌شد دوست داشت، بهم توجّه نمی‌کرد، ابراز محبّت هم اگه بلد بود واسه من نمی‌کرد. ولی بود، رویاهاش و فکرهاش و بودنش رو با من تقسیم می‌کرد. برنامه‌هاش همه به پولدار شدن ختم می‌شد. هیچ جای برنامه‌های آینده‌اش خوشبخت کردن من نبود. فقط می‌خواست برنده شه. تو رقابتی که با میثم برای خودش ساخته بود دوست داشت برنده شه. من مهم نبودم، علیرضا عاشق برنده شدن بود. من رو برنده شد ولی نمی‌دونست حالا باید چی‌کار کنه!! شاید هم اصلاً از این خبرها نبود. شاید فکر این که علیرضا عاشق من شده ساختهٔ ذهن من بود! من نمی‌دونستم چی می‌خوام، مگه کسی گذاشت من بفهمم چی می‌خوام. علیرضا هم مثل من تنها فرقش اینِ که اون الان هرکاری می‌خواد می‌کنه ولی من... دلم نمی‌خواد از حموم برم بیرون. وان رو پر از آب گرم کردم و توش درازکشیدم، فکر می‌کنم و اشک می‌ریزم. فکر می‌کنم من زن بدی‌ام؟! من بی‌بند و بارم؟! چی شد که از علیرضا بریدم؟ از یه جایی به بعد دوسش نداشتم؟ تنها بودم؟ اصلاً حق داشتم دوستش نداشته باشم. الان بابا و عمو راجع به من چه حرف‌هایی می‌زنن؟ حتماً می‌گن تهران خرابش کرد! حتماً می‌گن بی‌جنبه بود. حتماً می‌گن گستاخی کرد. حتماً دلشون می‌خواد ادبم کنند. مامان چی فکر می‌کنه؟ دلش می‌خواد بهم کمک کنه یا فکر می‌کنه باید بی سر و صدا زندگیم رو می‌کردم! اصلاً علیرضا بهترین مرد زمین، چرا من حق ندارم دوستش نداشته باشم!

اصلاً حق داشتم دوستش نداشته باشم! از این همه فکری که مثل آبشار می‌ریخت تو سرم خسته بودم. دلم می‌خواست اصلاً فکر نکنم، صدای موبایلم می‌اومد، حوله پوشیدم و رفتم بیرون. صادق بود.

- سلام!

- سلام حالت چطورِ؟ بهتری؟

- آره بهترم.

- یک کم استراحت کن.

- آره می‌خوام مسکّن بخورم بخوابم.

- باشه عزیزم هرچیزی خواستی تماس بگیری سرایداری راهنماییت می‌کنن، شماره سرایداری تو دفتر تلفن کنار تلویزیون هست.

- باشه عزیزم ممنونم.

- به هیچ چیزی فکر نکن همه چیز درست می‌شه.

- امیدوارم، ممنونم.

- شب میام پیشت.

- مرسی عزیزم.

تلفن رو قطع کردم و گوشی رو سایلنت کردم، از تو کیفم مسکن برداشتم و خوردم. با همون حوله افتادم تو تخت. هنوز تو سرم پر فکر بود، پر صدا بود، صدای مامان بود.

- من تو رو این جوری تربیت کردم؟! بچّه‌هات رو ول کردی به امون خدا!

تو دلم جوابش رو می‌دم: "مثلاً تو من رو ول نکردی به امون خدا؟کِی به این فکر کردی که چی واسم بهترِ. فقط خواستی خودت تو تنش نباشی، یه عمر واسه دنیا تو قیافه بودی از همه چیت واسه هیچ چی گذشتی، تهش چی شد؟! من نمی‌خوام یکی بشم عین تو".

مامان اخم می‌کنه، ناراحت می‌شه و گریه می‌کنه. بابا از راه می‌رسه.

- زندگی کلّ طایفه رو به هم می‌ریزی. دیگه من روم می‌شه تو کوهدشت سرمو بلند کنم؟ تو می‌فهمی آبرو چیه؟!

- نه من نمی‌فهمم آبرو چیه، نمی‌خوامم بفهمم، فقط دوست دارم بدونم خودم کی هستم؟ دلم چی می‌خواد! این دل رو خدا به من داده.

محمد دست خالی نمیاد، با چاقو اومده سر ببره.

- این حرف زدن حالیش نمیشه این رو فقط باید بسپارین دست من.

میاد دنبالم فرار می‌کنم، دلم می‌خواد وقت بشه بهش بگم یه عمر عزیز دردونه بودی که حالا جلّاد بشی.

بهم نزدیک می‌شه می‌ترسم جیغ می‌کشم.

صادق بیدارم می‌کنه چشمام رو باز می‌کنم، ملحفه تو دست‌هام مچاله است، چشمام رو از صادق برنمی‌دارم.

هنوز می‌ترسم فکر می‌کنم محمد همین دور و برِ.

- مریم عزیزم خواب بدی دیدی؟

با گریه می‌گم:

- هیچ‌وقت انقدر ضعیف و زار نبودم.

تو دلم فکر می‌کنم لازم نبود قوی باشم تا بفهمم چقدر ضعیف و زارم.

- خواب نبود واقعیت می‌دیدم. صادق تو مواظب من هستی؟ صادق کمکم کن.

- باشه نگران نباش من مواظبتم.

بغلش می‌کنم، گریه می‌کنم، فکر می‌کنم نکنه از من و گریه‌هام خسته بشه، بلند می‌شم، صادق از اتاق بیرون می‌ره. تنهایی تو اتاق می‌ترسم ولی چیزی نمی‌گم نمی‌خوام درمونده باشم، تند تند لباس می‌پوشم از اتاق بیرون می‌رم، صادق تو آشپزخونه داره میز می‌چینه، کلّی خوراکی خریده، یخچال رو پر کرده.

چقدر خوبه که دارمت، چقدر خوبه که هستی

- من خیلی گرسنمه تو چی؟

- منم خیلی.

گرسنه‌ام نبود. اصلاً میلی به غذا نداشتم فقط دلم خواست به پاس حضورش همراهیش کنم. صادق شبیه خانم‌های باسلیقهٔ تهرانی میز می‌چینه، چقدر ظریف و با دقّت. من چرا هیچ‌وقت انقدر با سلیقه نبودم؟! یعنی زنانگی من کم‌رنگ بود؟ خب

کسی به من یاد نداد که باید با سلیقه باشم که باید با ظرافت میز بچینم. اگه من بودم کالباس‌ها رو با نایلون می‌ذاشتم تو ظرف ولی صادق کالباس‌ها رو از نایلون درآورد، تو ظرف گذاشت، برش زد، دورش زیتون چید، تو یه ظرف دیگه خیارشور و گوجه خورد کرد. چقدر همه یه دست و یه اندازه! احساس کردم من یه زن شلختهٔ پخمه بودم. علیرضا حق داشت بره زن بگیره، باید باهاش می‌موندم، حق نداشتم انقدر هرز بپرم. حق ندارم طلاق بگیرم. غذا که خوردیم خواستم میز رو جمع کنم صادق نذاشت.

- چقدر ساکتی! نگران نباش آینده زیباست.

چه جملهٔ قشنگی گفت. چقدر به دنیا اعتماد داره من چقدر از دنیا می‌ترسم.

- ما این‌جا یه قلیون بزرگ قجری داریم که هرکی باهاش می‌کشه احساس می‌کنه خانِ و ملّت همه رعیتش هستند. الان برات چاقش می‌کنم. صادق می‌رفت و می‌اومد، قلیون چاق می‌کرد. نوشیدنی آورد، با هم توی تراس نشستیم قلیون می‌کشیم و به امید آیندهٔ زیبا نوشیدنی می‌خوریم، خیلی خسته‌ام، این از خوش شانسیِم که خسته‌ام و از آرامش حضور صادق مثل سنگ خوابیدم.

صبح ساعت نه و نیم بیدار شدم صادق رفته سرکار. باهاش تماس می‌گیرم، گفت اگه خودت دوست داشتی بیا. اگه نه تو خونه استراحت کن، دلم نمی‌خواست از خونه بیرون برم، فکر می‌کنم دنیای بیرون نا امنِ. فکر می‌کنم علیرضا چند نفر رو مامور کرده دنبالم باشن، فکر می‌کنم شاید بلایی سرم بیارن. رفتم تو تراس، آفتاب قشنگی می‌تابِ، روی صندلی تو تراس لم می‌دم از هوا و منظره‌ها لذّت می‌برم، دلم نمی‌خواد از این خونه تکون بخورم، ساعت نزدیک دوازدهِ، گرسنه‌ام شده ولی حوصلهٔ هیچ کاری رو ندارم. پیش خودم فکر می‌کنم اگه آشپزی کنم حواسم از همه چی دور می‌شه، می‌رم آشپزخونه شروع می‌کنم به آشپزی. تلویزیون رو روشن کردم یه آهنگ ملایم پخش می‌شه یک کم دنیام آروم‌تر شد، ذهنم گول خورد که همه چی عادیِ ولی دلم آشوبِ، دل گول نمی‌خوره. چنان تو استرس و وحشتم که دل و روده‌ام به هم می‌خوره. به صدای جلز و ولز پیاز گوش می‌دم چقدر این

صدا قشنگِ. همیشه این صدا روگوش دادم ولی هیچ‌وقت قدِ الان ازش لذّت نبردم، همیشه عجله داشتم زود غذا آماده بشه همیشه آدم‌های گرسنه‌ای بودند که باید سیر می‌شدند. کاش بچّه‌ها بودن، کاش داشتم این غذا رو برای اون‌ها می‌پختم ولی اون‌ها نبودن، توی یک سلّول انفرادی هستم، وقتی تنها باشی دنیا می‌تونه سلّول انفرادی باشه، ناخودآگاه شروع کردم به پختن ماکارونی، تیام چقدر این غذا رو دوست داشت. کاش بودی پسرم، حالا دست پخت کی رو می‌خوری؟ نکنه اون مامان بهتریِ! نکنه بیش‌تر دوستش داری! ترجیح می‌دم غذاش بدمزّه باشه، باهات بد اخلاق باشه تا هنوز من رو دوست داشته باشی، یعنی دلت برام تنگ شده! یعنی توکه بچّهٔ خود منی از تو شکم من بیرون اومدی سینهٔ من رو میک زدی، یعنی تو هم یکی می‌شی مثل بابات؟ یکی می‌شی مثل داییت؟ یعنی قرارِ تو هم هیچ حقّی به من ندی! هیچ درکی ازم نداشته باشی! نکنه واقعاً من دارم اشتباه می‌کنم؟ نکنه این منطق‌های الکی رو ذهنم ساخته تاگول بخورم؟! چی تو دنیا ارزش این رو داره که آدم تنهای تنها بشه بی‌مادر، بی‌پدر، بی‌بچّه، بی‌زادگاه، بی‌هویت. اشک‌هام می‌ریختند انگار ماهی‌های لرزونی بودندکه داشتند از خودشون انتقام می‌گرفتند. از دریای چشمام خودشون رو پرت می‌کردند پایین. گاهی رو سینه‌ام یا روی پام می‌افتادند. غذاکه آماده شد هیچ نیرویی تو وجودم نبودکه بتونه دهنم رو به جنبش دربیاره تا چیزی بخورم. ازتوکابینت نوشیدنی صادق رو درآوردم سیگارش هم رو میز بود. ماهی‌ها خودکشی می‌کردند، منم تو غمشون نوشیدنی می‌خوردم و سیگار می‌کشیدم. حوالی ساعت چهار، صادق رسید. نعره می‌کشم، به سر و صورتم می‌کوبم و گریه می‌کنم. صادق می‌گه باید حمام کنی. صداش رو می‌شنوم امّا نمی‌فهمم چی می‌گه. یعنی باید چی‌کارکنم! حالم بده، چیزی تو معده‌ام نیست ولی دارم بالا میارم. صادق بغلم می‌کنه و می‌رسونتم حمام. دارم کف بالا میارم. بالا میارم و ماهی‌ها هم می‌ریزند تو حمام. داد می‌زنم من حق دارم، من دلم می‌خواد فکرکنم، دلم می‌خواد زندگی کنم. من

رو انداخت تو وان و آب سرد رو باز کرد و تنهام گذاشت. بعد از یه ساعت می‌فهمم کجام ولی بازم انگار نمی‌تونم کاری انجام بدم. صادق کمکم می‌کنه بیام بیرون. تو تخت دراز کشیدم. درمان در منزل میاد بهم سرُم می‌زنه و می‌خوابم. بیدار شدم ساعت یک شبِ، خیلی گرسنه‌ام. صادق خوابیده. می‌رم تو آشپزخونه. ماکارونی هنوز روی گازِ، گرمش می‌کنم. غذا رو توی دهنم می‌جوم و بازم ماهی‌ها تصمیم به خودکشی می‌گیرند. صادق متوجّه بیدار شدنم شده میاد کنارم تو آشپزخونه.

- بهتری عزیزم؟

نگاهش کردم دیدن اون قیافه کافی بود تا بفهمه چقدر داغونم.

- مریم این جوری نمیشه رفتار کنی، اگه پشیمون شدی زنگ بزن عذرخواهی کن برگرد سر زندگیت. اگه تصمیم گرفتی و می‌خوای جدا بشی خودت به خودت کمک کن. مواظب خودت باش و این مسیر رو درست طی کن، این جوری که نمیشه مثل دختر بچّه‌های شلخته زندگی کنی. از فردا برمی‌گردی سر کارت تا وقتی هم که تو خونهٔ منی سالم زندگی می‌کنی و باید همه چیز سر وقت خودش باشه. من باید خیالم از تو راحت باشه من دارم کمکت می‌کنم ولی حوصلهٔ دردسر بیش‌تر ندارم.

فردا زودتر از خواب بیدار می‌شم. قهوه می‌خورم. قبل از بیدار شدن صادق می‌رم شرکت، سر ساعت همیشگی رسیدم. فقط دو روز شرکت نیومده بودم، احساس می‌کنم هفته‌هاست سر کار نبودم، میز صادق رو مرتّب می‌کنم، تو اتاقش عود روشن می‌کنم تا وقتی برسه خوش‌بو باشه. پشت میزم می‌شینم تازه دارم برنامه‌های اون روز رو مرور می‌کنم که صدای پایی توی سالن می‌پیچه فکر کردم صادقِ، سرم رو بلند کردم بهش صبح بخیر بگم که می‌بینم علیرضا بالای سرم ایستاده، انقدر شوکه شدم که حتّی نتونستم بلند شم.

- صبحت به خیر، رنگ و رخی به هم زدی انگار این چند روزه بهت خوش گذشته؟!

قلبم تند تند می‌زنه و حالت تهوّع دارم، هیچی نگفتم فقط نگاش کردم.

ـ فکرکردی ازکارات خبر ندارم؟ فکرکردی نمی‌دونم چه گوهی داری می‌خوری؟ بیچاره این مردِ نهایتاً یک سال دور و برت باشه، زود جذّابیّتت رو از دست می‌دی بعدش از روزگارش خطّت می‌زنه، بلند شو خودت رو نجات بده بلند شو از اینجا بریم.

ـ کجا بریم؟

ـ می‌برم می‌ذارمت کوه دشت ور دل مادرت، هرکس دیگه‌ای جای من بود قیمه قیمه‌ات می‌کرد، بلند شو جمع کن خودت رو.

آقای صالحی اومد تو سالن.

ـ بله آقا امری داشتید؟

ـ به تو مربوط نیست زنمه نمی‌خوام این‌جا کارکنه اومدم ببرمش.

بلند می‌شم.

ـ آبرو ریزی نکن خواهش می‌کنم.

آقای صالحی تلفن رو برداشت و به کلانتری محلّه زنگ زد.

ـ هوی داری چیکار می‌کنی؟

آقای صالحی درکمال خونسردی صحبتش رو انجام داد و تلفن رو قطع کرد.

ـ چرا از پلیس می‌ترسی! مگه زنت نیست؟! مگه نیومدی ببریش؟ پس چته؟

علیرضا عصبانی نگاهش می‌کنه و دوباره برمی‌گرده رو به من:

ـ مگه با تو نیستم جمع کن بریم.

نمی‌دونم باید چی‌کارکنم. همین‌جوری فقط به علیرضا نگاه می‌کنم، منتظرم ماهی‌ها خودکشی کنند شاید دلش بسوزه، ولی انقدر این چند روز گریه کردم که دریا خشکیده.

علیرضا صورتش رو جلو آورد.

ـ یا همین الان وسایلت رو جمع می‌کنی و با من میای یا ازت شکایت می‌کنم، هم آبروی اون مرتیکه بره هم سر تو رو می‌اندازم گل دار تا بفهمی یه من ماست چقدرکره داره!

همین‌جوری ایستادم. علیرضا عصبانی شده منتظرم شرکت به هم بریزه. هرکاری می‌تونم بکنم جز این که باهاش برم. پاهام نمیان. دست‌هام نمیان. من دلم نمی‌خواد برم امّا علیرضا دست بردار نیست میاد پشت میزم و می‌زنه زیر دستم.

- مگه با تو نیستم راه بیفت.

زل زدم تو چشماش، چشمام پر از فریادِ. ماهی‌ها برگشتند، دریا طوفانی شد، ماهی ها خودکشی می‌کنند.

- این‌جا چه خبره؟

صادق از راه رسید یک کم دلم قرص شد.

- آقا ایشون می‌گن شوهرخانم سالاری هستند. می‌گن راضی نیستند خانمشون این‌جا کار کنه.

- مگه این‌جا جای دعواهای زن و شوهریه؟

علیرضا با عصبانیت و خشم به صادق نگاه می‌کنه.

منتظر یه جنجال بزرگ بودم.

- نه جای کارهای دیگه است، ما هم داشتیم می‌رفتیم دعوامون رو یه جای دیگه انجام بدیم.

صادق به آقای صالحی اشاره داد که بره.

نزدیک علیرضا اومد فکر می‌کردم الان که علیرضا بکوبه تو صورتش ولی نکوبید.

- بیا تو اتاق تا باهم صحبت کنیم.

- تو خیلی پررویی!

- تو هم کم رو نباش، خجالت کشیدن و صحبت نکردن باعث نمیشه صورت زشت وقایع اتّفاق افتاده زیبا بشه . فقط با صحبت کردن میشه دنیا رو جای بهتری کرد.

صادق منتظر علیرضا نموند و رفت توی اتاق. علیرضا هم پشت سرش رفت. من موندم و ماهی‌های مجنون. زمان کش میاد، ثانیه‌ها می‌رقصن و رد نمی‌شن،

ماهی‌ها که خسته شدند گریه‌ام بند میاد. خیلی نگرانم، علیرضا با اخم از اتاق بیرون اومده، در رو محکم می‌بنده با خشم به من نگاه می‌کنه فکر می‌کنم الان که به سمتم حمله کنه امّا رفت سمت در و از سالن خارج شد. نفس عمیقی می‌کشم. ماهی‌ها دوباره می‌افتادند، دلم می‌خواد داد بزنم، دلم می‌خواد پرخاش کنم ولی فقط ایستادم و اشک می‌ریزم. یکی از مراجعین صادق از در و ارد شد به حال و روز من نگاه می‌کنه. تلفن روی میزم زنگ خورد. صادقِ.

- لطفاً برو خونه.

هیچ چیزی نگفتم اونم چیز بیش‌تری نگفت. تلفن رو قطع می‌کنم، وسایلم رو جمع می‌کنم، از سالن خارج می‌شم، آسانسور رو طبقهٔ هم کف ایستاده. پس علیرضا از ساختمون رفته. دلم نمی‌خواد ببینمش. می‌ترسم هنوز جلوی در باشه. از راه پلّه پایین می‌رم از شدّت خشم دندون‌هام رو روی هم می‌سابم. چشمام قرمز شده و فوران کرده. آدم عصبانی چرا سرعتش زیاد می‌شه! زود رسیدم جلوی در. خدا رو شکر علیرضا رفته، تصمیم می‌گیرم پیاده برگردم خونه، دلم می‌خواد قدم بزنم، با شتاب راه می‌رم انگار قراره به جای مهمّی برسم و دیرم شده. گاهی ماهی‌ها می‌افتن، گاهی با خودم حرف می‌زنم، از شرایطی که توش هستم بیزارم. دلم می‌خواد به کسی زنگ بزنم شاید به نیلوفر، دلم می‌خواد با کسی حرف بزنم. بدون برنامه تلفن نیلوفر رو می‌گیرم، نیلوفر خیلی خوش‌حال و سرحالِ، حالش از همیشه بهترِ، خودم رو نمی‌بازم. با ذوق حرف می‌زنم، احوال پرسی می‌کنه، می‌گم همه خوبند تیام و توفان و علیرضا هم خوبند. سعی می‌کنم زودتر قطع کنم پس علیرضا چیزی به کوهدشتی‌ها نگفته بود. پس منتظرِ همه از زبون من بفهمن یا منتظرِ من برگردم یا حوصلهٔ وساطت و آشتی دادنشون رو نداره! می‌رسم خونه. خونه خالی و ساکتِ. خونه روشن و دلگیر. دلم یه آغوش بی‌حرف می‌خواد دو تا دست مهربون. دلم یه همراه می‌خواد، گریه می‌کنم و دوباره می‌رم سراغ کابینت صادق ولی کابینت خالیه. صادق کی نوشیدنی‌ها رو برده! کف آشپزخونه می‌شینم،

گریه می‌کنم، زاری می‌کنم، مویه می‌کنم، صورت خودم رو چنگ می‌اندازم، خسته می‌شم، دلم می‌خواد بمیرم ولی انقدر خسته‌ام که حتّی حال مردن هم ندارم. می‌رم توی تراس و به پایین نگاه می‌کنم. اگه بیفتم پایین احتمال داره بمیرم ولی اگه نمیرم چی! اگه بمیرم صادق چی می‌شه! چرا باید به خاطر لطفی که به من کرده درگیر همچین ماجرایی بشه؟ می‌تونم برم بیرون خودم رو بندازم جلوی یه ماشین، چه فکر خوبی! تو آینه برای آخرین بار به خودم نگاه می‌کنم. ارزش دیدن ندارم، صورتم قرمز و ورم کرده است، چشمام پف کرده، لب‌هام کبودِ یه مرده‌ام که هنوز خونش گرمِ. کیفم رو برمی‌دارم و به خودم یه نیشخند می‌زنم. برای مردن به کیف احتیاج ندارم. خودم رو قانع می‌کنم که برای طبیعی مردن کیف لازم دارم. از در می‌رم بیرون سمت پارک نزدیک ساختمون. تصمیم می‌گیرم اوّلین ماشینی که دیدم بپرم جلوش، یه ماشین داره میاد صداش رو می‌شنوم خودم رو می‌اندازم جلوش، ترمز می‌کنه، می‌ایسته، چرخش روی مانتوم رفته ولی به هیچ جای بدنم نخورده، تو مردن هم بد شانسم، راننده پیاده می‌شه.

- چی‌کار می‌کنی خانم سالاری؟!!

برمی‌گردم نگاه می‌کنم آقای کرامتِ. می‌خوام بلند شم امّا زیر ماشین گیر افتادم.

- صبر کن الان دنده عقب می‌گیرم.

چند تا ماشین ترمز می‌کنن که کرامت باهاشون صحبت می‌کنه و می‌رن. دنده عقب می‌گیره، بلند می‌شم کیفم رو برمی‌دارم و به روی خودم نمیارم که چی شده. سرم گیج می‌ره و دنیا دور سرم می‌چرخه.

- حالتون خوب نیست سوار شید می‌رسونمتون.

- نه دوست دارم قدم بزنم.

- این یه پیشنهاد نبود، باید سوار شید.

نگاهش می‌کنم! تو چشمام زل می‌زنه. تو چشماش نگرانی هست و من این نگرانی رو دوست دارم. سوار می‌شم.

یه آهنگ شاد تو ماشینش پخش می‌شه، آهنگ مورد علاقهٔ تیام. اگه بود الان می‌رقصید، دست‌هاشو تو هوا تکون می‌داد و سرش رو بالا پایین می‌کرد، صدای ضبط رو کم می‌کنه. می‌ره تو پارکینگ ساختمون.

ــ من رو جلو در پیاده می‌کردین کافی بود.

ــ خودم طبقهٔ ششم همین ساختمون ساکنم.

ــ واقعاً؟!

نگاهم می‌کنه لبخند می‌زنه چقدر آرامشش قشنگِ.

ــ الان می‌برمت ببینی.

پیاده می‌شیم با هم می‌ریم سمت آسانسور. سوار می‌شیم تو آینه آسانسور نگاه می‌کنم من شبیه زن‌های آواره و ولگردم، کرامت شبیه سیاست‌مدارهای خارجی. در آسانسور باز می‌شه خوش‌حالم که از آینه خارج می‌شم. بر خلاف تصوّرم زنگ در رو می‌زنه و منتظر می‌شه، این همه مدّت شرکت رفت و آمد می‌کرد نمی‌دونستم زن داره. یه خانم خیلی خوشگل در رو باز می‌کنه با موهای هایلایت شده و لباس‌های مرتّب جلوی در لبخند می‌زنه.

ــ خوش اومدی عزیزم.

ــ مهمون داریم.

کرامت به من اشاره می‌کنه. خانمش هنوز لبخند می‌زنه جوری که من باور کنم از دیدنم خوش‌حالِ ولی من می‌دونم از دیدنم خوشحال نیست، تعارفم می‌کنه داخل. نقشهٔ خونشون عین واحد صادقِ ولی انتخاب وسایل انقدر متفاوتِ که شباهت‌ها به چشم نمیاد. همهٔ رنگ‌ها جون‌دار و گرمند. خونه پر از رنگ‌های قرمز و زردِ. یه پسر دو ساله وسط سالن داره با اسباب بازی‌هاش بازی می‌کنه. یاد توفان افتادم حالا اون هم انقدر سرحال هست؟ با اسباب بازی‌هاش بازی می‌کنه؟ نکنه مریض و بی‌حوصله باشه! نکنه بهونهٔ من رو بگیره و گریه کنه! ماهی‌ها دوباره تصمیم به خودکشی گرفتند. دلم نمی‌خواد شبیه آدم‌های دیوونه یا آواره به نظر

برسم. خودکشی ماهی‌ها صدا نداره، آروم و آهسته وول می‌خوردند رو صورتم و منم با دستم پاکشون می‌کنم کرامت و زنش می‌رن و میان صداشون رو می‌شنوم حرف می‌زدند ولی نمی‌فهمم چی میگن دلم می‌خواد بخوابم، دلم می‌خواد انقدر بخوابم تا دنیا تموم شه. بلند می‌شم می‌خوام برم واحد صادق. نمی‌دونم چطوری بهشون بگم من دارم می‌رم.

- چیزی می‌خوای عزیزم؟

به چشم‌های زن کرامت نگاه می‌کنم که چقدر درشت و گیران، چقدر خوشگلن، چقدر ناز حرف می‌زنه، زن جدید علیرضا هم حتماً همین شکلیه! داره لبخند می‌زنه و منتظرِ من چیزی بگم.

- می‌خوام برم طبقهٔ پایین. خوابم میاد.

- این جا هم جا هست که شما راحت استراحت کنی.

من رو می‌بره سمت اوّلین اتاق خواب. دیوارهای اتاق بنفشند با یه تخت تک نفره و کمد و وسایل. فکر کردم حتماً اتاق مهمانشونِ. زن کرامت نگام می‌کنه و هنوز همون طور خوشگل لبخند می‌زنه، دلم می‌خواد برم تو آینه لبخند بزنم تا ببینم لبخند منم انقدر جذّاب هست؟!

- می‌تونی مانتوت رو دربیاری رو همین تخت بخوابی، اگه چیزی خواستی می‌تونی صدام کنی.

دلم می‌خواست بپرسم اسمت چیه ولی فکر کردم حتماً قبلاً گفته و من حواسم نبوده، من که چیزی نمی‌خوام پس اسمش به کارم نمیاد. می‌ره بیرون در رو می‌بنده لباس‌هام رو درنمیارم با همون مانتو و شلوار خاکی تو تختشون می‌خوابم. تو خونهٔ آقایی‌ام، تو همون اتاق بچّگیمون. من دارم توفان و تیام رو می‌خوابونم، علیرضا داره تو حیاط با زن کرامت حرف می‌زنه، مرجان از در میاد تو روپوش سفید پزشکی پوشیده با تمسخر نگام می‌کنه.

- بذار بچّه‌ها رو من بخوابونم.

تیام ذوق می‌کنه می‌دوه سمت مرجان. ناراحت می‌شم، تیام رو صدا می‌کنم. تیام می‌گه ما مامان زشت نمی‌خوایم. تو دلم می‌گم تو هم به علیرضای بی‌صفت رفتی. مرجان میاد سمتم، می‌خواد توفان رو هم ببره، توفان رو محکم بغل می‌کنم. مرجان با دو دستش توفان رو می‌گیره و می‌کشه سمت خودش، چقدر زور مرجان زیاده زورم بهش نمی‌رسه، داد می‌زنم و کمک می‌خوام. بی‌بی رو صدا می‌کنم. بی‌بی میاد می‌گه بذار بچّه رو ببره بچّه به درد تو نمی‌خوره. از تعجّبم ماتم می‌بره، مرجان توفان و تیام رو می‌بره، داد می‌زنم، گریه می‌کنم و از خواب بیدار می‌شم.

صادق رو تخت کنارم نشسته.

- خواب بد دیدی؟

نمی‌تونم حرفی بزنم، گریه می‌کنم، دیوونه‌وار گریه می‌کنم، دریا سرریز می‌شه؛ دست‌هام رو، روی صورتم می‌گیرم، نمی‌خوام این حجم از بدبختیم رو کسی ببینه صادق بغلم می‌کنه.

- آروم باش بهتره بریم خونهٔ خودمون.

به خونهٔ خودمون فکر می‌کنم یعنی اونجا خونهٔ منم هست، دلش برام سوخت، خوب بلد بود حالم رو بهترکنه، باور نمی‌کنم که اون جا خونهٔ منم هست، امّا تلاش صادق برای بهترکردن حالم، حالم رو بهتر می‌کنه. صادق بهم دستمال می‌ده و اشک‌هام رو پاک می‌کنم. دماغم رو می‌گیرم که صدای بدی می‌ده، خجالت نمی‌کشم، می‌خندم؛ صادق هم می‌خنده، صادق شبیه یه مرد مودّب و مهربونِ که می‌خنده، من شبیه یه زن آواره و دیوونه‌ام که می‌خنده. زن کرامت که صادق شهلا صداش می‌کنه برامون غذاگذاشته، چند ساعتی خواب بودم. نزدیک غروبه، خداحافظی می‌کنیم از خونشون میایم بیرون، صادق می‌ره سمت آسانسور، دلم نمی‌خواد خود داغونم رو ببینم.

- همش یه طبقه است بیا از راه پلّه بریم.

صادق در واحد رو باز می‌کنه، انگارگرد غربت همه جا نشسته خونه روح نداره

انگار خالی خالیِ. بدون هویت، بدون خاطره. غرق شده در سکوت محض.

- تا من غذا رو گرم می‌کنم تو هم برو یه دوش بگیر سرحال می‌شی.

انجام هرکاری خیلی پر زحمت و سنگین به نظر میاد امّا باید دوش بگیرم. خیلی کثیفم، قطره‌های آب گرم خستگی‌هام رو می‌شورند. دلم آب داغ می‌خواد، خستگی‌هام سریشند ولی باید با آب داغ شستشون، آب زندگی بخشِ. حالم واقعاً بهتر شد.

وقتی از حمام اومدم بیرون انگار افتادم وسط یه چاله لجن. دوباره افتادم تو حال و روز بدم. دوباره خستگی‌هام برمی‌گشتند و از سر و کولم بالا می‌رفتند. صادق میز رو چیده. خیلی گرسنه‌ام امّا دلم نمی‌خواد غذا بخورم، معده‌ام بهم آلارم می‌ده "هرچی بفرستی پایین پسش می‌دم".

- بیا بشین.

- میل ندارم، حالم خوب نیست.

- چته عزیزم؟

-دلم برای بچّه‌هام و خانواده‌ام تنگ شده.

- به علیرضا زنگ بزن با بچّه‌هات حرف بزن.

نگاهش می‌کنم، چه راحت می‌گه بهش زنگ بزن! این سخت‌ترین کار عالمِ. از علیرضا می‌ترسم، انگار علیرضا می‌تونه از پشت تلفن من رو هورت بکشه و قورت بده نه زنگ نمی‌زنم. صادق نگام می‌کنه و آشفتگیم رو می‌فهمه.

- به مادرت زنگ بزن. بگو بیاد پیشت یا برو کوهدشت پیش خانواده‌ات.

- برم تو دهن اژدها؟

- هیچ اتّفاقی نمیفته همه چیز رو براشون تعریف کن.

- تو همه چیز رو خیلی ساده می‌بینی.

- همه چیز خیلی ساده است، اگرم نیست تو باهاش ساده برخورد کن، بالاخره هر اتّفاقی که باید میفته. از مسائل فرار نکن.

- آدم‌ها راجع به مشکلات بقیه خوب بلدن حرف بزنن وقتی خودت هم مشکلی داری یا نگران مساله‌ای هستی همین‌جور راحت در موردش حرف می‌زنی؟

- خیلی وقته نگران چیزی نبودم.

- پس تو خیلی خوشبختی.

- تو هم نگران نباش هرتصمیمی می‌گیری بهش باور داشته باش و انجامش بده.

- دلم می‌خواد به هیچ چی فکر نکنم دوست ندارم هیچ کاری بکنم.

- می‌خوای فردا بریم شمال؟

تو چشماش نگاه می‌کنم، می‌خوام مطمئن بشم داره جدّی می‌گه.

- آره خیلی دوست دارم.

- من فردا صبح می‌رم یه سری از کارهام رو مرتّب می‌کنم، زود برمی‌گردم نهار رو لاهیجان می‌خوریم.

شمال رفتن فکر خوبیه. دلم می‌خواد از همه چیز فرار کنم ولی شمال به قدر کفایت دور نیست، دلم می‌خواد طناب بندازم برم ماه یا مریخ از اون بالا برای علیرضا و همهٔ کوهدشتی‌ها شکلک دربیارم و بگم این‌جا دیگه دستتون به من نمی‌رسه. یه حسّ بدی عمق وجودم رو تسخیر کرده. حال من، همین حسّ بد اعماق وجودمِ، این که می‌خندم یا گریه می‌کنم هیچ چیزی رو تو عمق وجودم تغییر نمی‌ده چون من همیشه حالم بدِ. این حال بد رو انقدر تو زمان طولانی همراه خودم داشتم که اصلاً نمی‌فهمم چیه، نمی‌فهمیدم هست، فکر می‌کردم همهٔ مردم این کرختی و استرس و سردی رو تو وجودشون دارن، فکر می‌کردم عادیه.

حوالی ظهر صادق اومد دنبالم. صبح همه چیز رو جمع کرده بودم، کلّی لباس جور و اجور واسه خودم بار کردم، دارم می‌رم یک کم خودم باشم. نمی‌دونم که هنوز منی وجود نداره، یه آدم هستم که انبار حس‌های مختلف و فکرهای پریشونِ. تو جادّه آهنگ‌های شاد می‌ذارم. حرف‌های خوب می‌زنم، یاد توفان و تیام که میفتم خودم رو مشغول حرف دیگه‌ای می‌کنم، دلم می‌خواد مادر دو تا بچّه نباشم، دلم

می‌خواد زن علیرضا نباشم. دلم می‌خواد دختر مادر و پدرم نباشم، کاش می‌شد همه چیز رو از اوّل خودم جور دیگه‌ای انتخاب کنم. شمال با صادق خیلی خوش می‌گذره. برای اوّلین بار تو زندگیم دریا رو دیدم، هر روز غروب می‌رم ساحل، غذاهای خوشمزّهٔ شمالی می‌خورم، به خودم می‌رسم، آرایش می‌کنم، اون حال بد تو وجودم رو هُل دادم پایین‌تر، صداش کم‌تر به مغزم می‌رسه، واقعاً بهم خوش می‌گذره، انقدر که گاهی همه چیز رو فراموش می‌کنم روز سومِ که شمالیم. از شرکت به صادق زنگ زدند اون ور خط خانم شفیع با عصبانیت و بلند بلند حرف می‌زنه. صداش از تو گوشی میاد بیرون ولی نمی‌فهمم داره چی می‌گه، صادق تلفن رو قطع می‌کنه، ناراحته. ساکتِ و چیزی نمی‌گه.

- چی شده عزیزم؟

- باید برگردیم تهران.

- باشه برمی‌گردیم چی شده؟ اتّفاق بدی افتاده؟

نگام کرد ساکت موند.

- نگران نباش چیزی نیست.

فردا صبح برگشتیم تهران. موبایلم رو که چندین روز بود خاموش کرده بودم و روشن می‌کنم صد و شصت تماس بی پاسخ از مامان و بابا و محمد. تمام بدنم بی‌حس شده، دلم می‌خواد دوباره تلفنم رو خاموش کنم، قبل از این که دستم رو روی دکمهٔ قطع فشار بدم، گوشیم زنگ می‌خوره. مامانِ. دلم نمی‌خواد جواب بدم، ولی باید بفهمم اوضاع اون جا چطوره؟ باید بفهمم راجع به من چی فکر می‌کنند! پس جواب می‌دم.

- سلام.

- سلام کجایی؟

- تهرانم چی شده؟

- می‌دونم تهرانی کجای تهرانی؟

- چرا مامان؟ چی شده؟

- تو درخواست طلاق دادی؟

- آره

- چرا؟

- علیرضا یه زن دیگه داره.

- ازکجا می‌دونی؟

- از اون‌جایی که زنشم می‌دونم.

- بابات و محمد اومدن تهران دنبالت.

تو دلم پرسیدم تو چرا نیومدی ولی چیزی نگفتم.

- علیرضا زنگ زده به محمد گفته تو با رئیس شرکتی که توش کار می‌کنی فرار کردی.

- دروغ گفته مامان.

- ولی دیروز محمد و بابات رفتند به شرکتی که علیرضا آدرس داده بود نه تو اون‌جا بودی نه رئیس شرکت.

- من حالم خوب نیست مرخصیم. نمی‌دونم چرا رئیس شرکت نبوده!

دروغ می‌گم امّا از دروغی که می‌گم راضی‌ام انگار این‌جوری همه چی بهتر پیش می‌ره.

- الان کجایی؟

- خونهٔ یکی از دوستام. فعلاً دوست ندارم هیچ‌کس رو ببینم.

- می‌خوای طلاق بگیری چی‌کار کنی؟ آخرش که باید برگردی کوهدشت.

- من برنمی‌گردم مامان اینو به همه بگو لطفاً دنبال من نگردید بهمم زنگ نزنید.

گوشی رو قطع می‌کنم قبل از این‌که مامان دوباره زنگ بزنه گوشی رو خاموش می‌کنم. از تلفن خونه به صادق زنگ می‌زنم.

- سلام.

- سلام خوبی؟ اوضاع شرکت رو به راهه؟

- آره نگران نباش. گفتم که تو مرخصی هستی و ما ازت اطّلاعی نداریم.

- چه خوب! چون منم گفتم مرخصیم و اومدم پیش یکی از دوستام.

- باشه بعداً حرف می‌زنیم.

صادق قطع می‌کنه. دلم می‌خواد به علیرضا زنگ بزنم و بشورمش. دوباره گوشیم رو روشن می‌کنم، یک تماس بی پاسخ از مامان. به علیرضا زنگ می‌زنم، بوق می‌خوره و بوق می‌خوره امّا جواب نمی‌ده و من بیش‌تر عصبی می‌شم. کاش می‌دونستم خونهٔ جدیدش کجاست؟ کاش می‌دونستم محلّ دقیق کارش کجاست! توی فرم‌های دادگاه آدرس خونهٔ خودمون رو نوشتم. کاش برم اون‌جا باهاش حرف بزنم. اگه بابا و محمد اون‌جا باشن چی! تلفنم رو خاموش می‌کنم. به جز منتظر بودن هیچ کار دیگه‌ای از دستم برنمیاد، باید منتظر حوادث بعدی بشم. انتظار حادثه کشیدن خیلی سخت و رنج آورِ. تک تک ثانیه‌ها به انتظار اتّفاقات بد به روحم چنگ می‌زنند. دستی از زمان میاد و قلبم رو چنگ می‌زنه. تلفن خونه زنگ می‌خوره نمی‌دونم کیه، جواب نمی‌دم، می‌ترسم از بستگان صادق باشه و من اجازه جواب دادن ندارم تلفن رو از پریز می‌کشم، نمی‌دونم چی‌کار باید بکنم، نمی‌دونم چی منتظرمِ. دنیا داره می‌چرخه. دلم می‌خواد جیغ بزنم، کاش می‌تونستم گریه کنم امّا حجم بزرگ انتظار سدّ خودکشی ماهی‌هاست. دل و روده‌ام به هم می‌خوره، کسی زنگ در رو می‌زنه، می‌ترسم نکنه محمد باشه نکنه آدرس اینجا رو پیدا کردند در رو باز نمی‌کنم، حتّی می‌ترسم برم از چشمی در بیرون رو نگاه کنم، کسی کلید می‌اندازه و وارد می‌شه. کرامتِ.

- سلام تلفن زدم جواب ندادی.

- آره فکر کردم اجازه ندارم تلفن اینجا رو جواب بدم.

- بیا بریم بالا صادق نگرانته بهتره تنها نباشی.

- نه نگران نباشید تنها راحت‌ترم.

میاد تو و در رو می‌بنده.

ـ اینجورکش‌ و قوس‌ها تو پرونده‌های طلاق عادیِ. تازه دادخواست طلاق به دست همسرتون رسیده احتمالاً‌اون دوست نداره شما رو طلاق بده و حاضرِ هرجور شده قضیه رو جمع کنه. من پیگیری کردم شوهرتون هیچ همسر قانونی دیگه‌ای نداره اگه می‌خواید به زندگیتون برگردید به من بگید که پرونده رو جور دیگه‌ای جلو ببرم.

ـ نه نمی‌خوام برگردم می‌خوام طلاق بگیرم. اگه خانواده‌ام بیان می‌تونن من رو به زور ببرن کوهدشت؟

ـ نه اصلاً خیالتون راحت باشه.

چیزی نگفتم جلوی در ایستاده و منتظرِ.

ـ نمی‌خواید برید بالا پیش همسر من؟

ـ نه این جا راحتم.

ـ اگه چیزی احتیاج داشتید می‌تونید بهمون زنگ بزنید یا هر وقت مایل بودید می‌تونید بیاید بالا.

ـ ممنونم.

رفت. من موندم و مرداب. تو دلم چیزی شبیه مرداب هست تاریک و سرد. دل و روده‌ام به هم می‌خوره که مرداب رو بالا بیارم امّا مرداب سنگین سرجاش نشسته دیگه به هیچ چیز فکر نمی‌کنم. حتّی به تیام و توفان. فقط دلم می‌خواد مطمئن باشم کسی دنبالم نیست و می‌تونم خودم برای زندگیم تصمیم بگیرم. هشت تا قرص ژلوفن خوردم همهٔ قرصی بود که داشتم شاید اگه قرص‌های بیش‌تری داشتم بیش‌تر می‌خوردم روی کاناپه تو سالن خوابیدم از تو تراس نور میفته رو چشمم، امّا هیچ جا رو روشن نمی‌کنه، خوابیدم. نمی‌دونم ساعت چندِ که خوابیدم ولی با صدای باز شدن در از خواب بیدار شدم صادق برگشت خونه. همه جا تاریکِ. لامپ جلوی در رو روشن کرد چشمام رو بستم.

ـ سلام.

چیزی نگفتم می‌خواستم بلند شم ولی انگار تمام مرداب تو بدنم ته نشین شده بود سنگین بودم نمی‌تونستم تکون بخورم. صادق اومد روکاناپه کنارم نشست.

- نمی‌خوای بیدار شی؟

- خسته‌ام.

- بلند شو اومدم خستگی‌هات رو درکنم.

- اصلاً حال و حوصلهٔ هیچ کاری رو ندارم.

- بلند شو یه شامی تدارک ببین من هیچی نخوردم تا با تو شام بخورم.

خودم رو مجبورکردم مجبور به بلند شدن. روکاناپه نشستم. تا صورت صادق رو دیدم ناخودآگاه لبخند زدم.

- آها این شد.

صادق بلند می‌شه می‌ره سمت اتاق خواب.

- تا من دوش می‌گیرم تو هم شام رو آماده کن.

می‌رم تو آشپزخونه چیز به درد بخوری تو یخچال نیست. از تلفن خونه زنگ می‌زنم به یکی از شماره‌های سفارش غذایی که صادق برام گذاشته دو پرس چلو کوبیده و یه قرمه سبزی سفارش می‌دم. باگوشی صادق اینترنتی هزینه رو پرداخت می‌کنم. رمزکارتش تو برنامهٔ پرداخت آنلاین گوشیش ذخیره بود، به سبک و سیاق صادق میز می‌چینم و منتظر شام می‌شم. روی صندلی توی آشپزخونه نشستم، نمی‌دونم این فکرها و این خاطره ها ازکجا میان تو مغزم.

" علیرضا ازاوّل هم دوستم نداشت واسه این که حال میثم رو بگیره قبول کرد با من ازدواج کنه."

یه صدایی تو مغزم می‌گه "بچّه بودیم چه می‌فهمیدیم دوست داشتن یعنی چی؟"

به خودم می‌گم "یعنی الان می‌فهمم دوست داشتن یعنی چی؟"

اون صدا می‌گه" نه تو الانم نمی‌فهمی اگه می‌فهمیدی بچّه‌هات رو ول نمی‌کردی!"

"ولشون نکردم پیش پدرشونن. من الان تو شرایط نگه‌داریشون نیستم. اصلاً مگه من تصمیم گرفتم مادرشون باشم. همیشه همهٔ تصمیمات رو علیرضا گرفت اصلاً واسه این که من نرم دانشگاه من رو حامله کرد و تیام به دنیا اومد"

"دانشگاه چه واژهٔ پر حسرتی، هرچند که دیگه دلم نمی‌خواد برم دانشگاه، انگار که تو اون سنّ و اون حال و هوا خواستنی بود و هیچ‌وقت دیگه نمی‌رم، امّا تا همیشه حسرت تجربه نکردنش تو دلم می‌مونه"

" همه چیز قرار نیست همیشه به خواست بقیه باشه این بار من برای زندگیم تصمیم می‌گیرم"

"دفعهٔ قبل هم می‌تونستی تصمیم بگیری، مگه مامان نگفت هر تصمیمی بگیری ازت حمایت می‌کنم؟"

" مامان فقط حرفش رو زد، می‌دونستم که توانابیش رو نداره. اصلاً اون تنش و سختی و که اون موقع باید می‌کشیدم و جنبه‌اش رو نداشتم الان می‌کشم الان قدرتش رو دارم."

" نه هنوزم قدرتش رو نداری اگه صادق ولت کنه می‌خوای تو این دنیا تک و تنها چی‌کار کنی؟"

"فعلاً که صادق هست نمی‌خواد فکر بد بکنی"

صدای زنگ در میاد بلند می‌شم در رو باز می‌کنم غذاها رو تحویل می‌گیرم، تشکّر می‌کنم و در رو می‌بندم، صادق داره تو اتاق خواب موهاش رو سشوار می‌کشه، غذاها رو توی ظرف می‌ریزم و روی میز می‌چینم، صدای سشوار قطع می‌شه و صادق میاد تا شام بخوریم.

- به به چه کردی؟ این غذاها رو کی پختی؟

می‌خندم.

- ازکارت شما پرداخت کردم آوردن در خونه.

- ای بلا.

باهم می‌خندیم. صادق جوری غذا می‌خوره که می‌فهمم خیلی گرسنشه، منم گرسنمه، دوست دارم انقدر بخورم تا مرداب متلاشی بشه.

- هفتهٔ آینده باید برگردم انگلیس.

مرداب می‌خواد همهٔ غذاها رو پس بده به زور قورتشون می‌دم.

- نگران نباش کرامت حواسش بهت هست هرکاری داشتی بهش بگو به قدر کفایت هم به حسابت پول واریز می‌کنم. آدرس این‌جا رو هم خوش‌بختانه هیچ‌کس نداره.

- نمیشه نری؟

- تو که بهتر از هرکسی از برنامه‌های کار و زندگی من خبر داری.

سرم رو تکون می‌دم و چیزی نمی‌گم.

اون شب کنار صادق حالم بهتر شد مرداب از ترس صادق منقبض شده بود خودش رو جمع کرده بود و وزنش زیاد حس نمی‌شد. شب بدون قرص خوابیدم.

مامان شکل مرمر شده بود و محمد با سیخ می‌زد به دستش رفتم جلو داد زدم سر محمد.

- یه ذرّه بچّه‌ایی دنیای ما رو به هم ریختی.

محمد هیچی نگفت فقط مرموز نگام کرد. مامان بلند شد اومد جلو.

- هیچ‌کس دنیای تو رو به هم نریخته تو خودت علیرضا رو خواستی من که بهت گفتم بگو نه پشتت می‌مونم.

لعبت میاد جلو رو به مامان می‌گه.

- دلت خوشه دختر بزرگ کردی اصلاً زن زندگی نیست حتّی مهر مادری هم نداره.

برمی‌گرده رو به من می‌خنده جای خالی دندونش زننده است با افتخار کبودی‌های صورتش رو نشونم می‌ده.

- ببین من این جور زن زندگیم، تو چی؟ شوهرت برات خونه و زندگی گذاشته ریخت و پاش کرده اون‌وقت توی نمک نشناس بچّه‌ها و زندگیت رو گذاشتی با یه

مرد پول‌دارتر فرار کردی.

می‌خوام حرف بزنم، می‌خوام بگم به خاطر پول نیست بچّه‌هام رو ول نکردم، می‌خوام لعبت رو بزنم ولی از خواب بیدار می‌شم، صبح شده هوا روشنه ولی هنوز خیلی زودِ، صادق خوابِ، نگاهش می‌کنم. بیش‌تر موهاش سفید شده هنوز پوست خوبی داره ولی معلومه نزدیک پنجاه سالشِ، فقط چند سال از بابا کوچیک‌ترِ، با این همه دوستش دارم، نه به خاطر پولش نیست به خاطر تیپ و قیافه یا موقعیت اجتماعیش هم نیست، به خاطر حسّ امنیتیِ که کنارش دارم، به خاطر اینِ که وقتی کنارشم از خودم بودن نمی‌ترسم، نگران حرف‌ها و صحبت‌هام نیستم، راحتم، آرامش دارم، دلم می‌خواد این آرامش تا ابد تو زندگیم بمونه، یاد حرف صبا میفتم "زنش هرجا که باشه اون یه مرد متاهّلِ" فکر می‌کنم صادق چرا من رو دوست داره؟ چی باعث می‌شه کنار من باشه؟ نمی‌دونم شاید تنهایی!

تلفن صادق زنگ می‌خوره، بیدار می‌شه، نگام می‌کنه، پلک می‌زنه و چشماش رو ریز می‌کنه، گوشیش رو از رو پاتختی برمی‌داره. از حرف زدنش می‌فهمم که دخترش پشت خطِّ، بلند می‌شم، دست و صورتم رو می‌شورم. به خودم تو آینه نگاه می‌کنم. اون‌قدری هم که همیشه تاجی می‌گفت سیاه سوخته نیستم خیلی هم جذّابم. چقدر زندگی به این صورت بدهکارم. چقدر منظره‌های خوب به این چشم‌ها بدهکارم. چقدر دلم می‌خواد دنیا رو ببینم. زندگی رو بشناسم. خودم پیدا کنم. من به خودم بیست و شش سال زندگی بدهکارم. از آینه دل می‌کنم دست و صورتم رو می‌شورم و میز صبحانه رو می‌چینم، برای خودم و صادق نسکافه آماده می‌کنم. دوست دارم نسکافه‌ام رو توی تراس بخورم، صدای صادق رو می‌شنوم که با زن و بچّه‌اش تصویری حرف می‌زنه. هوا خیلی لطیف و دل‌چسبِ. شبیه روزهایی که تو کوهدشت بیدار می‌شدم تا برم مدرسه. از یادآوری اون روزها دلم می‌گیره، چقدر ساده بودم، چقدر فریب خوردم، چه دل‌خوشی هایی که ازم دریغ شد، دلم می‌خواد ساز دهنی بزنم، یادم نمیاد آخرین بار ساز دهنیم رو چی‌کار کردم؟! ولی

می‌دونم که گمش کردم شاید مامان پیداش کرد و انداختش دور. چرا هیچی راجع به عاقبت سازدهنی یادم نمیاد! شاید محمد پیداش کرد و برده برای خودش؟ آره فکر کنم همین طور شد. بعد از عروسی من همون جا تو مخفی‌گاهش بود. آخرین بار دیدم که محمد باهاش بازی می‌کرد. هیچکس پیگیری نکرده بود که اون سازدهنی از کجا رفته تو اون مخفی‌گاه، شایدم چون دیگه ازدواج کرده بودم اهمّیّتی نداشت که یه زمانی با پول تو جیبی‌هام سازدهنی خریده بودم. دلم می‌خواد زنگ بزنم به میثم حالش رو بپرسم دلم می‌خواد برم خونهٔ خاله زری یعنی می‌شه؟! ولی اگه برم اون جا دست محمد بهم می‌رسه.

صدای حرف زدن صادق نمیاد، هنوز از هوا لذّت می‌برم، دلم نمیاد برم داخل و با صادق صبحانه بخورم صادق خندان و خواب‌آلود میاد تو تراس.

- صبح بخیر.

- صبح شما هم به خیر.

- عجب هواییِ.

- آره عالیِ.

میاد سمت من، فکر می‌کنم همین الان داشت قربون صدقهٔ زنش می‌رفت. الان چطور می‌تونه انقدر راحت بهش خیانت بکنه! شاید خودش اسمش رو خیانت نمی‌ذاره، آدم‌ها با هر چیزی که می‌خوان کنار بیان اسم و ظاهرش رو تغییر می‌دن. بهم لبخند می‌زنه و ازم جدا می‌شه، تو دلم خوشحال می‌شم که صادق به زودی می‌ره لندن. دوست دارم تنها باشم بدون هیچ خائنی دورو برم. فکر می‌کنم نکنه منم خائنم، از پول و امکانات صادق استفاده می‌کنم و هرجور دلم می‌خواد راجع بهش فکر می‌کنم. شاید یه موقعی راستش رو بهش گفتم. رفتم تو آشپزخونه و با صادق صبحانه خوردم و راهیش کردم همش فکر می‌کردم یه معامله‌گر کثیفم.

وقتی تنهایی صداهای خونه فرق می‌کنه از همه طرف صدای ثانیه شمار ساعت میاد انگار می‌خواد انتظارت رو به جنون تبدیل کنه وسایل همه سر و صدا می‌کنن،

یخچال سرفه می‌کنه، انگار بعدش آب و هورت می‌کشه تو مخزن آب ریزش.

فکر می‌کنم یعنی پروسهٔ طلاق چند وقت طول می‌کشه تا کی باید منتظر باشم یعنی اگه از علیرضا طلاق بگیرم همه چی تموم می‌شه! از علیرضا طلاق می‌گیرم خودم رو که نمی‌تونم دور بندازم، من تا ابد مریم سالاریم و سایهٔ این سالاری‌ها حسابی روی مریم سنگینی می‌کنه، دلم می‌خواد بخوابم. خواب تنها پناه‌گاهمه. دیگه حتّی مغزم هم طرف من نیست، داره شکنجه‌ام می‌کنه. دلم می‌خواد ساکتش کنم. نمی‌خوام انقدر نگران و منتظر باشم نمی‌خوام انقدر راجع به همه چی فکر کنم باید بخوابم قرص مسکن ندارم، می‌رم تو تخت دراز می‌کشم. لالایی که برای توفان می‌خوندم رو بلند بلند می‌خونم مغزم گول می‌خوره داره خوابم می‌گیره.

علیرضا رو تخت کنار آقایی نشسته زن عمو نرگس قلیون آقایی رو چاق کرده می‌ذاره جلوش علیرضا اخم کرده.

- باید بکشیمش این دختر آبرو برای طایفه‌مون نذاشته با یه مرد پنجاه ساله فرار کرده.

آقایی لبخند می‌زنه دود قلیونش رو می‌ده بیرون.

- دختری که نماز می‌خونه از این کارا نمی‌کنه.

یادم میاد این حرف رو یه جایی به علیرضا گفتم ولی اون‌ها من رو نمیبینن، من نمی‌تونم حرف بزنم.

- کجای کاری آقایی این دختر خیلی وقته که نماز نمی‌خونه.

آقایی اخم می‌کنه و به فکر فرو می‌ره.

- مریم که این‌طوری نبود؟!

می‌خوام بهش بگم هیچ طوری نشدم ولی نمی‌تونم انگار دهنم رو دوختند.

صدای بلندی میاد در محکم کوبیده می‌شه به دیوار. محمد میاد داخل یه چاقوی بزرگ تو دستشه این چاقو واسه سربریدن گاو خوبه نه گردن باریک من.

محمد نعره می‌کشه.

- همتون بی‌غیرتید خودم می‌کشمش.

از خواب می‌پرم، هنوز ظهر نشده، وقتی هیچ برنامه‌ای برای روزت نداری اصلاً نباید بیدار شی. تو خوابم آرامش ندارم. روی مبل جلوی تلویزیون دراز می‌کشم، می‌زنم روی یه شبکه که سریال پخش می‌کنه. جوری حرف‌هاشون روگوش می‌دم و فیلم رو دنبال می‌کنم انگار همهٔ قسمت‌های قبلی رو دیدم. کم‌کم می‌فهمم داستان فیلم چیه. مغزم یک کم ولم کرده. فقط به آدم‌های تو فیلم نگاه می‌کنم و قصّهٔ فیلم رو دنبال می‌کنم. همش باید مغزم روگول بزنم. همش باید همه چی رو عادی نشون بدم. فیلم تموم می‌شه. سریال بعدی، بعدش سریال بعدی. گرسنم می‌شه. هیچ چی تو یخچال نداریم. زنگ می‌زنم سوپری لیست خرید می‌دم، زنگ می‌زنم به صادق تا پرداختشون کنه. خریدها می‌رسه، نمایشم تکمیل شد. سریال می‌بینم و غذا می‌پزم. خونه بوی زندگی می‌ده. فقط جای تیام و توفان خالیِ. ماکارونی می‌پزم، با لذّت می‌خورم. فکر می‌کنم مامان جدید هم حتماً برای تیام و توفان ماکارونی می‌پزه. مامان جدید حتماً خوشگلِ، حتماً بچّه‌ها دوستش دارن. خوبه زنگ بزنم به مامان! بچّه‌هام الان کجان؟ نمایش خراب می‌شه، گریه می‌کنم، موبایلم رو روشن می‌کنم، هیچ تماس از دست رفته‌ای ندارم، شماره مامان رو می‌گیرم.

- سلام مامان.

- سلام دخترم خوبی؟

دخترم؟! یادم نمیاد مامان قبلا بهم گفته باشه دخترم!

- مامان کجایی؟ می‌تونی حرف بزنی؟

- آره خونهٔ بی‌بی‌ام تنهام.

- مامان تو می‌دونی بچّه‌هام کجان؟

- تو خونهٔ خودتونن، محمد میگه علیرضا پرستار گرفته براشون.

تو دلم پوزخند می‌زنم چقدر ساده‌ای مادر من پرستار کدومه معشوقهٔ آقاست.

- می‌خوای برگردی پیش بچّه‌هات؟

-نه مامان من دلم نمی‌خواد با علیرضا زندگی کنم.

- خوب بیا کوهدشت پیش خودم با هم تو خونهٔ بی‌بی زندگی می‌کنیم.

- مامان دوست ندارم برگردم اون‌جا، دلم می‌خواد تو تهران برای خودم کار کنم و زندگی بسازم.

- آدرست رو بگو بیام پیشت، من کمکت می‌کنم.

- مامان تو هیچ‌وقت کمکم نکردی الان هم آدرس رو می‌خوای بدی به محمد، می‌خواین برم گردونین کوهدشت.

- نه دخترم اینج...

تلفن رو قطع می‌کنم. حرف‌های مامان رو باور نمی‌کنم. دلتنگی مثل یه مار وحشی دورگردنم پیچیده و داره خفه‌ام می‌کنه. گریه می‌کنم. نفسم سخت بالا میاد. تلفنم زنگ می‌خوره، خاموشش می‌کنم. بغضی که تو وجودم می‌ترکه ازگنجایش بدنم بیش‌ترِ. چشمام قرمز می‌شه و از حدقه بیرون می‌زنه. نفسم بالا نمیاد، یهو با یه نفس بلند یه قدم پرت می‌شم جلو. بارون می‌باره. چشمام می‌شه کاسهٔ خون. مویرگ‌های توی چشمام ورم می‌کنه. دلم می‌خواد سر خودم رو به دیوار بکوبم. حالا باید چی‌کارکنم؟ قرص مسکّن می‌خوام، باید بخوابم به شوق قرص مسکّن لباس می‌پوشم و از خونه بیرون می‌زنم. به نگهبانی که می‌رسم می‌فهمم پول نیاوردم. برمی‌گردم بالا زنگ می‌زنم به صادق. بهش می‌گم زود بیا من دارم دیوونه می‌شم، برام مسکّن بگیر مسکّن قوی. لطفاً زیاد بگیر. تا صادق برسه خونه هوا تاریک شده. منم انقدرگریه کردم که روی مبل خوابم برده. صدای در رو می‌شنوم ولی دلم نمی‌خواد بیدار بشم. همون شکلی روی مبل می‌مونم. صادق دست پر از در میاد تو، میوه و شیرینی و شام خریده، صدام می‌زنه، بهش توجّه نمی‌کنم. می‌ره توی اتاق لباس عوض کنه. فکر می‌کنم کاش به زیور زنگ زده بودم، نکنه پرستار بچّه‌ها زیور باشه؟ تصمیم می‌گیرم فردا به زیور زنگ بزنم، به خودم قول می‌دم که حتماً این کار رو بکنم، صادق لباس راحتی به تن برمی‌گرده. می‌ره تو آشپزخونه.

- می‌بینم که غذا خوردی و خوابیدی دست به سیاه و سفید هم نزدی.

حوصله ندارم پس هیچی نمی‌گم. شروع می‌کنه به مرتّب کردن آشپزخونه و بازکردن خریدهاش. کوسن رو می‌زارم روی صورتم، دوست ندارم نور چشمام رو روشن کنه. میاد جلوی تلویزیون، تلویزیون رو خاموش می‌کنه یه آهنگ می‌زاره و برمی‌گرده توی آشپزخونه. صدای موسیقی همه جا رو پر می‌کنه، دیگه نمی‌فهمم اون چی‌کار می‌کنه، غرق ترانه می‌شم:

"بردی از یادم . دادی بر بادم"

یاد خودم و علیرضا میفتم که هر پنج‌شنبه مسیر تکراری از خونهٔ ما تا خونهٔ آقایی رو پیاده می‌رفتیم، یاد به دنیا اومدن تیام. راه رفتنش، شیر خوردنش. ای گل بر اشک خونینم بخند چشم من باشد به راهت هنوز. یاد فاطمه می‌افتم، بچّه بودیم چه قدر شر بود، همه تو حیاط خونهٔ آقایی می‌افتادیم دنبالش امّا هیچ‌کس نمی‌تونست فاطمه رو بگیره.

"کی آیی به برم؟
ای شمع سحرم
در بزمم نفسی
بنشین تاج سرم
تا از جان گذرم"

فکر می‌کنم هیچ‌کس نیست که من به خاطرش حاضر باشم بمیرم. پس تیام و توفان چی! دوستشون دارم ولی نه حاضر نیستم بمیرم. اون‌ها که به مردهٔ من احتیاج ندارن!

نشسته بر دل غبار غم
زآن‌که من در دیار غم
گشته‌ام غمگسار غم

ماهی‌ها دیوونه می‌شن، این آهنگ جون می‌ده واسه خودکشی ماهی‌ها.

گریه می‌کنم، هق هق می‌کنم، با خیال راحت زار می‌زنم و کوسن رو به صورتم فشار می‌دم.

بردی از یادم

دادی بر بادم

انصاف نبود که علیرضا با من این کار رو بکنه. مگه من زن سر به راهی براش نبودم؟ از همون اوّل خودش بنای بی وفایی رو گذاشت، خودش تنهام گذاشت.

دل به تو دادم

در دام افتادم

یاد روزهایی میفتم که پیش مامان خونهٔ بی‌بی بودم، چقدر سخت بود. چطور تاب آوردم؟ فکر می‌کردم حقّمه، واسه همین تاب می‌آوردم. ولی حقّم نبود. من هنوز نصف جفایی که علیرضا بهم کرده بود رو هم تلافی نکرده بودم. حقّ من نبود، اصلاً من نخواستم تنها باشم، من نخواستم بی وفایی کنم، همه چی رو علیرضا شروع کرد.

ای گل بر اشک خونینم مخند

سوزم از سوز نگاهت هنوز

چشم من باشد به راهت هنوز

گریه می‌کنم و جوری هق هق می‌کنم که انگار زلزله همهٔ عزیزام رو کشته و من تنها زنده موندم. هنوزکوسن رو روی صورتم فشار می‌دم. آهنگ تموم شده صادق میاد کنارم می‌شینه، می‌خواد از رو صورتم کوسن رو برداره ولی نمی‌ذارم، می‌چرخم رو به پشتی مبل، بازم گریه می‌کنم.

- انقدر خودت رو اذیّت نکن دنیا که به آخر نرسیده.

پیش خودم فکر می‌کنم دنیا به آخر رسیده مگه آخر دنیا چیزی غیر از اینه! هیچ چی نمی‌گم، هق هقم آروم می‌شه، آهنگ بعدی شروع می‌شه، صادق برمی‌گرده تو آشپزخونه:

ای دل دیوانه دل من
لبریز بهانه دل من
در خلوت خانه دل من
از تنهایی گریه مکن از تنهایی گریه مکن، از تنهایی گریه مکن

دوباره گریه می‌کنم. هیچ چیزی نمیاد تو ذهنم فقط با صدای بلند هق هق می‌کنم وگریه می‌کنم. آب دماغم با اشک‌هام وآب دهنم قاطی می‌شه، کلّ صورتم خیس می‌شه از تیرگی زندگیم.

چون سرشار از خستگی‌ام
از عادت دلبستگی‌ام
از تنهایی گریه مکن از تنهایی گریه مکن، از تنهایی گریه مکن

فکر می‌کنم علیرضا رو دوست دارم، نمی‌دونم، اصلاً نمی‌دونم دوست داشتن چه شکلی هست! چرا من هیچی از زندگی نمی‌دونم.

می‌آید آن رفتهٔ من
با آغوشی هم‌چو وطن
حرف از سرگردانی نزن
از تنهایی گریه مکن از تنهایی گریه مکن، از تنهایی گریه مکن

یاد بی‌بی میفتم وقتی فهمیدم علیرضا زن گرفته رفتم پیشش به بهانهٔ فاطمه چقدر گریه کردم، دلم چقدر ناله داره، چقدر اشک دارم، چقدر سوز دارم، باورم نمی‌شه که هنوز دلم می‌خواد زار بزنم، ناله می‌کنم، زجّه می‌زنم.

باید دلگیرم نکنی...

صادق میاد آهنگ رو قطع می‌کنه خونه پر از صدای ناله وگریهٔ من می‌شه.

- خواهش می‌کنم مریم، من طاقت دیدن این حالت رو ندارم.

از رو میز دستمال برمی‌دارم، صورتم رو پاک می‌کنم، کوسن رو می‌ندازم زمین چشمام رو باز می‌کنم، صادق بالای سرم ایستاده تو چشمام نگاه می‌کنه و لبخند

می‌زنه.

- قیافه‌شو ببین آخه این چه جورگریه کردنه؟

لبخندش خیلی زود به من سرایت می‌کنه، می‌خندم.

- برو دوش بگیر بیا شام بخوریم.

می‌شینم نفس عمیق می‌کشم، هوای تازه می‌ره توکلّ بدنم می‌چرخه، احساس می‌کنم عین موجودات تاکسیدرمی شده داخل بدنم خالیِ و هوا توی بدنم چرخ چرخ می‌زنه. بلند می‌شم حوصلهٔ حمام ندارم دست و صورتم رو می‌شورم و موهام رو بالای سرم می‌بندم. گرممه حوصلهٔ پیچ و تاب موهام رو روی گردنم ندارم، می‌رم توی آشپزخونه. صادق انقدرگرسنه‌اش بوده داره غذا می‌خوره، کنارش می‌شینم، برام زرشک پلو با مرغ می‌کشه، بوش اشتهام رو باز می‌کنه. بشقابم رو می‌زاره جلوم.

- نوش جونت عزیزم.

نگام می‌کنه تا غذا بخورم، نگاش می‌کنم، لبخند می‌زنه.

- صادق؟

- جانم؟

- تو چی تو زندگیت کم داری؟

- الان چیزی کم ندارم.

- قبلاً چی کم داشتی؟

- بچّه که بودم محبّت کم داشتم، بزرگ‌ترکه شدم شعورکم داشتم، الانم حتماً یه چیزهایی کم دارم ولی خودم نمی‌دونم چیه! فعلاًکمبودش رو حس نمی‌کنم یه روزهایی که آدم بهتری شدم حتماً می‌فهمم الان چی کم دارم.

- چرا به زنت خیانت می‌کنی؟

می‌خنده، بعد بلندتر می‌خنده ساکت می‌شه با لبخندکمی به بشقابش خیره می‌شه.

- خیانت برای من تعریف دیگه‌ای داره.

- چه تعریفی؟

- من به دو جور رفتار می‌گم خیانت. اوّل این که نیازهایی که طرف مقابلت داره
و برعهدهٔ تو هستن رو برآورده نکنی، دوّم این که خارج از خطّ قرمزها و انتظارات
طرف مقابلت رفتار کنی.

- یعنی زنت از تو نمی‌خواد که بهش متعهّد باشی؟

- اگه براش مهم بود این جا بود، کنار من.

- مگه بدون رضایت تو رفته؟

- منظورم فیزیکی نبود منظورم قلبی بود.

- آها.

ساکت می‌شیم. غذا می‌خوریم. صادق بلند می‌شه دوباره آهنگ می‌ذاره این
بار ترانه‌هاش فارسی نیستن، ملایمن. غذا خورده ولی میاد کنار من می‌شینه.

- بچّه بودی چرا محبّت کم داشتی؟

- مادرم از پدرم جدا شد، پدرم دوباره ازدواج نکرد و همیشه غرق کارش بود،
مادرم از ایران رفت قبل از مرگش فقط چند بار دیدمش.

فکر می‌کنم بچّه‌های منم این جوری نشن. فکرم رو می‌خونه.

- فکرهای مسخره نکن هرکسی ممکنه یه چیزی تو زندگیش کم داشته باشه
بالاخره یاد می‌گیره باهاش کنار بیاد، می‌بینی که معتاد و بزهکار و دزد و جانی نشدم.

می‌خنده منم می‌خندم. غذام تموم می‌شه میز رو جمع می‌کنم، می‌ره تو تراس
می‌شینه، میز رو دستمال می‌کشم، ظرف‌ها رو تو ماشین ظرفشویی می‌چینم، تو
کتری برقی آب می‌ریزم تا جوش بیاد یه سینی می‌چینم، چای دم می‌کنم می‌رم
دنبالش تو تراس. داره سیگار می‌کشه، چقدر قشنگ سیگار می‌کشه، جوری که
سیگار رو میک می‌زنه، انگار داره اکسیر زندگی رو کام می‌گیره دلم سیگار می‌خواد.

- منم می‌خوام بکشم.

پاکت سیگار و فندکش رو می‌زاره جلوم، یه دونه برمی‌دارم، روشنش می‌کنم،

سیگار می‌کشم، دودش رو فوت می‌کنم، سرفه هم نمی‌کنم، اوّلین تجربهٔ سیگار کشیدن اصلاً شبیه فیلم‌ها نیست، پس اون سرفه‌ها صرفاً یه ژسته. از این‌که شبیه صادق می‌شم خوشم میاد، صادق خیلی با ابهّت سیگار می‌کشه، حرکاتش رو تقلید می‌کنم، انگشت شصت و انگشت کوچیک دستم رو باز می‌ذارم، آرنجم رو می‌شکونم لم می‌دم، یک کم قوز می‌کنم، چه حال خوبی دارم، احساس می‌کنم کلّه‌ام پوکه و دود می‌ره تو سرم چرخ چرخ می‌زنه.

- برای روز دوشنبه بلیت گرفتم.

ناراحت می‌شم ولی نشون نمی‌دم.

- امروز چند شنبه است؟

- سه شنبه.

چیزی نمی‌گم.

- به شرط این‌که دردسری توش نباشه اگه دوست داشتی می‌تونی زنگ بزنی کسی بیاد پیشت از خانواده‌ات، مادرت یا دوستی اگر داری.

بازم چیزی نمی‌گم.

- چرا فکر می‌کنی قبلاً بی‌شعور بودی؟

بلند می‌خنده ازته دل قهقهه می‌زنه.

- من کی گفتم بی‌شعور بودم؟ گفتم شعورکم داشتم، لازم بود شعور بیش‌تری داشته باشم.

- چی‌کارکردی که از انجامش پشیمونی؟

برمی‌گرده نگام می‌کنه جدی می‌شه.

- خصوصیِ.

چیزی نمی‌گم، از سیگارم کام می‌گیرم، چشمام از دودش می‌سوزه، اشک‌هام رو پاک می‌کنم، سیگار رو خاموش می‌کنم. توی تمام وجودم یه ریل قطارکشیدند و یه قطار پرسرعت تو همهٔ وجودم وول می‌خوره، نمی‌دونم کاری که می‌کنم چیزی

هست که واقعاً می‌خوام یا نه. دچار بی حسی مغزی شدم نمی‌دونم چی درسته چی غلط. می‌دونم که دلم نمی‌خواد به اون زندگی قبلی برگردم. می‌دونم که من مادر بچّه‌هامم و این جوری شاید اذیّتشون کنم. نمی‌دونم چه آینده‌ای به انتظارم نشسته. نمی‌دونم تصمیم درست چیه؟ تصمیم منطقی چیه! فکر می‌کنم تصمیم درستی وجود نداره. برای هرکس تصمیم درست یه معیارهایی داره و برای هرکس تصمیم درست فرق می‌کنه. می‌دونم تصمیم درست برای خودم اینِ که برم دنبال زندگیم، برم خودم و خواسته‌هام و علایقم رو پیدا کنم. باید برای تصمیم‌گیری فقط به فکر خودم باشم؟ کی به فکر منِ؟ علیرضا بود یا بابا یا محمد؟ کدومشون خواستهٔ من رو در نظر گرفتند؟ حدّاقل حقّی که باید داشته باشم اینه که خودم بتونم به خودم اهمّیّت بدم. فکر می‌کنم آدم‌های آواره و جنگ زده که تمام گذشتشون رو از دست دادند باید شبیه من باشند. از یه طرف از این که آینده‌ام دیگه شبیه گذشته‌ام نمی‌شه خوشحالم، از یه طرف فکر می‌کنم چرا این همه سال مجبور بودم این جوری زندگی کنم. اجبار حتماً یه تفنگ نیست که تو رو تهدید به شلّیک می‌کنه، اجبار می‌تونه بزرگ‌تری باشه که این فکر رو بهت تلقین می‌کنه که فقط تصمیمات من تو رو خوشبخت می‌کنه! بهت تلقین می‌کنه که تو درست زندگی کردن رو بلد نیستی و من یادت می‌دم! اجبار اعتمادیِ که به آدم‌های مهمّ زندگیت داری! اعتمادی که خراب شد و من می‌دونم که نباید دوباره اعتماد کنم، می‌دونم که هیچ‌کس حال خوب من براش مهم نیست، که هیچ‌کس نمی‌دونه حال خوب من چجوریِ. شاید خودم هم درست ندونم ولی بالاخره حال خوبم رو پیدا می‌کنم.

صبح به زیور زنگ می‌زنم، زیور می‌گه که مرتّب به بچّه‌ها سر می‌زنه، می‌گه که آقا یه خانمی رو آورده برای نگه‌داری از بچّه‌ها. میگه خانمِ شب‌ها همون جا می‌مونه. می‌گه بچّه‌ها روزهای اوّل خیلی بهونه می‌گرفتند ولی الان تقریباً عادت کردند. بچّه‌ها چه زود به همه چی عادت می‌کنند. با خودم کلنجار می‌رم و می‌خوام شجاع باشم. می‌خوام با شرایطم رو به رو شم پس به مامان زنگ می‌زنم. با هر بوقی

که ازگوشی می‌شنوم تن و بدنم می‌لرزه و استرسم بیش‌تر می‌شه، نوک انگشت‌هام یخ زده و کف دست‌هام عرق کرده، جواب نمی‌ده، خیلی زود پیام می‌فرسته. "من خونهٔ آقایی‌ام بعداً باهات تماس می‌گیرم".

دل گرم می‌شم، یعنی مامان دلش با منِ، پشت منِ، کمکم می‌کنه. گوشیم رو خاموش نمی‌کنم. ولی هنوز قلبم تند تند می‌زنه، مرتّب می‌رم دستشویی، از این حسّ لعنتی انتظار متنفّرم، باید منتظر بمونی ببینی روزگار چه آشی برات پخته.

بالاخره مامان زنگ می‌زنه. با امید جواب می‌دم.

- سلام نازارم.

- سلام.

بغضم می‌ترکه، یه صدای آشنا ماهی‌ها رو مجنون می‌کنه، قلبم جوری می‌زنه که انگار فقط داره اشک به چشمام پمپاژ می‌کنه، ماهی‌ها مجنون‌تر از همیشه می‌میرند. نمی‌تونم حرف بزنم فقط زار می‌زنم، نمی‌دونم باید قطع کنم یا بزارم مامان صدای زجّه‌هام رو بشنوه.

- گیسم ببره چی می‌کشی دخترم؟ چه دنیایی ساختی برای خودت؟ چه زجری می‌دی به خودت؟ ارزشش رو داره این همه غم و دوری؟ این همه دلتنگی؟ قطع نمی‌کنم، می‌خوام شرایطم رو بپذیرم خودم رو جمع می‌کنم.

- مامان؟

- جانم عزیزکم؟

- من می‌خوام طلاق بگیرم.

- چرا دخترم؟

- چون نمی‌خوام بقیهٔ عمرم زن علیرضا باشم می‌خوام مال خودم باشم.

- به بچّه‌هات فکر کردی؟

- اون‌ها فقط بچّه‌های من نیستن، باباشون ازشون مواظبت می‌کنه، اون‌ها پسرن جاشون امنِ، بزرگ می‌شن سلطنت می‌کنن، من نمی‌خوام کنیز باشم، من

نمی‌تونم بیش‌تر از این خودمو فدا کنم.

- می‌خوای طلاق بگیری که چی‌کار کنی؟

- زندگی کنم، آرامش داشته باشم.

- تو با رئیست ریختی رو هم؟

- من با هیچ‌کس نریختم رو هم. من فقط بهش پناه آوردم، مامان من تنها بودم من نمی‌تونم از خودم بودن بگذرم من اون جوری که بقیه می‌خوان نیستم.

- تو تهران تک و تنها می‌خوای چی‌کار کنی؟

- مامان اون خدایی که تو کوهدشت هست تو تهران هم هست. این جا فرصت زندگی کردن بیش‌ترِ، دوست ندارم جایی باشم که آدم‌ها من رو با تصمیماتم قضاوت کنن، نمی‌خوام جایی باشم که آدم‌ها ریز و جزء زندگیم رو می‌دونن، نمی‌خوام جایی باشم که به صرف خوش آمد بقیه زندگی کنم.

- پول داری؟ چیزی کم و کسر نداری؟

- نه چیزی نمی‌خوام. مامان از بابا و محمد چه خبر؟

- هنوز تهرانن فعلاً می‌خوان بمونن.

- مامان تو چرا نیومدی؟

- من برای کشتنت نمیام، برای دیدنت یه روز تنها میام.

دلم می‌خواد بگم مامان دوستت دارم امّا نمی‌گم. مامان هم چیزی نمی‌گه. سکوت... سکوت...

- مامان بچّه‌هام چطورن؟

- حالشون خوبه. روزهای اوّل بهونت رو میگرفتن ولی الان بهترن.

- مامان تو اون جا حرفی نمی‌زنی؟ محمد و بابا رو آروم نمی‌کنی؟

- نه رولم، یاسین به گوش خر خوندنِ.

- هر وقت برگشتن کوهدشت بهم بگو.

- می‌خوان تا دو هفته دیگه که دادگاهتونه بمونن تهران.

- محمد مغازه و زن و بچّه‌اش روگذاشته اومده من رو بکشه.

- اون‌ها فقط می‌خوان برت گردونن کوهدشت. شایدم خسته شدن زودتر برگشتن.

- فعلاً کاری نداری؟

- خداحافظ.

دنیا آروم‌تر می‌چرخه. حالم بهتر شده گوشی رو می‌زارم کنار. آهنگ‌های صادق رو پلی می‌کنم می‌زنم فولدر اوّل.

بردی از یادم / دادی بر بادم / با یادت شادم /

یاد بچّه‌هام میفتم، یاد بازی کردن‌هاشون، لبخند زدن‌هاشون، دعوا کردن‌هاشون، لبخند می‌زنم. چند تا ماهی دیوونه می‌ریزن روگونه‌هام به شیطنت کردن، پاکشون می‌کنم، بلند می‌شم رو نوک انگشت‌هام می‌چرخم و با صدای بلند با خواننده می‌خونم:

"چه شد آن همه پیمان؟

که از آن لب خندان

بشنیدم و هرگز

خبری نشد از آن

کی آیی به برم؟

ای شمع سحرم

در بزمم نفسی

بنشین تاج سرم

تا از جان گذرم

آره چیزهایی هست که حاضرم براشون بمیرم، چیزهایی مثل خواستهٔ خودم، مثل سلامتی بچّه‌هام. چیزهایی دارم برای زندگی کردن، برای لبخند زدن.

پا به سرم نه

جان به تنم ده

چون به سر آمد

عمر بی ثمرم

تصوّر می‌کنم طلاق گرفتم خونه و کار و ماشین دارم مامان با تیام و توفان میان پیشم بچّه‌ها قد کشیدن، بزرگ شدن، تو دلم یه نسیم خنک می‌وزه.

امید اهل وفا تویی

رفته راه خطا تویی

آفت جان ما تویی

به علیرضا فکر می‌کنم اگه کاری به کارم نداشته باشه شاید ببخشمش، اونم بچّه بود، دوتامون حیف شدیم، چی از زندگی می‌فهمیدیم؟ فکر می‌کردیم زندگی همینِ، کی به علیرضا یادت داده بود زندگی یعنی چی؟ زن یعنی چی؟ فکر می‌کرد مدیریت خانواده یعنی این‌که زن صیغه کنی و به زنت بگی و زنت رازدارت باشه، فکر کرده بود زن‌ها با طلا همه چی یادشون می‌ره، همین قدر بلد بود. صدای سالار عقیلی بلند می‌شه می‌زنم ترانهٔ بعد:

تنها، تویی تو

که می‌تپی به نبض این رهایی

تو فارغ از وفور سایه‌هایی...

می‌رم تو آینهٔ کنار در ورودی به خودم نگاه می‌کنم.

باز آی که جز تو

جهان من حقیقتی ندارد

من هیچ وقت انقدر به خودم نزدیک نبودم. خودم؟ من کی‌ام؟

به سمت ماندنت راهی

نمی‌شوی چراگاهی

ستاره هدیه کن به مشت پوچ شب‌ها

من به خودم فرصت می‌دم، فرصت خودم بودن، فرصت زندگی کردن، فرصت جوونی کردن، ذهنم روی جوونی کردن می‌مونه، جوونی یعنی چی؟ جوونی کردن یعنی شور و شوق زندگی رو تجربه کردن، آره تجربه کردن همون جوونی کردنِ. انتخاب کردن، زندگی را زیستن.

آشوبم
آرامشم تویی
به هر ترانه‌ای سر می کشم،تویی
سحر اضافه کن به فهم آسمانم

به خودم لبخند می‌زنم، دلم می‌خواد خودم رو بغل کنم خودم رو ببوسم بگم مرسی که انقدر قوی هستی من بهت افتخار می‌کنم، دنیا تو رو کشف نکرد، خدارو شکر که خودت این کار رو کردی.

آشوبم
آرامشم تویی
به هر ترانه‌ای سر می‌کشم، تویی
بیا که بی تو من غم دو صد خزانم
می‌چرخم می‌چرخم می‌چرخم.
بگذار بگویم
که از سراب این و آن بریدم
من از عطش ترانه آفریدم
می‌چرخم و می‌چرخم

ترانه تموم می‌شه، میفتم رو مبل دکمهٔ خاموش سیستم صوتی رو می‌زنم، دراز می‌کشم و به سقف نگاه می‌کنم، با فاطمه حرف می‌زنم.

- من خودکشی نمی‌کنم، من زندگی می‌کنم جای تو هم زندگی می‌کنم، جای فریبا هم زندگی می‌کنم، جای لعبت که نمی‌دونه زندگی چیه زندگی می‌کنم، جای

مامان که تو زندگی گم شد زندگی می‌کنم، جای بی‌بی که مشهدی روحش روکشت زندگی می‌کنم، جای اون زنی که هووی من شد زندگی می‌کنم، من به جای همتون زندگی می‌کنم.

گریه می‌کنم، برای فاطمه یا بی‌بی یا مامان! نمی‌دونم فقط گریه می‌کنم. گریه لالاییِ برام، خوابم می‌بره.

بی‌بی نشسته پشت دار قالی، یه قالی هزار رنگ قشنگ داره می‌بافه پشتش به منِ. چشم از قالی برنمی‌دارم از زیبایی و تنوّع رنگ‌هاش مست می‌شم، می‌خوام برم جلو به قالی دست بکشم تار و پودش انگار ابریشمِ.

- بی‌بی این قالی واسه کیه؟

فکر می‌کنم بی‌بی قالی رو واسه من می‌بافه بی‌بی برمی‌گرده که جوابم رو بده صورت بی‌بی شکل لعبت کتک خورده ست با یه دندون افتاده.

از خواب می‌پرم، خیس عرقم، هوا تاریک شده، بیش‌تر از چهار ساعت خوابیدم. خواب لعنتی اعصاب خوردکن. دیر شده صادق باید تا الان می‌اومد، بهش زنگ می‌زنم. می‌گه که کارش طول کشیده و دیرتر میاد خونه، داره زیادی تاریک می‌شه، بلند می‌شم و لامپ‌های بیش‌تری روشن می‌کنم، می‌رم تو تراس به چراغ‌های خونه‌ها نگاه می‌کنم، خونه‌ها آرومن، انگار همه خوشبختن همه کنار خانواده‌هاشون آرامش دارن، خوشبختی دارن، حسودی می‌کنم به همهٔ دخترهایی که باباشون بهشون توجّه می‌کنه، به نظر و علاقه و سلیقه‌شون اهمّیّت می‌ده حسودی می‌کنم، به همهٔ زن‌هایی که شوهرشون عاشقشونه و قربون صدقه‌شون می‌ره حسودی می‌کنم، برمی‌گردم داخل. به صادق پیام می‌دم، شام پختم چیزی نگیری، دروغ می‌گم، تازه شروع می‌کنم به غذا پختن. پیاز رو رنده می‌کنم گوشت چرخ کرده رو می‌زارم مایکروفر یخش باز شه، برنج رو می‌ریزم تو قابلمه و می‌شورمش، برنج رو با روغن و نمک روگاز می‌ذارم، گوشت رو با پیاز و گلپر ورز می‌دم و ته ماهی‌تابه پهن می‌کنم، چهار سانت چهار سانت با کف‌گیر گوشت رو خط می‌ندازم و رو شعلهٔ

کم می‌ذارم، زعفرون دم می‌کنم، برنج زعفرونی دم می‌ندازم، بوی برنج شمال خونه رو برمی‌داره دلم برای برنج‌های دورود تنگ می‌شه، دلم برای آتیش و دود کباب تنگ می‌شه دلم برای تیام که عاشق این غذاست تنگ می‌شه، ولی گریه نمی‌کنم، دل‌تنگی هم جزئی از زندگیه. ما هم خانوادهٔ خوشبختی هستیم ولی با کمی فاصله. به آدم‌هایی فکر می‌کنم که خانواده‌ای ندارن که دلتنگش بشن، به آدم‌هایی که تو دنیا تک افتادن و هیچ وقت دستی حمایتشون نکرده و سقفی رو سرشون نبوده، اوج بدبختی هر آدمی اون جاست که برای بهتر شدن حالش بدبختی بقیه رو مرور می‌کنه خدا رو شکر کردم که سقفی هست که زیرش دلتنگ باشم، آدم‌هایی دارم که دلتنگشون باشم و دستی که دستگیرمِ. صادق اومد شام خوردیم، سیگار کشیدیم. صادق فردا عصر بلیت داره به مقصد دبی. چند تا کار ضروری براش پیش اومده که باید بره. از همون‌جا هم می‌ره لندن. می‌خوابیم. فردا شب دیگه صادق رو نمی‌بینم و زیر این سقف باید تا صبح تنها سر کنم و خدا رو شکر که سقفی هست.

صبحانه خوردن صادق تموم می‌شه چای من هنوز سرد نشده، بلند می‌شه می‌ره تو اتاق وسایلش رو جمع می‌کنه، لیوان رو می‌برم به دهنم هنوز داغِ صادق آماده ست که بره، می‌رم بدرقه‌اش، لبخند می‌زنم بغلش می‌کنم بوسش می‌کنم، تو گوشش می‌گم یادت باشه یه نفر این‌جا منتظرته. لبخند می‌زنه.

- نگران نباش زود برمی‌گردم.

نگران صادق نیستم، نگرانی زیاد دارم امّا نگرانیم صادق نیست، خداحافظی می‌کنیم، صادق می‌ره و در رو پشت سرش می‌بنده، به در بسته نگاه می‌کنم همهٔ درها بسته‌ان، حالم از دیوار و درهای بسته به هم می‌خوره، دلم می‌خواد برم کوه، برم باغ، برم هر جایی که دیوار نباشه، می‌رم تو آشپزخونه چاییم رو می‌خورم، تا صادق از این‌جا دور بشه، به میز صبحانه دست نمی‌زنم، می‌رم تو اتاق لباس می‌پوشم، آرایش می‌کنم، خطّ چشم می‌کشم فکر می‌کنم تازه عروسم. روحم داره زنجیر پاره می‌کنه، کفش اسپرت می‌پوشم، می‌رم تو کوچه آروم و موجّه از ساختمون

دور می‌شم، می‌رم تو کوچه‌ها گم می‌شم، می‌رم جایی که هیچ چشمی نباشه، چشم آدم‌هایی که نمی‌شناسیشون نیزه نداره، می‌دوم، می‌چرخم، تند راه می‌رم، دلم ترانه می‌خواد، هندزفری ندارم، می‌رم تو خیابون اصلی از کارت صادق یه هندزفری می‌خرم، گوشیم رو به آقای فروشنده می‌دم.

- می‌شه برام چند تا آهنگ جدید بریزید.

یه جوری نگام می‌کنه که انگار از غار اومدم و از تکنولوژی خبر ندارم گوشی رو می‌گیره برام آهنگ می‌ریزه، پولی بابتش نمی‌گیره از لطفش خوشحال می‌شم هرچیزی یه نشونه‌ست، آدم‌های خوب هنوز هستن، تشکّر می‌کنم خداحافظی می‌کنم، زیر طاق آسمون روی زمین خدا راه میفتم. برای راه رفتنم، برای دیر کردنم، قرار نیست به هیچ‌کس توضیح بدم، سبک شدم، سنگینی زنجیرها دیگه رو زمین بندم نمی‌کنه، انگار یه حبابم که تو باد اوج می‌گیرم، هندزفری رو می‌زارم و آهنگ اوّل رو پلی می‌کنم.

دستم رو بالاگرفتم
تو ضیافت اسیری
تا تو تا آخر دنیا
سرتو بالا بگیری
دستمو بالاگرفتم
تا تو قلبت پا بگیرم
تا ببینی با چه عشقی
این شکست رو می‌پذیرم.

جادوی کلمات یا سحر موسیقی؟ ولی خیلی زود ماهی‌ها دیوونه می‌شن، انگار یه لامپی توی تاریک‌ترین کوچه‌های ذهنم روشن می‌شه و نور هر دفعه روی یه خاطره می‌افته، یاد یزدان می‌افتم، شاید تنها کسی که حس می‌کردم، دزیره‌اش بودم، یزدان بود. برای یزدان گریه می‌کنم یا تیام و توفان؟ نمی‌دونم برای روزهایی

که بیخودی سوزوندمشون و زندگی نکردم گریه می‌کنم یا علیرضا رو دوست دارم نه دوست داشتن نیست. حس می‌کنم زندگیم سوخته هیچ‌کس قدرم رو ندونسته، هیچ‌کس کنارم نبوده هیچ‌کس دوستم نداشته دلم برای روزهایی می‌سوزه که می‌تونستم توش زندگی کنم، عاشقی کنم، آرامش داشته باشم، دلم برای خودم که همه جورِ‌تو چالشم می‌سوزه. زندگی با علیرضا چیزی نیست که من بخوام امّا انصاف نیست به خاطر یه زندگی آروم داشتن انقدر سختی بکشم. دلم برای همهٔ عمری که پوچ شده می‌سوزه، ولی هنوز وقت هست باید بقیه‌اش رو زندگی کنم، نمی‌خوام تاوان چیزهایی رو بدم که انتخاب نکردم، می‌خوام مال خودم باشم بی تعلّق. بی‌هیچ تعریف اضافه‌ای. خودم برای خودم. به بچّه‌ها فکر می‌کنم، اون‌ها بدون من هم همون زندگی‌ای رو می‌کنن که باید. من چه باشم چه نباشم اون‌ها چیزی می‌شن که علیرضا می‌خواد اون‌ها به ایثار من احتیاجی ندارند، دلم براشون می‌تپه، ماهی‌ها مجنون‌تر می‌شن. یه صدایی تو سرم می‌گه نمی‌خوای براشون مادری کنی؟ اون یکی می‌گه هیچ‌کس قد خودت به خودت احتیاج نداره، نمی‌خوای که یه مجسّمه متحرّک باشی می‌خوای؟ نه نمی‌خوام، نمی‌خوام. بچّه‌هام بدون من هیچ چیزی رو از دست نمی‌دن. یه صدایی از ته دلم می‌گه از دست بدن به جهنّم یه مادر مغبون سرخورده می‌خوان چی‌کار! دنیا همش دنبال غل و زنجیر موجّهِ. برو زندگیت رو بکن.

یه ترانهٔ جدید شروع می‌شه، یه صدای بم هوشیارکننده میاد، بعدش صدای سرضربه‌های سنتور با ریتم و فاصله. ریز و درشت و قشنگ مثل بارون ضربه‌های سنتور تو ذهنم می‌بارن، باهاشون از آسمون ذهنم جاری می‌شم با ریتم می‌چرخم، می‌رقصم سرم ناخودآگاه به چپ و راست تکون می‌خوره، دلم می‌خواد مثل مولانا سماع کنم.

رفیق من سنگ صبور غم‌هام
به دیدنم بیا که خیلی تنهام

هیچ‌کی نمی‌فهمه چه حالی دارم

- ماهی‌ها آی امان از ماهی‌ها -

چه دنیای رو به زوالی دارم.

- تندتر راه می‌رم، فکر می‌کنم، اگه تندتر راه برم چراغ پس کوچه‌های ذهنم

خاموش می‌شه -

خیلی دلم گرفته از خیلی‌ها

نمونده از جوونی‌هام نشونی

پیر شدم پیر تو ای جوونی

هق‌هق می‌کنم، دستمال می‌خوام، ولی همراهم ندارم آهنگ داره می‌خونه،

صداش رو کم می‌کنم، می‌رم داخل اوّلین سوپر مارکت، برام مهم نیست فروشنده

چطور نگاهم می‌کنه.

- دستمال جیبی دارین؟

- نه آبجی.

می‌خوام برگردم.

- بیا آبجی فعلاً از این دستمال بردار.

جعبهٔ دستمال کاغذی رو از زیر دخل می‌گیره جلوم، تعارف نمی‌کنم، چند تا

دستمال پشت سر هم بیرون می‌کشم. زود از مغازه بیرون می‌زنم. به بقیهٔ هق‌هقم

می‌رسم.

آهنگ رو برمی‌گردونم عقب. به صدای ضربهٔ سنتور گوش می‌دم که مثل

پنجه‌های کوچیک توفان می‌خوره به مغزم.

می‌شینم تو ایستگاه اتوبوس زار می‌زنم.

تنهای بی‌سنگ صبور خونهٔ سرد و سوت و کور

توی شب‌هات ستاره نیست موندی و راه چاره نیست

اگر چه هیچ‌کس نیومد سری به تنهاییت نزد

امّا تو کوه درد باش طاقت بیار و مرد باش.

جوری گریه می‌کنم که نیلوفر تو روضه‌ها برای حضرت زینب گریه می‌کرد و من مبهوت می‌شدم، خودم از گریهٔ خودم تعجّب می‌کنم، این همه اشک رو چند سال حبس کرده بودم.

ترانه تموم می‌شه، برنامه رو می‌بندم، هندزفری رو در میارم دیگه گریه نمی‌کنم. اتوبوس جلوی ایستگاه می‌ایسته آدم‌هایی که تو ایستگاه بودن سوار می‌شن، معلومِ همشون امروز خیلی کار دارن، ایستگاه خالی می‌شه، تشنم شده بلند می‌شم سمت پارک نزدیک خونهٔ صادق می‌رم. هوا آفتابی و قشنگِ. پارک خیلی شلوغِ. پر از بچّه‌های قد و نیم قد که بالا و پایین می‌پرن و جیغ می‌کشن، یه بچّه میفته زمین، دهنش رو قد دهن یه تمساح باز می‌کنه و صدای گریه‌اش بین اون همه شلوغی مثل آژیر خطر توکلّ پارک می‌پیچه، مامانش سمتش می‌دوه. از شیر آب پارک یه دل سیر آب می‌خورم، بدنم آب می‌خواد تا ماهی‌های تلف شده‌اش رو جبران کنه. به بچّه‌هام فکر می‌کنم، به اون‌ها از من چی می‌گن وقتی بزرگ بشن؟ شبیه علیرضا بشن نمیان سراغم مگر این که برای کشتنم. هیچکس نمی‌خواد قصّهٔ من رو بدونه ولی دلم می‌خواد از زندگیم برای بچّه‌هام بگم تا هم خودم بفهمم چی شد که این‌جوری شد هم بچّه‌هام بدونن.

مثل آدمی که قرارِ خیلی زود اعدام بشه امّا کلّی کارهای نکرده داره با سرعت از پارک بیرون می‌زنم. دنبال یه لوازم تحریر فروشی می‌گردم، از چند نفر آدرس می‌پرسم و بالاخره یکی پیدا می‌کنم، یه کلاسور بزرگ باکلّی برگه و خودکار می‌خرم. فکر می‌کنم تعریف کردن بیست و شش سال زندگی باید خیلی طولانی بشه.

بخش دوم

من دارم سرگذشتم رو می‌نویسم به امید این که روزی درک بشم و برچسب نخورم. دلم می‌خواد این نوشته‌ها از من برای فرزندانم به ارث بمونه. من یک زن بیست‌وشش ساله‌ام. من مادر دو پسر هستم. هیچ وقت در رویاهای من مادر شدن نبود وقتی به چیزی فکر نکردید نه براتون رویاست نه ازش متنفّرید. زندگی برای من مادر بودن رو رقم زد و من سعی کردم مادر خوبی باشم. بذارید از اوّل بگم، از اوّلین چیزهایی که از زندگیم یادم میاد.

همیشه فکر می‌کردم چرا هیچ‌کس به من فکر کردن رو یاد نداد. بعدها فهمیدم من اصلاً اجازهٔ فکر کردن ندارم. فهمیدم هرچی کم‌تر فکر کنم و کم‌تر بفهمم راحت‌ترم. از بچّگی فقط بهم یاد دادن بگم چشم و شکر کنم. به بابا بگم چشم، به آقایی بگم چشم، به عمو بگم چشم، به تاجی بگم چشم و تشکّر کنم. از خدا تشکّر

کنم که انقدر خوشبختم که دست دارم تا بنویسم که پا دارم تا راه برم که چشم دارم تا ببینم و دهن دارم تا چشم بگم و عقل دارم تا بفهمم باید چشم بگم و تشکّر کنم از بابا، از آقایی، از عمو، از همهٔ بزرگ‌ترها که هستند تا جای من فکر کنند. امّا متاسّفانه تربیت من به جای درستی نرسید و بالاخره روزی رسید که من فکر کردم.

همیشه گفتم چشم. اوایل بخاطر شکلات بعدش بود بعدها به خاطر نگاه و کلام تحسین‌آمیز اطرافیان و کم‌کم عادتم شد. فکر می‌کردم همین که می‌گم چشم خیلی سر به راهم خیلی عاقلم و یه آدم بزرگ محسوب می‌شم. فکر می‌کردم این چشم گفتن‌ها برام احترام میاره، نمی‌دونستم برای همه دارم کمرنگ می‌شم انقدر که به حساب نمیام و هیچ‌کس انتظاری ازم نداره جز چشم شنیدن. همه پذیرفتند که من تابع هستم و نظر شخصی ندارم. اشتباه کی بود، مادرم یا پدرم یا خودم! اشتباه تربیت شدم یا اشتباه کردم که به راحتی پذیرفتم و از وقتی عقلم رسید نگفتم من نظر دیگه‌ای دارم.

مادرم چندان شبیه بقیهٔ مادرها نبود با این که یه زن متاهّل بود اصلاح نمی‌کرد، چادر ساده می‌پوشید لباس‌های ساده و بدون هیچ‌گونه آرایشی. ظاهرش جوری بود که اگه کسی تو مدرسه می‌دیدش فکر می‌کرد دبیر الهیاتِ امّا نبود، دبیر زبان بود. زیاد حرف نمی‌زد هیچ وقت نشنیدم راجع به موضوعی بی‌پرسش صحبت کنه یا راجع به مساله‌ای نظری بده، همیشه آروم بود، همیشه غمگین بود، هیچ‌وقت مثل همهٔ مادرها به من نزدیک نبود، خیلی کم با هم حرف می‌زدیم، حرف‌هایی که بینمون ردّ و بدل می‌شد بیش‌تر در مورد ادب داشتن بود. بچّه که بودم یه جور، بزرگ‌تر که شدم یه جور دیگه، بیش‌تر دوست داشت بهم یاد بده یه دختر باید چطور باشه تا خانم و با وقار به نظر بیاد. هیچ وقت با هم دوست نبودیم هیچ وقت نتونستم حرف‌های دلم رو بهش بزنم. همیشه سعی می‌کرد جوری رفتار کنه که انگار بین من و برادرم محمد هیچ تفاوتی قائل نیست امّا من نکته‌بین بودم و همیشه می‌فهمیدم چقدر به برادرم توجّه بیش‌تری داره. وقتی

بچّه بودم و مامانم سرکار می‌رفت من رو پیش مادرش بی‌بی عصمت می‌ذاشت. با این که ما خونهٔ آقایی زندگی می‌کردیم و اون‌جا یه اتاق پونزده متری مال ما بود و خونشون بزرگ بود و آدم‌های زیادی توش زندگی می‌کردند و شلوغ بود و تاجی هم جوون‌تر و سرحال‌تر بود ولی من رو هر صبح پیش بی‌بی عصمت می‌ذاشتن، شاید اوّلش خیلی آزار دهنده نبود بی‌بی عصمت حوصلهٔ بیش‌تری داشت، برام قصّه می‌گفت، اجازه می‌داد تو کارهایی که انجام می‌داد بهش کمک کنم، بیش‌تر روز رو بافتنی می‌بافت، منم با کلاف‌های رنگارنگ کاموا بازی می‌کردم، گاهی اوقات دختری از فامیل یا همسایه‌ها می‌اومد پیشش تا بهش فرش بافی یاد بده. بی‌بی عصمت جوونی‌هاش فرش‌باف معروفی بود ولی اون زمان‌ها خیلی پیر بود، خسته بود، فرش نمی‌بافت، کلاه و دستکش می‌بافت. صبح زود از خواب بیدارم می‌کردند و دست و رو نشسته صبحانه نخورده من رو می‌بردن پیش بی‌بی عصمت. اون جا جز چایی و توت خشک خبری از صبحانه نبود. قرار بر این بود که مامانم ساعت یک بیاد دنبالم ولی خیلی وقت‌ها نمی‌اومد و من تا عصر پیش بی‌بی عصمت بودم. نهار اون جا خبری از چلو و خورش نبود، نهار بی‌بی عصمت یا یک کم نون و پنیر بود یا نیم‌رو یا کته یا اشکنه. کم‌کم بی‌بی عصمت هم به این وضعیت معترض شد. پیر بود، خسته بود، بی‌بی عصمت زود ازدواج کرده بود توی ده سالگی و دیر بچّه‌دار شده بود. اوّلین بچّه‌اش رو توی سی و چند سالگی به دنیا آورده بود، بعد از این که مشهدی سرش هوو آورده بود و هووش پنج تا بچّه زائیده بود، ولی بلافاصله بعد از اوّلی سه تا بچّهٔ دیگه هم آورده بود. با این که شصت و چند سالش بود ولی قد یه زن نود ساله پیر و کرخت بود، هوو داشتن عمرش رو خورده بود، همون روزهایی که من می‌رفتم پیشش شوهرش مرد. البته که به حال بی‌بی خیلی فرقی نکرد چون مشهدی پیش لعبت خانم زندگی می‌کرد، لعبت خیلی جوون تر از مشهدی و بی‌بی بود. مشهدی وقتی مرد هشتاد ساله بود. خیلی خوب یادم میاد وقتی خبر مرگ مشهدی رو برای بی‌بی آوردن غصّه‌اش گرفت و بی‌تابی کرد و اشک ریخت. هنوز

برق اشکاش تو ذهنم هست.

خونهٔ آقایی که ما هم توش زندگی می‌کردیم خیلی بزرگ بود، یه حیاط بزرگ با درخت‌های انار و سیب داشت ولی فقط یه اتاق پونزده متریش مال ما بود. بقیهٔ اتاق‌ها مال بقیه بودن، اتاق بزرگ که جلوش یه شاه‌نشین داشت مال آقایی و تاجی بود عصرها هم زن‌عمو نرگس قلیون‌هاشون رو چاق می‌کرد و تو شاه‌نشین می‌نشستن و قلیون می‌کشیدن. البته آقایی عادت داشت دوتا متکّای گرد بزاره زیرکتفش لم بده. یه اتاق خیلی بزرگ دیگه هم توی خونه بود که مال عمو غلامحسین و زن‌عمو نرگس بود. یه اتاق پونزده متری دیگه هم بود که مال بچّه‌های عمو غلامحسین بود. اون موقع‌ها عمو غلامرضا، فاطمه و علیرضا رو داشت. خونهٔ آقایی یه سالن بزرگ هم داشت که پذیرایی بود. خلاصه ازکلّ اون خونه فقط یه اتاق پونزده متریش مال ما بود.

داشتم از تبعیض‌های مادرم می‌گفتم. وقتی محمد به دنیا اومد مادرم سریع مدرسه‌اش رو جا به جا کرد و اومد مدرسه‌ایی که خیلی به خونمون نزدیک بود. بین کلاس‌ها می‌اومد خونه به محمد شیر می‌داد که نکنه محمد با شیر خشک بزرگ بشه و ضعیف باشه! توکلّ فامیل تنها بچّه‌ای که با شیر خشک بزرگ شد من بودم. اون موقع‌ها تو فامیل ما شیر خشک دادن به بچّه یه جور ظلم به بچّه بود ولی با این همه مادرم من رو با شیر خشک بزرگ کرد.

وقتی محمد بزرگ‌تر شد هروقت سر هر مساله‌ای دعوامون می‌شد با این توجیه که من بزرگ‌ترم مادرم من رو مقصّر می‌کرد و من تنبیه می‌شدم حتّی وقتی محمد دفتر مشق من رو پاره می‌کرد تقصیر من بود که دفتر مشقم رو برنداشته بودم، وقتی موهام رو می‌کشید تقصیر من بود که خواهر بزرگ‌تر خوبی نبودم.

خونهٔ آقایی خیلی شلوغ بود. زندگی کردن تو خونه‌ای به اون شلوغی برای مامان کار سختی بود. تا وقتی من ده ساله بودم تو اون خونه بودیم مامان هم همیشه عصبی و آشفته بود. مامان هم مثل بی‌بی تنهایی و خلوت رو دوست

داشت. خونهٔ بی‌بی همیشه خالی بود مگر تک و توک مهمون سرزده‌ای می‌اومد. دختر دیگه‌اش خاله زری بروجرد زندگی می‌کرد با این‌که مسیر بروجرد تا کوهدشت چند ساعت بیش‌تر نبود ولی خاله زری فقط سالی دو بار می‌اومد کوهدشت، هر سال نوروز و یک بار هم تابستون. دایی عظیم و دایی اکبر هم گاهی خودشون تنها می‌اومدن و به بی‌بی سر می‌زدن تنها سر خر خونهٔ بی‌بی من بودم.

علاوه بر شلوغی خونهٔ آقایی چیزهای دیگه‌ای هم بود که مامان رو اذیّت می‌کرد. امر و نهی کردن‌های زیاد تاجی که مامان فقط می‌تونست در مقابلشون سکوت و اطاعت کنه یا نیش و کنایه‌های جاریش نرگس. بچّه هم که زیاد بود بچّه‌ها می‌رفتن و می‌اومدن و خراب‌کاری می‌کردن و دسته گل به آب می‌دادن و همیشه کاری بود برای انجام دادن مخصوصاً برای مامان که بسیار مقیّد بود و خیلی روی پاکی و نجسی حسّاس. علاوه بر عمو غلامحسین و خانواده‌اش که خونهٔ آقایی زندگی می‌کردند. عمه طیبه هم یه سره اون‌جا بود و همیشه حرف و حدیثی برای آزاردادن مامان داشت. زن‌عمو نرگس خوب بلد بود چطور با مادرشوهر و خواهرشوهر تا کنه تا همیشه عزیز باشه حرف و حدیثی هم اگر پیش می‌اومد یک گوشش در بود یک گوشش دروازه. مامان امّا خیلی حسّاس بود شاغل بودنش باعث شده بود تا به قول تاجی مادر و زن نصف و نیمه‌ای باشه و حسابی فضا برای حرف و حدیث فراهم باشه. البته عموغلامحسین هم از اون مردها بود که حواسش به زنش بود و ازش دل‌جویی و قدردانی می‌کرد. بابا امّا اصلاً انگار تو این دنیا نبود برای خودش عالمی داشت.

بابا معلّم دبستان بود. بیش‌تر زمانی رو که باید خونه می‌بود دنبال گیر و گرفتاری‌ها و حساب کتاب‌های آقایی بود. آقایی باغ انار بزرگی داشت .بیش‌تر کارهای باغ رو بابا انجام می‌داد بدون هیچ مزد و مواجبی. بعد از برداشت امّا همه سهم می‌خواستن بیش‌تر از همه عمه طیبه. عمه بچّهٔ آخر بود، عزیز دردونهٔ آقایی بود با این که بیش‌تر کارها رو بابا انجام می‌داد ولی خیلی تو چشم آقایی نبود. عموغلامحسین فرزند ارشد بود و آقایی خیلی بهش احترام می‌ذاشت.

با این که خونهٔ آقایی همیشه پر از بچّه بود ولی من بیش‌تر وقت‌ها تنها بازی می‌کردم، فاطمه دختر عمو بیش‌تر وقت‌ها با برادرهاش بازی می‌کرد. من عاشق بازی‌هاشون بودم امّا وقتی من باهاشون بازی می‌کردم علیرضا و غلامرضا بچّه‌های عمو حرف من روگوش می‌دادند و خیلی بهم توجّه می‌کردند. فاطمه همیشه حسودی می‌کرد و تهش همیشه دعوا بود. مامان هم حوصلهٔ کشمکش اضافه سر بچّه‌ها رو نداشت هم دوست نداشت همبازی‌های من پسر باشند. برام وسایل خاله بازی می‌خرید و می‌گفت بهترِ تنها بازی کنم، طاهره دخترِ عمه طیبه که بزرگ‌تر شد پایهٔ خاله بازی هام بود. تو حیاط خونهٔ آقایی می‌شد واقعی خاله بازی کرد، می‌شد برگ‌ها رو جاروکرد، از تو حوض آب برداشت و می‌شد کلّی خاله بازی زندگی کرد. علیرضا خیلی دوست داشت خودش رو قاطی خاله بازی ما بکنه امّا من رو حساب حرف مامان بهش تشر می‌زدم و از بازی بیرونش می‌کردم. گاهی می‌نشست رو پلّه خاله بازی ما رو نگاه می‌کرد، فاطمه از حسودی می‌اومد بازی ما رو به هم می‌ریخت. خاطرات خونهٔ آقایی تلخ و شیرین‌های جذّابی هستند.

محمد امّا واسه همه سوگولی بود مخصوصاً واسه تاجی. خیلی دوستش داشت و لوسش می‌کرد. همیشه پول اختصاصی بهش می‌داد تا از سرکوچه برای خودش قاقا لی‌لی بخره. محمد خیلی درگیر بازی بچّه‌ها نمی‌شد چون همیشه اسباب بازی‌هایی داشت که واسش جذّاب‌تر بودن. سه چرخهٔ گرون قیمت و تفنگ ترقّه‌ای و توپ چهل تیکه و... خلاصه ستارهٔ اقبال محمد می‌درخشید و واسه خودش سلطنتی داشت. بالاخره وقتی سنّ مدرسه رفتن محمد شد مامان به بهانهٔ این‌که محمد باید توی یه جای آروم‌تر درس بخونه بار و بندیلمون رو از اون خونه جمع کرد، البته مامان و بابا هم دیگه پولی به هم زدن و تونستیم یه خونه بخریم. خونمون نسبتاً از خونهٔ آقایی و بی‌بی دور بود. با این فاصله خدمات بابا به آقایی هم کم‌تر شد ولی عوضش بازم توجّهش به من نبود، من بیش‌تر روز تو خونه تنها بودم یا باید کمک مامان کارهای خونه رو انجام می‌دادم ولی بابا با محمد یه سره توگشت

وگذار بودن. محمد می‌رفت توکوچه دوچرخه‌سواری می‌کرد من نه تنها دوچرخه نداشتم بلکه اجازهٔ توکوچه رفتن هم نداشتم. وقتی به سنّ تکلیف رسیدم. مامان یه روز من رو برد بازار و برام چادر خرید. اون روز حسّ خوبی داشتم فکر می‌کردم دیگه بزرگ شدم، بدون این‌که بدونم بزرگ شدن یعنی چی و اصلاً خوب هست یا نه، ازاین مسأله خوش‌حال بودم. سعی می‌کردم مثل زن‌های بزرگ رفتارکنم.

ازوقتی رفتیم خونهٔ خودمون مهمونی برامون نمی‌اومد. خونمون سوت وکور بود عین خونهٔ بی‌بی. چند وقت بعد از رفتن ما عمو هم یه خونهٔ بزرگ نزدیک خونهٔ آقایی خرید و زن و بچّه‌اش رو برد، ولی خونهٔ آقایی خلوت نشد، چون عمه طیبه و بچّه‌های قد و نیم قدش هر روز اون جا بودن. خونهٔ عمو هم نزدیک بود و بچّه‌هاش یه سره تو رفت و آمد بودند. غلامرضا پسر بزرگ عمو مردی شده بود و جای بابا رو تو راه انداختن کارهای آقایی گرفته بود. هفته‌ای یه بار هم بابا ما رو می‌برد خونهٔ آقایی، مامان هم‌گاهی می‌اومد امّا نه همیشه. تو این فاصله‌که ما بچّه‌های عمو روکم می‌دیدیم، نمی‌دونم چطور شد یهو علیرضا و غلامرضا قد کشیدند و مرد شدند. علیرضا هنوزکم سنّ و سال بود ولی به چشم من مردی بود؛ اون هم همیشه‌گوشهٔ نگاهش به من بود. ازاین‌که همیشه توجّهش به من بود، کیف می‌کردم، لحن نگاهش بهم حسّ زیبایی و اعتماد به نفس می‌داد با این‌که من سبزه یا به قول تاجی سیاه‌سوخته و لاغر بودم بازم علیرضا یه جوری من رو نگاه می‌کردکه انگار قشنگ‌ترین اتّفاق آفرینشم. اوّلین باری که با چادر رفتم خونهٔ آقایی، همه تحسینم کردن ولی علیرضا یه جوری نگام کردکه انگار مسخره‌ترین کار دنیا رو انجام دادم. چادرم رو دوست داشتم ولی نگاه علیرضا دوست داشتنم رو خراب کرد. قبل ازمن فاطمه هم چادرسر می‌کرد ولی اون دیگه دبیرستان می‌رفت که چادر می‌پوشید من تازه کلاس چهارم بودم‌که چادرسرکردم. آقایی انقدر از چادر سرکردن من کیف کردکه به بابا پول داد تا برام یه جفت النگو بخره. یه جفت میل باریک خریدم. النگوهام رو خیلی دوست داشتم. اوّلین هدیه‌ای بود که کسی به

من داد. قشنگ یادم میاد همون روز بعد از خونهٔ آقایی من و بابا رفتیم بازار. محمد اون شب خونهٔ آقایی موند. بازار خیلی شلوغ بود، کلّ بازار یه راسته بیش‌تر نبود، کلّاً دو تا طلافروشی کنار هم بودن، اون طلافروشی که بابا من رو برد دوست بابا بود، فقط یه مدل النگو سایز دستم داشت. دست‌هام خیلی لاغر و نحیف بودن، هنوز النگوی بچّه‌گونه سایزم می‌شد. شب که رسیدیم خونه با ذوق و شوق النگوهام رو به مامان نشون دادم، با هیجان گفتم مامان به خاطر چادرم آقایی پول داد این‌ها رو خریدیم. مامان کارش این بود که حال من رو بگیره یه جوری با اخم النگوها رو نگاه کرد که دیگه دوستشون نداشتم، بعد م گفت نباید به خاطر خوش آمد یا حرف بقیه چادر سرکنی، تو چادر می‌زنی چون یه دختر مسلمونی.

اوّلین باری که با چادر رفتم مدرسه اصلاً اتّفاق عجیبی نبود. خیلی از بچّه‌های مدرسه چادر سر می‌کردن، ناظم مدرسمون کلّی تشویقم کرد و از اون به بعد کلّی باهام مهربون‌تر بود. ولی تو راه مدرسه خیلی معذّب بودم، چادر با کوله پشتی خیلی مسخره بود روی چادر نمی‌شد، کوله پشتی پوشید کوله‌ام رو می‌انداختم و بعد چادرم رو روش می‌پوشیدم. همش منتظر بودم سال تحصیلی تموم شه تا سال بعد یه کیف زنونه بخرم. می‌دونستم که هرچقدر هم اصرار کنم مامان تو سال تحصیلی دوباره برام کیف نمی‌خره، نمی‌دونم چرا با وجود این که خانوادهٔ فقیری نبودیم مامان دوست داشت ما رو با صرفه‌جویی بزرگ کنه، البته بیش‌تر من رو، چون محمد هرچیزی رو که می‌خواست بالاخره به دست می‌آورد.

از همون روزی که چادر سرم کردم فکر کردم دیگه یه خانم بزرگ شدم، همون یه ذرّه بچّگی هم که می‌کردم پر کشید رفت آسمون. تو مدرسه تمام نماز جماعت‌ها و مراسم مذهبی رو شرکت می‌کردم، سر صف همیشه قرائت قرآن با من بود، شده بودم محبوب قلب خانم ناظم و معلّم پرورشی. هرچی مسابقهٔ مذهبی بود شرکت می‌کردم، کلّی لوح تقدیر گرفتم، درس‌هام هم بهتر شد، از اوّل جزء بچّه‌های

درس‌خون بودم ولی بعد رسماً شاگرد اوّل کلاس شدم. مامانم از این مساله خیلی خوش‌حال بود، هر وقت زن‌عمو نرگس و عمه طیبه رو می‌دید از درس‌خون بودن و نمونه بودن من می‌گفت و حسابی پز می‌داد، تنها چیزی بود که می‌دیدم مامان حوصله داره راجع بهش ساعت‌ها حرف بزنه، تنها چیزی بود که مامان با ذوق و شوق راجع بهش حرف می‌زد، تنها چیزی بود که به واسطه‌اش مامان به من توجّه می‌کرد از این وضعیت راضی بودم، انقدر از این همه توجّه خوش‌حال بودم که نمی‌ذاشتم هیچ نماز صبحی ازم قضا بشه. تمام ماه رمضون روزه می‌گرفتم تو جمع‌های فامیل مثل خانم‌ها رفتار می‌کردم، نمی‌رفتم با بچّه‌ها بازی کنم تو مهمونی‌ها هم حجاب می‌کردم. یادمه یه بار شوهرعمه طیبه جلوی همه گفت از من حجاب می‌کنی؟ من جای پدرتم، تو قد سجاد خودم بودی بغلت کردم، گریه نکنی. همه هم با حرف‌هاش خندیدن دلم می‌خواست آب شم برم تو زمین؛ اوّلین بار بود کسی این‌جوری راجع به من حرف زده بود، احساس حقارت کردم، احساس کردم مثل سیندرلا که لباس و وسایلش سر ساعت دوازده غیب شد تمام بزرگی و خانم بودنم رو زمین بلعید. خودم رو از تک و تا ننداختم هیچی نگفتم ولی تا آخر مهمونی سعی کردم جوری رفتار کنم که کسی نفهمه چقدر ناراحت شدم.

عید اون سال نوروز خیلی قشنگی بود مثل همیشه سال تحویل خونهٔ آقایی بودیم اون سال برخلاف همیشه آقایی به همهٔ نوه‌هاش دختر و پسر به یه اندازه عیدی داد، بیش‌تر از هر سال هم عیدی داد. این دوّمین باری بود که آقایی رو خیلی دوست داشتم.

بعد از سال تحویل خونهٔ بی‌بی رفتیم، خاله زری اومده بود تو این مدّت میثم هم یهو بزرگ شده بود. نگاه‌های میثم رو هم دوست داشتم از این‌که با چادر و حجاب باز هم بهم توجّه می‌شد لذّت می‌بردم. مرجان ولی چادر سرش نمی‌کرد. مرجان دقیقاً هم سنّ من بود، بلوز و شلوار می‌پوشید و روسری می‌پوشید تو کوچه با بچّه‌ها بازی می‌کرد، تو خونه با میثم کشتی می‌گرفت، مامانش اصلاً باهاش کاری نداشت.

بعضی وقت‌ها منم دلم می‌خواست باهاشون بازی کنم ولی دوست نداشتم شبیه بچّه‌ها به نظر بیام. بی‌بی انگار فکرم رو می‌خوند بهم می‌گفت عیب نداره که دوست داری چادربزنی مادرت دوست داره خودت دوست داری کاری ندارم ولی عیب نداره اگه تو خونه با بچّه‌ها بازی کنی، نمی‌خواد مثل زن‌های هزار ساله رفتارکنی قد سنّت باش. همون سال عید فاطمه رو عقدکردند. فاطمه سال آخر دبیرستان بود به یکی از فامیل‌های آقایی شوهرکرد، میگفتن شوهرش خیلی پولدارِ. اسم شوهرش حیدر بود. ده سال از فاطمه بزرگ‌تر بود، به نظر من اصلاً به هم نمی اومدن. حیدر خیلی درشت و زمخت بود ولی زن‌عمو نرگس خیلی پز دامادش رو می‌داد. یادم میاد برای اون موقع مهریهٔ زیادی براش گذاشتن. یادم نیست چند سکّه بود ولی یادم میاد خیلی تو فامیل صداکرد. بابای حیدرگاوداری داشت. حیدر هم توگاوداری باباش کار می‌کرد و به قول تاجی مواجب از آقاش می‌گرفت. توی عقدکنونش خاله زری هم بود، همه بودن، جشن شلوغی بود، بی‌بی ولی نیومده بود، بی‌بی حتّی حوصلهٔ شلوغی جشن و عروسی هم نداشت یادمه عمه طیبه گفته بود برو ساک وسایل سجاد رو از عمو بگیر. اون موقع هنوز سجاد نوزاد بود. توی حیاط همهٔ مردها و پسرها بودن، جوری از جلوی همه رد شدم که انگارکت واک یه برند معروفِ و منم معروف‌ترین مدل سالنم، ولی انقدری می‌دونم که حواس میثم و علیرضا پیش من بود، میثم به من چشمک زد. می‌دونم که علیرضا هم دید. سرعت قدم‌هام رو بیش‌ترکردم و سریع برگشتم تو زنونه. از اون روز به بعد تمام حرف‌های زن‌عمو و فاطمه تعریف از حیدر بود. بی‌بی می‌گفت چه عجله‌ای داشتن به شوهردادن این بچّه. من این حیدرو باباش رو ازقدیم می‌شناسم، درسته دستشون به دهنشون می‌رسه ولی عقلشون به زندگی نمی‌رسه. فکرکنم زن‌عمو ازهول حلیم افتاده بود تو دیگ. البته همون قدر که بی‌بی این خانواده رو می‌شناخت تاجی و آقایی هم می‌شناختن، حتماً فکرکردن پول برای زندگی کافیه یا شایدم فکرکردن عقل حیدر به اون زندگی که اونا می‌خوان می‌رسه، نمی‌دونم. توی فامیل ما زود ازدواج کردن مرسوم بود، دخترها تو دبیرستان

پسرها تو بیست و چند سالگی. فاطمه زیبا بود خواستگار خوب داشت و زود ازدواج کرد. این فرهنگمون بود.

قرار شد تابستون همون سال عروسی فاطمه باشه زن‌عمو حسابی افتاده بودند به صرافت خرید. یه سره تو بازار بود یه بار هم عروس و داماد جمع کردن رفتن تهران. عموی حیدر تهران زندگی می‌کرد. عمو اینا و خانوادهٔ حیدر هم همراهشون رفته بودن از تهران خرید عروسی کردن. یادمه فاطمه از تهران که برگشت انگار از پاریس برگشته بود. یه جوری از بازار رفتن‌ها و خریدهاش حرف می‌زد که انگار کلّ تهران و برای فاطمه قرق کرده بودند.

از وقتی چادر می‌پوشیدم توجّه آقایی بهم بیش‌تر شده بود، می‌گفت برم بشینم کنارش بعد باهام حرف می‌زد از درس و مدرسه می‌پرسید. می‌گفت قرآن چی بلدی برام بخون. براش قرآن می‌خوندم کیف می‌کرد. از ذوق توجّه‌های آقایی قرآن حفظ می‌کردم تو همهٔ مسابقات قرآنی شرکت می‌کردم، تو بیش‌ترش برنده می‌شدم، لوح‌هام رو می‌بردم به آقایی نشون می‌دادم بهم جایزه می‌داد، پول می‌داد بابا برام کیف و دفتر و مدادرنگی و از این چیزها می‌خرید. اون سال تابستون قرار بود یه هفته عروسی فاطمه باشه کلّی مهمون می‌اومد خونهٔ آقایی. همه دنبال خرید لباس بودند الّا مامان. منم دلم می‌خواست لباس عروسی بدوزم، مامان اخلاقش یه جوری بود که اصلاً رو نمی‌کردم بهش بگم. یه روز به بی‌بی گفتم منم دلم می‌خواد لباس عروسی بدوزم. بی‌بی من رو برد بازار، برام پارچه خرید یه پارچهٔ رنگی رنگی شاد گل‌های سرخ و سبز درشت داشت. اون وقت‌ها لباس‌های کلوش مد بود. بی‌بی من رو برد پیش یکی از زن‌های همسایشون اندازه‌هام رو گرفت. چند روز بیش‌تر تا عروسی نمونده بود. یه روز قبل عروسی لباسم آماده شد. عاشقش بودم، دامن کلوش، آستین‌های کلوش، اوّلین باری که تو خونه پوشیدمش فقط باهاش می‌چرخیدم، دامنش باز می‌شد و تاب می‌خورد. مامانم از دیدن لباسم خوش‌حال نشد اخم کرد و گفت باید برات جوراب بلند بخرم یک کم دیگه فکر کرد و

گفت تو عروسی انقدر نچرخی دامنت بره بالا.

از قبل از عروسی خونهٔ آقایی حسابی شلوغ بود. خاله زری هم یه روز قبل عروسی اومد چون یه جورهایی ما هم جزء میزبانان عروسی بودیم خاله زری خونهٔ ما اتراق کرد، هر روز از صبح تا شب می‌رفتیم خونهٔ آقایی. نهار و شام اون جا بودیم و شب‌ها برمی‌گشتیم خونه می‌خوابیدیم. صبح دوباره می‌رفتیم. شب‌ها ساز و دهل می‌زدند هرشب هرشب. همه زن و مردها زنجیر می‌شدن دو پا می‌رقصیدن. علیرضا بیش‌تر اوقات سرچوبی‌گیر بود. علیرضا هم از تهران کلّی لباس خریده بود هر روز یه دست لباس جدید می‌پوشید.

توی تمام روزهای مهمونی من مثل همیشه لباس‌های ساده تنم بود امّا مرجان با این که برای عروسی یه دست لباس دوخته بود ولی هر روز لباس‌هاش مرتّب بود. روز عروسی لباس کلوشم رو پوشیدم. مرجان هم لباس کلوش دوخته بود. لباس مرجان یه سره گل‌بهی بود. مال من گل‌دار و شاد بود. وقتی رفتیم خونهٔ آقایی و چادرم رو درآوردم احساس کردم همه حواسشون به قشنگی لباس منِ. جوراب بلند پوشیده بودم با ساق دست. روسری هم زده بودم لباسم بازم تو تنم قشنگ بود. فاطمه لباس عروسی رو که از تهران خریده بود پوشیده بود. لباسش خیلی قشنگ بود، خودش جوری رفتار می‌کرد که انگار ملکه است و امروز روز تاج‌گذاریشِ و همهٔ ما هم رعیتش هستیم.

عروسی تموم شد و فاطمه به خوشی رفت سر زندگیش. طبق عرف اون زمان یه اتاق از خونهٔ بابای حیدر، اتاق عروس و خونهٔ جدید فاطمه شد.

تو شلوغی‌های همون موقع بود که میثم برام نامه نوشته بود و گذاشته بود لای چادرم. اوّل که نامه رو دیدم فکر کردم اشتباهی چادرم رو برداشتم، بعد که داخلش رو نگاه کردم و دیدم درشت نوشته از طرف میثم! فهمیدم اشتباه نکردم. میثم چه کلّهٔ داغی داشته! این چه کاری بوده کرده اگه مامان نامه رو می‌دید هر دومون رو می‌فرستاد به جهنّم. نامه‌اش رو قایم کردم و وقتی تو خونه تنها

بودم چند روز بعد از تموم شدن عروسی و برگشتن خاله زری و بچّه‌هاش نامه رو خوندم. برعکس من میثم خیلی بدخط بود، کلمات درشت و کج و کوله بودند. یک صفحه نوشته بود که اگه درست مرتّب می‌نوشت چهار خط هم نمی‌شد.

نوشته بود:

مریم قشنگم من عاشق چشم‌های سیاه تو هستم، عاشق ابروهای کشیده‌ات هستم، عاشق تو هستم و دوست دارم زن من باشی، دوست دارم زود بزرگ بشوم و به خواستگاری تو بیایم. با آن لباسی که توی عروسی پوشیدی خیلی خوشگل شدی. ان‌شاالله عروسی خودمان.

وقتی نامه رو خوندم فقط خندیدم و به این فکر کردم که من چشمام سیاه نیست و قهوه‌ایِ. نامه رو پاره کردم و از ترس این که مامان پاره‌اش رو هم نبینه تو باغچه چالش کردم.

بقیهٔ اون سال به مهمون بازی و گشت و گذار گذشت. اوّل تاجی همه رو دعوت کرد باغ انار. خانوادهٔ حیدر هم اومده بودن. پدرش فریبرزخان یه مرد چاق و قد بلند با سبیل‌های مشکی بلند بود که با خیال راحت لم می‌داد و وسط جمع وافور می‌کشید. چیزی که معمولاً تو خانوادهٔ ما باب نبود. مادر حیدر، مرمر خانم با این که هم سنّ و سال زن‌عمو نرگس بود ولی لباس پوشیدن و رفتار و سکناتش طوری بود که هم سنّ تاجی و بی‌بی به نظر می‌رسید سربند بسته بود و گیس‌های خاکستریش رو دو طرف صورتش گذاشته بود. پیرهن سبزی پوشیده بود پر از گل‌های ریز سرخ و زرد. کلنجهٔ مخمل قرمز یراق دوزی شده‌ای پوشیده بود که معلوم بود لباس‌های پلو خوریش رو از توی گنجه بیرون کشیده و به شادی تازه عروس و پسرش به تن کرده. تاجی همیشه از این دست لباس‌ها می‌پوشید. لباس‌های خونگیش هم عین لباس‌های پلوخوری و جشن بود. تاجی همیشه از بالا به همه نگاه می‌کرد و فخر می‌فروخت که خان زاده است. اسمش تاج سلطان بود و الحق که چقدر

این اسم برازنده‌اش بود. هرچقدر زن‌عمو نرگس و فاطمه دور و ور حیدر و مادر و خانواده‌اش بودند تاجی با نگاه و کلامش تحقیرشون می‌کرد، بیچاره مرمر خودش زن فروریخته‌ای بود کلام و نگاه تاجی رو کم داشت تا مرتّب تپق بزنه و دستپاچه بشه. مرمر همین یه پسررو داشت و بعدش چهارتا دختر زاییده بود و طبیعی بود که فریبرزخان سرش هوو آورده بود. دخترهای مرمر که همه اختلاف سنّی یک ساله و دو ساله داشتند همه لباس‌های ساده و چادرهای رنگی پوشیده بودند به جز خواهر بزرگ‌تر طلعت که با شوهرش اومده بود. هووی مرمر زن جوونی بود با موهای طلایی و پوستی هلویی پسری هم سنّ و سال من داشت که بیش‌تر دور و بر مادرش می‌پلکید تا این که با بقیهٔ پسرها بازی کنه. پسرها از درخت بالا می‌رفتن، انار می‌چیدن، با تفنگ بادی نشانه می‌گرفتن، به سگ‌ها ته باغ غذا می‌دادن. زن‌ها به جز تاجی مرتّب در حال پذیرایی بودند. من و خواهرهای حیدر که به ترتیب عفّت، هاجر و هانیه بودند پنج سنگ بازی می‌کردیم. مردها قلیون می‌کشیدند، مرتّب چای می‌خوردند و در مورد وضع کشاورزی و گلّه داری و باغ داری منطقه حرف می‌زدند. بچّه‌های عمه طیبه مرتّب بهانه می‌گرفتند، بالاخره طاهره و طوبی دخترهای عمه با چوب روی گل‌های باغ طرح کشیدند و مشغول بازی شدند و عمه طیبه هم انقدر سجاد رو تو بغلش چرخوند تا خوابید. قبل از رفتن خانوادهٔ حیدر، آقایی به رجب‌علی باغبون گفت برای مهمونامون انار بچینه یه گونی انار هم پیشکش مهمونا شد و سوار نیسان آبیشون شدند و رفتند.

فاطمه هم با اون‌ها رفت، تا وسایل رو جمع و جور کنیم و از باغ برگردیم، هرکسی راجع به خانوادهٔ حیدر حرفی زد، همه تعریف کردن غیر از تاجی. تاجی می‌گفت آدم‌های تازه به دوران رسیده‌ای هستن، چشمشون پر نیست، نگشته‌اند. وسایل رو جمع می‌کردیم و عقب مزدای عمو غلامحسین می‌چیدیم علیرضا مرتّب پشت سرم راه می‌رفت از این‌که همش دنبالم بود کلافه شده بودم عمه طیبه و بچّه‌هاش و عمو حسین با رنوی خودشون رفتند.

آقایی و تاجی و زن‌عمو و مامان و محمد با بنز آقایی رفتن. عمو و بابا و غلامرضا جلوی مزدا نشستن و نهایتاً من و علیرضا مجبور شدیم عقب مزدا بشینیم از این که عقب می‌نشستم کیف می‌کردم، عاشق دیدن منظره‌ها از عقب ماشین بودم و اصلاً برام مهم نبود خاکی می‌شم، علیرضا انگار مدّت‌ها منتظر همچین فرصتی بود، شروع به حرف زدن کرد.

- اون روز دیدم میثم بهت چشمک زد اگه به آقایی بگم پوستت رو می‌کنه.

- میثم چشمک زد، آقایی چرا پوست من رو بکنه.

- خب لابد تو یه سر و سرّی با میثم داری که بهت چشمک می‌زنه.

- تو خیلی خری، دختری که نماز می‌خونه، چادر می‌زنه، با کسی سر و سرّی نداره، حواست هم به خودت باشه، حرف زیادی بزنی می‌رم به آقایی می‌گم، اون‌وقت ببینم پوست من رو می‌کنه یا تو.

علیرضای بیچاره دیگه تا خونه هیچ حرفی نزد.

چند وقت بعدش فریبرز خان به تلافی همه رو به باغ گردوشون دعوت کرد. باغشون خیلی بزرگ بود از سر باغ ته باغ رو نمی‌دیدی، درخت‌های بلند داشت، پر از گردو، اون روز به اندازهٔ تمام عمرم گردو خوردم. علیرضا یه چوب بلند گرفته بود می‌زد به شاخه‌های درخت‌ها و گردو می‌چید می‌آورد برام، می‌دید که من خوشم میاد به بهونهٔ من خودش رو با درخت‌های گردو سرگرم کرده بود. محمد با طاهره و طوبی بچّه‌های عمه طیبه بازی می‌کرد و ایوب پسر فریبرز خان هم همش پیش مادرش بود. غلامرضا هم قاطی مردا نشسته بود. مرمر چنان دست‌پاچه بود که فکرمی‌کردی اوّلین مهمونی کلّ عمرشه، همش چک می‌کرد کسی چیزی کم وکسر نداشته باشه. از رفتار حیدر با مادرش تعجّب می‌کردم، یه سره به مادرش غر می‌زد و چشم غرّه می‌رفت. با چشم خودم دیدم سر جمع کردن سفره با سیخ کوبید به پای مادرش. مثل همیشه تاجی صدر مجلس زنونه نشسته بود و بی‌پروا از همه چی ایراد می‌گرفت و مرمر هی بیش‌تر دست‌پاچه

می‌شد. کلاً مرمر زن شلخته‌ای بود با وجود کلّی خرج و بریز و بپاش، سفره‌اش جوری نبود که به چشم بیاد. از همون مهمونی باغ گردو معلوم بود فاطمه اون فاطمهٔ قبلی نیست. معلوم بود گرفته و ساکت شده اصلاً تو جمع نبود به نیش وکنایه‌های تاجی و عمه طیبه هم حواسش نبود. درست عین مامان هیچ‌وقت حواسش به جمع نبود، همیشه انگار حوصلهٔ جمع رو نداشت ولی مجبور بود تو جمع باشه خلق و خوی بی بی رو داشت.

زمان خیلی زود می‌گذره وقتی زمان می‌گذره بیش‌تر می‌فهمی تو کدوم لحظه واقعاً خوش‌حال بودی و تو کدوم لحظه فکر می‌کردی خوش‌حالی. اون لحظه‌هایی که از بچّگی یاد آدم می‌مونن، لحظه‌های پررنگی هستن، آدم که همهٔ بچّگیش رو یادش نمی‌مونه، فقط روزها و لحظه‌هایی رو یادش می‌مونه که یا خیلی شاد بوده یا خیلی ناراحت بوده یا خیلی یه چیزی براش جالب بوده یا یه احساسی رو با حجم زیاد تجربه کرده. من همون روز تو باغ گردو فهمیدم این فاطمه اون ملکهٔ توی لباس عروس نیست!

کم کم داشتم بزرگ می‌شدم فکر می‌کنم از بس خونمون سوت و کور بود، وقت برای فکرکردن زیاد داشتم واسه همین زود بزرگ شدم. رابطهٔ آدم‌ها رو می‌دیدم و فکر می‌کردم. رابطهٔ تاجی و آقایی رو خیلی دوست داشتم با این که هرکدوم اخلاق‌های تند وگزنده‌ای داشتن ولی در مقابل هم چقدر نرم و پذیرنده بود رابطهٔ عمو غلامحسین و زن‌عمو نرگس همش بده بستون بود، همش نمک‌گیر هم بودند عمو طلا می‌خرید زن‌عمو نمک‌گیر می‌شد تا چند وقت با همه مهربون بود. تاجی به زن‌عمو غر می‌زد زن‌عمو سازش می‌کرد عمو رام می‌شد، حرف گوش کن می‌شد. رابطهٔ عمه طیبه و شوهرش همش تنش بود. همیشه یکیشون در حال غر زدن بود که البته اونی که بیش‌تر پرخاش‌گر و غرغرو بود عمه بود و عمو حسین هم خوب باهاش می‌ساخت. می‌فهمیدم که رابطهٔ مامان و بابا اصلاً طبیعی نیست کوچیک‌تر که بودیم بازیه بحث و جدلی می‌دیدم ولی بعدها فقط

سکوت بود، دوری بود، گریز بود، هر دوشون همیشه عنق بودن. بعضی وقت‌ها فکر می‌کردم چطور از این رابطه دوتا بچّه به وجود اومده!

بیش‌تر وقت‌ها بابا با محمد خونهٔ آقایی بودن، من تنها می‌موندم تو خونه، آخه حضور مامان تو خونه اصلاً حس نمی‌شد، یه روزهایی می‌رفتیم خونهٔ بی‌بی. یادمه بی‌بی مامان رو نصیحت می‌کرد می‌گفت تاجی واسه پسرش زن می‌گیره. سرت هوو میارن بچسب به زندگیت ولی واسهٔ مامان اصلاً مهم نبود، مامان یه جوری ساکت و تو خودش بود که اصلاً نمی‌تونستی بفهمی از چی ناراحتِ یا اصلاً ناراحت هست یا نه! خیلی دوست داشتم حرف بزنه از سکوتش بدم می‌اومد، فکر می‌کردم خیلی با من غریبه است واسه این که همهٔ روز با مامان تنها نباشم به بهونهٔ یادگرفتن قالی‌بافی هر روز می‌رفتم خونهٔ بی‌بی. بابا عصر می‌بردم، شب هم می‌اومد دنبالم. درس و مشقمم همون‌جا می‌خوندم. تا عید سال بعد کلاً دو رج فرش نبافتم، آدم فرش بافتن نبودم ولی بهانهٔ دیگه‌ای نبود، بی‌بی هم می‌فهمید و بهم سخت نمی‌گرفت خونهٔ طلعت خواهرِ حیدر نزدیک خونهٔ بی‌بی بود. بعضی وقت‌ها می‌اومد پیش بی‌بی. تو حیاط می‌نشستن چای می‌خوردن لبخندی می‌زدن و بعد طلعت می‌رفت. یادمه یه بار طلعت با چشم قرمز و صورت کبود اومد خونهٔ بی‌بی. چشمش از شدّت ضربه قرمز شده بود وقتی با بهت لای در موندم و نگاش کردم لبخند زد در رو هل داد و اومد تو، نمی‌دونم چطور با اون صورت از خونه بیرون اومده بود. چطور خجالت نکشیده بود باید خجالت می‌کشید چون کتک خورده! اصلاً نمی‌دونم چطور ولی لبخند می‌زد، لبخندش کنار اون همه کبودی خیلی مضحک بود.

اسفند ماه بود، فاطمه قهرکرده بود و برگشته بود خونهٔ عمو. زن‌عمو خودش رو از تک و تا نمی‌انداخت، می‌گفت خونهٔ پدرشوهرش شلوغِ، اومده نفسی تازه کنه، هیچ‌کس نفهمید فاطمه سر چی قهرکرده بود ولی آخرهای فروردین که فهمید دوماهه بارداره برگشت سر زندگیش.

خونمون هر روز هواش مسموم‌تر می‌شد. مامان پیش من می‌خوابید دیگه کم‌ترین حوصله‌ای برای بابا نداشت. بابا تیپ می‌زد به خودش می‌رسید زیاد بیرون می‌رفت ولی هنوز من تو مدرسه پز می‌دادم که مادر و پدرم معلّمند!

وقتی وارد راهنمایی شدم حال و هوای مدرسه کلّاً عوض شد، تو راهنمایی بچّه‌ها شیطون‌تر بودن، به چیزهایی توجّه می‌کردم که قبلاً اصلاً ندیده بودم. بچّه‌ها ادکلن می‌زدن، رژلب و لاک داشتن مدرسه خیلی سعی می‌کرد همه چیز رو کنترل کنه شاید همه چی خیلی عادی به نظر می‌رسید ولی تو همون مدرسه اتّفاقاتی می‌افتاد که فقط دانش آموزها می‌فهمیدن و برای یکی مثل من خیلی عجیب بود. راجع به خواننده‌هایی حرف می‌زدن که من نمی‌شناختم. راجع به فیلم‌هایی که من ندیده بودم. راجع به کتاب‌هایی حرف می‌زدن که من نخونده بودم. دوست داشتم وارد دنیای اون‌ها بشم، تنها کاری که از دستم برمی‌اومد کتاب خوندن بود، توکتاب‌خونهٔ نزدیک خونهٔ بی‌بی ثبت نام کردم. هر هفته یه کتاب می‌خوندم انگار تازه داشتم با دنیای آدم‌ها آشنا می‌شدم. اوّلین کتابی که خوندم بامداد خمار بود به قدری درگیر قصّه شدم که تا روزها بهش فکر می‌کردم، با خوندن کتاب‌ها یاد گرفتم آدم‌ها هم می‌تونن فرشته باشن و هم دیو. بعدها فهمیدم سرگذشت هر آدمی از هر قصّه‌ای عجیب‌ترِ.

تابستون همون سال اوّلین سفر زندگیم رو رفتم با مامان و بابا و محمد و بی‌بی رفتیم بروجرد. با ماشین آقایی رفتیم تمام مسیر من سرگیجه و حالت تهوّع داشتم، عوضش بی‌بی و محمد قبراق و سرحال همش تخمه و کشمش می‌خوردن، بابا هم سرحال بود جوک می‌گفت، حکایت می‌گفت، مامان امّا مثل همیشه عنق بود.

خونهٔ خاله زری به نسبت خونهٔ ما خیلی مجلّل بود، مرجان و میثم برای خودشون اتاق خواب داشتند تخت‌خواب داشتن، تو سالن پذیراییشون مبل داشتند. عمو حسن یه نمایشگاه ماشین داشت اوضاع زندگیشون حسابی رو به راه بود و خرج می‌کردند. یه روز نهار همگی رفتیم مخمل کوه کباب درست کردیم.

من و میثم و مرجان و محمد و مامان و خاله وسطی بازی کردیم. اوّلین باری بود که مامان با ما بازی می‌کرد، قبلاً فقط چند بار برامون قصّه گفته بود. شب‌ها دور هم بیدار می‌موندیم گل یا پوچ بازی می‌کردیم، بی‌بی برامون قصّه می‌گفت. اوّلین سفر زندگیم تجربهٔ خیلی خوبی بود، خیلی بهم خوش گذشت. البته مامان می‌گه وقتی یک ساله بودم یه بار رفتم مشهد ولی چیزی که آدم نمی‌تونه به یادش بیاره حساب نیست.

وقتی از سفر برگشتیم کوهدشت جنگ جهانی بود جنگ جهانی بین ما و خانوادهٔ حیدر. فاطمه با زن بابای حیدر دعواش شده بود و فریبرز خان چنان خوابونده بود زیرگوش فاطمه که پخش زمین شده بود. فاطمه با چشم گریون برگشته بود خونهٔ باباش. عمو غلامحسین هم رفته بود حیدر رو چنان زده بود که دستش شکسته بود و به نظر می‌اومد زندگی فاطمه حالا حالاها به روال عادی برنخواهد گشت. اون روزها غصّه‌های فاطمه رو می‌دیدم شاید اگه قبلاً بود نمی‌فهمیدم چرا انقدر ساکتِ ولی به خاطر کتاب‌هایی که خونده بودم می‌فهمیدم که الان چقدر غصّه داره، فهمیده بودم دخترها چه عاشق بشن چه به زور شوهرشون بدن و طبق سنّت برن خونهٔ شوهر، کم‌کم اون شوهر می‌شه تمام امید و دل خوشیشون.

بیش‌تر روزها همه به بهانهٔ فاطمه خونهٔ آقایی جمع بودیم ولی جمع بودن ما غمی از دل فاطمه کم نمی‌کرد. فاطمه با بچّهٔ تو شکمش شبیه آواره‌ها بود. حسّ و حالش مثل آدم‌های جنگ زده‌ای بود که همهٔ عزیزانش رو یه جا از دست داده. بعضی موقع‌ها فکر می‌کردم فاطمه داره شبیه مامان می‌شه ولی من هیچ وقت ندیده بودم بابا تو خونه عربده بکشه یا دست رو مامان بلند کنه.

آقایی می‌گفت باید طلاق این دختر رو بگیرید تو اون خونه دیوونه می‌شه زن عمو نرگس می‌گفت تو همهٔ خونه‌ها دعوا و اختلاف نظر هست. عمو غلامحسین هم همش ساکت بود ناراحت بود افسرده بود تا حالا این جوری ندیده بودمش، همه خدا رو شکر می‌کردن که غلامرضا سربازِ و گرنه اگه بود خون به پا می‌کرد. علیرضا

هم حرف زیاد می‌زد ولی نه خودش مرد عمل بود نه کسی بهش محل می‌ذاشت. تاجی فقط می‌گفت من که از اوّل گفته بودم. بابا و مامان هم فقط دلداری می‌دادند. پاییز شد و خبری از حیدر نشد، آقایی گفت زن پا به ماه با این وضعش که نمی‌تونه قهر باشه، بالاخره خانم آغا - خواهر آقایی - وساطت کرد و حیدر با یه کیسه گردو اومد خونهٔ آقایی، خودش تک و تنها بی‌هیچ بزرگ‌تری. فاطمه هم پا به ماه بود و نذاشتن برگرده ولی حیدر مرتّب بهش سر می‌زد. غلامرضا که از سربازی برگشت آب‌ها دیگه از آسیاب افتاده بود ولی همه چیز برای غلامرضا نو بود، حرص می‌خورد و مشت به دیوار می‌کوبید و دندون قروچه می‌کرد.

آقایی گفته بود همه چی تموم شده و غلامرضا رو حرف آقایی حرف نمی‌زد.

محمد بزرگ شده بود و تو مدرسه حسابی شیطون بود هر روز که می‌خواست بره مدرسه پیراهن و شلوار نداشت از بس که دعوا و کتک کاری می‌کرد یا شیطونی می‌کرد و زمین می‌خورد که همیشهٔ خدا لباس‌هاش پاره بود وقت و بی‌وقت من و مامان و بابا مرتّب در حال تدارک مدرسه رفتن محمد بودیم، لباس‌های پاره‌اش رو رفو می‌کردیم، نمی‌پوشید و می‌گفت من لباس کهنه نمی‌پوشم، کی نوهٔ آقای سالاری لباس پاره می‌پوشه؟ مگه بچّه چوپونم؟ یه روز صبح بابا مجبور شد ببرتش بازار لباس براش بخره بعد ببرتش مدرسه همهٔ معلّم‌ها از دستش شاکی بودن ولی رو حساب بابا نمی‌شد از مدرسه اخراجش کنن.

من بزرگ می‌شدم دلم می‌خواست شخصیتی داشته باشم، حرف‌هایی برای گفتن داشته باشم، ترانه‌های سنّتی گوش می‌دادم کلاس خطّاطی می‌رفتم و ژست‌های هنری می‌گرفتم.

کتاب‌های قلنبه سلنبه می‌خوندم، چیزهایی می‌گفتم که معنیشون رو نمی‌فهمیدم، دیگه سر صف قرآن نمی‌خوندم، دلم می‌خواست امروزی و متفاوت به نظر برسم.

مامان هر چی سنّش بالاتر می‌رفت ساکت‌تر و گرفته‌تر می‌شد، بعضی وقت‌ها

حضورش تو خونه حس نمی‌شد، شبیه یه روح سرگردان بود. نه شبیه یه مجسّمهٔ متحرّک بود، هنوز بیش‌تر شب‌ها پیش من می‌خوابید، بغلم که می‌کرد بغلش امن بود، گرمای دل‌پذیری داشت، بوی تنش رو دوست داشتم، انگار ضربان قلبش رو حس می‌کردم، فکرکردم قلبش از همهٔ آدم‌ها آروم‌تر می‌زنه. یه شب بهش گفتم مامان چرا انقدر ساکتی؟ گفت دنیا به قدرکفایت هیاهو و صدا داره، دنیا تشنهٔ سکوتِ. یه فکری کردم، بهش گفتم مامان بابا رو دوست داری؟ گفت آره. من باور نکردم، بهش گفتم یعنی با بابا خوش‌بختی؟ گفت برای این که آدم‌ها کنار هم خوش‌بخت باشند به چیزی بیش‌تر از دوست داشتن احتیاج دارند، گفتم مثلاً به چی احتیاج دارند؟ گفت: به هم‌دلی. دیگه چیزی نپرسیدم. فکرکردم مامان بابا رو دوست نداره و می‌خواد با حرف‌هاش من رو سر بدوونه، مگه دوست داشتن هم‌دلی نمیاره!؟

بچّهٔ فاطمه به دنیا اومد. یه دختر با موهای بور، خوشگل و سفید و تپلی. فاطمه خوش‌حال نبود، بچّه‌اش رو بغل نمی‌کرد، شیرش نمی‌داد، تمام روز ناله می‌کرد. مامان می‌گفت افسردگی بعد از زایمان گرفته، پدر حیدر چون بچّه پسر نبود نیومد سر سلامتی بده. حیدر با مادرش اومد مادرش به بچّه یه "وَاِن یَکاد" داد و خودش یه جفت النگو به زنش داد. برای چشم روشنی گوسفندی سر بریدند، همه خونهٔ عمو جمع بودند، بوی کباب تا چند محلّه می‌رفت، جمعیّت انقدر بود که تا عصر نصف گوسفند کباب شد، فاطمه امّا به بچّه نگاه نمی‌کرد، مرمر سعی می‌کرد از پستون فاطمه شیر بدوشه تو لیوان تا به بچّه بده، از دیدن این صحنه چندشم می‌شد. تا چند وقت خونهٔ عمو و آقایی نمی‌رفتم، از دیدن حال نزار فاطمه عوقم می‌گرفت، از فکر این که یه روزی منم باید شوهرکنم یا بچّه بیارم چندشم می‌شد. چقدر همهٔ مردها می‌تونستند حال به هم زن باشند، دیگه از نگاه‌های علیرضا بیزار بودم.

بچّه که از چلّه دراومد، زن عمو نرگس براش سرشورون گرفت، خانوادهٔ حیدر رو هم دعوت کرد. تمام طول مجلس فریبرز خان اخمو و ساکت بود. آقایی و تاجی

خونهٔ عمو نیومدند. طلعت خواهر حیدر نیش وکنایه می‌زدکه یعنی بچّه دختر شده و چرا پسر نزاییده! برادرم میراث‌دار می‌خواد نه میراث‌خور. از طلعت متنفّر شدم! یه لحظه از ذهنم گذشت که همون سعید دهن دریده برات خوبه که بزنه سیاه وکبودت کنه، فاطمه بهتر شده بود، بچّه رو بغل می‌کرد ولی بازم ساکت بود و هیچ چی نمی‌گفت. فاطمه دوباره رفت.

دوّم راهنمایی بودم هنوز نمی‌دونستم زن بودن یعنی چی! ولی سرشار بودم ازکنجکاوی‌های دخترانه. دور از چشم مامان از یه آرایشی فروشی نزدیک خونمون یه رژلب خریدم، تا چند روز قایم کردن رژلب یکی از استرس‌های بزرگ زندگیم بود. فقط یک بار از اون رژ زدم، بنفش بود، بهش می‌گفتن بنفش یاسی، اون روزها جزء رنگ‌های روی مد بود. برای این که از شرّ استرسش راحت شم انداختمش تو سطل زبالهٔ پارکی که تو مسیر خونهٔ بی‌بی بود، حتّی دقّت کردم که کسی نبینه دارم می‌ندازمش تو سطل. پول تو جیبی یک هفته‌ام رو دور انداختم. بعدها راه‌های بهتری برای خرج کردن پول تو جیبیم پیداکردم، مجلّه می‌خریدم و تمام خط به خطّ مجلّه‌ها رو می‌خوندم. عاشق مصاحبه با بازیگرای سریال‌ها بودم. قسمت‌های شعرهای ارسالی مردم رو با دقّت می‌خوندم. کم‌کم علاقمند شدم، دوست داشتم منم شعر بگم، پس اوّل شروع کردم به شعرخوندن، به زندگی‌نامهٔ شعرا و نویسنده‌هارو خوندن. سعی می‌کردم شعر حفظ کنم، دوست داشتم پیش بقیه شعر بخونم. تنهاکسی که به شعرهام گوش می‌داد بی‌بی بود. آی بی‌بی چقدر ماه بودی، یه ساختمون با ارزش حتّی اگه بعد از هزار سال فروبریزه بازم غم انگیزِ. بی‌بی کاش می‌شد مثل تخت جمشید ثبت جهانی بشی، کاش می‌شد تو کلّ تاریخ نگهت داشت، تدریست کرد، تکثیرت کرد. چقدر دنیا به آدم‌هایی مثل تو احتیاج داره، چقدر حیف بودی.

کم‌کم به جایی رسیدم که شعر می‌گفتم، از وزن و قافیه و ردیف هیچ نمی‌دونستم، جملات زیبا پی هم ردیف می‌کردم و فکر می‌کردم چقدر شاعر خوبیم، پیش خودمم

هی تکرار می‌کردم: شاعری طبع روان می‌خواهد/ نه معانی نه بیان می‌خواهد. برای مجلّه شعر می‌فرستادم، هیچ‌وقت هم شعرم چاپ نشد ولی اسمم توی ردیف نامه‌های رسیده بود. از این‌که اسمم به هر دلیلی تو یه نشریهٔ عمومی چاپ می‌شد کیف می‌کردم، دلم غنج می‌رفت، دورش خط می‌کشیدم و لحظه‌ها به اسم تایپ شدم نگاه می‌کردم و واسه خودم رویاپردازی می‌کردم که یه روزی اسمم روی جلد کتاب‌ها و نشریه‌ها می‌ره. کلّ ذوق و شوق اون روزهام این بود که هر دوشنبه برم دمِ دکّهٔ روزنامه فروشی دویست تومن بدم و یک مجلّه بگیرم. چه اوقات خوشی با مجلّه‌ها داشتم. یه بار هم براشون نامهٔ انتقادی نوشتم که چرا شعرهای من رو چاپ نمی‌کنید، خیلی مودّبانه و محترمانه برام نامه نوشتند. از این که از جایی برام نامه اومده بود ذوق مرگ بودم، نوشته بودند که شعرهام استاندارد نیست و وزن عروضی نداره وکلّی ایراد دیگه برام ردیف کرده بودند امّا من از این که انقدر به رسمیت شناخته شده بودم و برام جواب نوشته بودند خیلی خوش‌حال بودم. تو همون روزها دوست داشتم ساز بزنم، امّا کی جرات داشت تو خونهٔ ما راجع به ساز زدن حرف بزنه، یواشکی پول‌هام رو جمع کردم و یه ساز دهنی خریدم. وقت‌هایی که تو خونه تنها بودم صداش رو درمی‌آوردم و کیف می‌کردم. با این‌که صدایی که ازش درمی‌آوردم هیچ ریتم و آهنگ خوشایندی نداشت، امّا کیف می‌کردم، استرسش رو به جون می‌خریدم و مرتّب قایمش می‌کردم. مامان هیچ وقت وسایلم رو چک نمی‌کرد، فقط کافی بود جایی بذارمش که از دست محمد در امان باشه. محمد انقدر از مامان و بابا وقت می‌گرفت که هیچ‌کس درگیر من نبود. وقتی من شیفت صبح بودم خودم بیدار می‌شدم صبحانه می‌خوردم و می‌رفتم مدرسه، وقتی محمد شیفت صبح بود خونه بیدارباش بود، مامان براش صبحانه می‌ذاشت، بابا برنامهٔ کلاسیش رو توکیفش می‌ذاشت، منم باید سر و صدا و رفت و آمد بقیه روگوش می‌دادم. از این که این همه به محمد توجّه می‌شد ناراحت نبودم چون تنهایی خودم رو دوست داشتم، اگه قرار بود به من توجّهی بشه برام خیلی محدودیّت می‌آورد.

سوّم راهنمایی بودم که آقایی و عمو به فکر زن دادن غلامرضا افتادند، آقایی برای غلامرضا دختر رو هم انتخاب کرده بود، نوهٔ آقا خانم بود، نیلوفر چند سال از غلامرضا کوچیک‌تر بود، حرف‌ها رو آقایی و خانم آقا زده بودند و مثل همیشه غلامرضا روی حرف آقایی حرف نزد. عروسی غلامرضا عید بود، دختر فاطمه بزرگ شده بود، راه می‌رفت و چند تا جمله هم می‌گفت. فاطمه امّا مثل دیوار شده بود، ساکت بود وگاهی به جایی دور خیره می‌شد. باهاش که حرف می‌زدی بهت گوش می‌داد امّا مثل آدم‌های منگ نگات می‌کرد و جواب نمی‌داد. همه فهمیده بودند که فاطمه عادی نیست. تو عروسی مردم سلام می‌کردند مبارک باد می‌گفتند ولی فاطمه جوابی نمی‌داد مردم دست دراز می‌کردند فاطمه دست نمی‌داد. عروسی غلامرضا از عروسی فاطمه خیلی بزرگ‌تر و باشکوه‌تر بود. میثم هم بزرگ شده بود، عاقلانه‌تر رفتار می‌کرد. دو تا گاو سر بریدند وکلّ طایفه رو دعوت کردند. نیلوفر دختر ساده‌ای بود، روی حرف بزرگ‌ترها حرف نمی‌زد، تمام خریدهای عروسی رو از خرّم آباد انجام دادند. غلامرضا و نیلوفر تو اتاق سابق عمو و زن‌عمو توی خونهٔ آقایی ساکن شدند. نیلوفر انقدر سر به راه و رام بود که مثل یک خدمت‌کار تو اون خونه به اعضای خانواده و مهموناش خدمت می‌کرد. تاجی دیگه پخت و پز هم نمی‌کرد. تمام مسئولیّت خونه با نیلوفر بود. تمام خونهٔ به اون بزرگی رو که مامان و زن عمو دوتایی به سختی جارو می‌کردند نظافت می‌کرد. آدم مقیّدی بود از واجبات و مستحبّات کوتاهی نمی‌کرد. زندگی غلامرضا زبون زد فامیل شده بود. غلامرضا هم شوهر مهربونی بود هوای زنش رو داشت. زن جز محبّت از شوهرش انتظاری نداره این محبّت گاهی یه لبخند ساده یا نگاه پر مهرِ، گاهی گردشی، هم صحبتی یا هم‌آغوشی.

بعد از عروسی عمو و حیدر فاطمه رو بردند تهران. از دکتر روان شناس معروفی وقت گرفته بودند. قرار بود دخترش فریبا پیش زن‌عمو بمونه امّا فاطمه نذاشت وگفت بدون دخترم هیچ جا نمی‌رم. دکتر برای فاطمه دارو نوشته بود و به عمو گفته بود مدّتی پیش شوهرش نباشه. فاطمه دوباره اومد. با خوردن داروها

فاطمه حالش بهتر شد. دکتر گفته بود باید سرش به یه کاری گرم باشه، فاطمه رو فرستادند پیش بی‌بی کلاس قالی بافی، فاطمه قالی نبافت امّا گره گره از غم دلش پیش بی‌بی سبک کرد. خودم صداش رو شنیدم که به بی‌بی می‌گفت:

- بی‌بی اون‌جا روز و شبش برام شکنجه است همه باکنایه باهام حرف می‌زنن، با بی‌مهری و سردی باهام رفتار می‌کنن، حیدر هم مثل این دیوار به همه چیز بی‌تفاوتِ فقط می‌گه باید با شرایط بسازی.

- مگه چی‌کارت می‌کنن دخترم؟

- از وقتی که رفتم تو اون خونه همهٔ مسئولیّت خونه با منه، کارهای هووی ننهٔ حیدرم با منه، واسه یه ایل غذا می‌پزم به جای تشکّرم از یه ایل حرف می‌شنوم، جرأت ندارم چیزی بگم می‌زننم.

-کی می‌زنه ننه؟

- همه از فریبرز خان بگیر تا پسر کوچیکه‌اش.

- یعنی چه جور می‌زننت؟

- فریبرز خان یه بار سیخ داغ گذاشته رو دستم.

- سرچی ننه؟

- چون خواستم از پسته‌هایی که جلوش بود بردارم، داشت شیره می‌کشید سیخ داغش رو گذاشت رو دستم گفت این‌ها رو گرون خریدم، واسه خودم خریدم.

- این‌ها رو به غلامحسین گفتی؟

- نه بی‌بی، ولی به مادرم گفتم، همش می‌گه بساز بالاخره خونه‌ات سوا می‌شه.

- از حیدر راضی هستی؟

- اگه بقیه پرش نکنن خوبه ولی اگه از من پیشش بگن، اونم خراب می‌شه، دست بزن نداره ولی یه جوری باهام رفتار می‌کنه که دلم می‌خواد بمیرم.

روزی که این حرف‌ها رو شنیدم شبش تا صبح نخوابیدم، چقدر دلم برای فاطمه می‌سوخت، چقدر دلم برای فاطمه تنگ بود، چقدر دلم می‌خواست بغلش کنم، امّا

من اشتباهی شنیده بودم، فاطمه به من نگفته بود، من باید نمی‌دونستم و به روی خودم نمی‌آوردم. فاطمه با اون حجم از حسادت که دوست داشت همیشه اوّلین باشه همیشه در معرض توجّه باشه چطور این غم‌ها رو تاب می‌آورد؟ البته که تاب نیاورده بود، فاطمه داشت تموم می‌شد. بی‌بی رفت پیش آقایی، نمی‌دونم بهش چی گفت فقط می‌دونم که آقایی عمو غلامحسین رو شیر کرد. عمو شرط گذاشت که فاطمه تنها در یه صورت برمی‌گرده که خونه‌اش سوا باشه. حیدر گفت طبقه‌ای روی خونهٔ آقاش می‌سازه و در جدا هم براش می‌ذاره. با کشمکش زیاد بالاخره روی همین طرح صلح شد. چند ماه بعد طبقهٔ بالا آماده بود و فاطمه دوباره رفت.

همون روزها بود که فهمیدم زن‌ها چطور مادر می‌شن و دیگه من یه دختر بالغ بودم. هیچ‌کس به من نگفته بود که قرارِ چه اتّفاقی بیفته. یه شب تمام پاهام گزگز می‌کرد، زیر دلم درد می‌کرد و وقتی صبح بیدار شدم برم مدرسه دنیام عوض شد. خیلی ناراحت بودم فکر کردم شاید دارم می‌میرم، ترسیده بودم، فکر می‌کردم شاید کار بدی کردم که این‌جوری شده. از ترس این که مامان نفهمه و دعوام نکنه همون‌جوری رفتم مدرسه و روپوش مدرسه‌ام کثیف شد و همه فهمیدند. از بچّه‌های مدرسه فهمیدم قضیه از چه قرارِ. وقتی برگشتم به مامان گفتم که چی شده، مامان دعوام نکرد، قرار هم نبود بمیرم، همین برای شاد بودنم کافی بود. توی جایی متولّد شدم و قد کشیدم و زن شدم که زن بودن اصلاً خوشایند نبود امّا من زن بودم و کامل شدم.

اون سال تابستون وقتی خاله زری اومد مرجان کلّی اصرار کرد که برم خونشون. قرار شد من برم و چند هفته بعد که عموحسن برای کاری برمی‌گشت کوهدشت باهاش برگردم. اون چند هفته‌ای که خونهٔ خاله بودم از تمام روزهای قبلی عمرم متمایز بود. خونهٔ خاله بزرگ بود، هوای تازه داشت، توش آرامش بود، تو خونهٔ خاله که می‌خوابیدی خستگیت درمی‌رفت. انگار نگاه هیچ‌کس دنبالت نبود تا مچت رو بگیره. ساز دهنیمم برده بودم به خاله سپرده بودم که به مامان نگه. خاله قابل

اعتماد بود. میثم هم ساز دهنی داشت. خودش ابتکاری چیزهایی می‌زد که رو ریتم و دلنشین بود، منم ازش یادگرفتم. نگاه‌های میثم قند به دل آدم می‌انداخت و دنیا رو شیرین می‌کرد. دوست نداشتم تو نگاهش نگاه کنم ولی همین جوری که چشمام رو در و دیوار می‌چرخید قند نگاهش تو دلم آب می‌شد، حسّ شیرینی بود. تو اون لحظه‌ها زن بودن رو دوست داشتم. زن‌ها برای روزهای سخت زندگی به قندهایی که تو دلشون ذخیره می‌کنند احتیاج دارند. مرجان تو اتاقش یه کتاب خونه پرکتاب داشت، تا وقتی اون جا بودم چند تا ازکتاب‌هاشو خوندم. عصرها میثم می‌رفت کلوپ برامون فیلم اجاره می‌کرد و شب همه با هم فیلم می‌دیدیم و راجع به آدم‌های توی فیلم‌ها حرف می‌زدیم و با هم می‌خندیدیم. مرجان اصلاً توکارهای خونه به خاله کمک نمی‌کرد، برعکس من که نصف کارهای خونه با من بود. واسه زندگی خودش برنامه می‌ریخت، با باباش می‌رفت بازار خریدهای غیرضروری می‌کرد، لاک می‌خرید! کلّی لاک‌های رنگارنگ داشت که تا وقتی من اون جا بودم هر روز یه رنگ لاک می‌زدم. عادت ماهانه که شدم خاله بهم کیسهٔ آب گرم داد، برام سوپ پخت. دوست نداشتم از این دنیا دل بکنم، دلم می‌خواست تا ابد اون جا بمونم ولی به چشم برهم زدنی چند هفته گذشت و وقت برگشتن شد. وقتی برگشتم دنیای تنهاییم آوار شده بود، خودشون بریده بودند و دوخته بودند و منتظر من بودند تا تنم کنند. عمو غلامحسین من رو برای علیرضا خواستگاری کرده بود و بابا هم موافقت کرده بود، قرارگذاشته بودند تا تموم شدن دبیرستان من فقط نامزد باشیم. توی این مدّت هم علیرضا سربازیش رو بره. البته اینم شرطی بودکه مامان با سختی و مرارت تونسته بود بزاره. اوّلین بار بود می‌دیدم مامان مساله‌ای در مورد من تا این حد براش مهم بود. هر شب با بابا جرّ و بحث داشتند، من از این که قرار بود نامزد علیرضا بشم خوش حال نبودم، خیلی هم متوجّه نبودم که قرارِ دنیام چطور باشه. امّا قندی که نگاه میثم رو دلم پاشیده بود نمک‌گیرم کرده بود. مامان می‌گفت حرف بزن، اگه نمی‌خوای بگو نه، من پشتت می‌مونم، باید برای چیزی که

می‌خوای تلاش کنی امّا من نمی‌دونستم باید چی‌کارکنم. بی‌بی می‌گفت تو هنوز خیلی بچّه‌ای، هنوز زوده برات، نهایتاً هیچ‌کس نتونست رو حرف آقایی حرف بزنه. یه روز همه جمع شدند خونهٔ آقایی و آقایی کلام آخر روگفت.

-سه‌شنبهٔ هفتهٔ آینده تدارک نهار ببینید عصر هم ملّاهادی میاد و صیغهٔ محرمیّت رو می‌خونه بعد از سربازی علیرضا عقد و عروسی می‌گیریم.

تا روز سه‌شنبه برسه هر روزش هزار سال گذشت، فکر و خیال بود که از سرم رد می‌شد. سعی کردم به روزگار خوش‌بین باشم. هرچند این انتخاب و تصمیم بزرگ‌ترها بود امّا مطمئن بودم که مهرم به دل علیرضا هست و همین دلگرمم می‌کرد. روز یکشنبه بابا علیرضا رو آورد خونمون، تو پذیرایی نشستن. من تو هال بودم. این قضیه رو مامان چیده بود. بابا با علیرضا حرف می‌زد، علیرضا مرتّب می‌گفت چشم عمو؛ چشم عمو نگران نباشید. بابا با علیرضا شرط کرد که من حتماً باید تا هرجا که دوست داشتم درس بخونم، بابا شرط کرد که دخترم باید بره دانشگاه، باباگفت دخترم مثل مادرش می‌ره سرکار. بعدش مامان چای برد و کلّی از زندگی مشترک و درک متقابل و احترام و محبّت حرف زد.

سه‌شنبه نهار همه خونهٔ آقایی بودند. بعد از نهار آقایی حرف زد و همه گوش دادند. آقایی گفت مهریه به نیّت پنج تن، پنج مثقال طلا و پنجاه سکّهٔ طلا و یک سفر حج باشه. پنج مثقال طلا رو سر عقد برای عروس طلا می‌خریم، ان‌شاالله که به خیر و خوشی سروقت با هم سفر حج می‌رن. پنجاه سکّهٔ طلا هم باشه به رسم روزگار ان‌شاالله که همیشه زندگیشون آروم بچرخه. همه صلوات فرستادند، زن‌عمو بقچهٔ نامزدی رو آورد و بازکرد، یه انگشتر نشون، یه چادرعروس و یه قرآن هدیهٔ خانوادهٔ داماد بود. زن‌عمو کنار عمو نشسته بود و علیرضا کنارشون بود. صدام کرد، رفتم جلو، انگشتر نامزدی رو عمو دستم کرد، به رسم ادب دستش رو بوسیدم. زن‌عمو بلند شد و چادر رو سرم کرد. کنار علیرضا نشستم، ملّاهادی خطبهٔ عقد دائم خوند، اصلاً نمی‌دونستم رسم چیه، یعنی اصلاً تو فامیل ما از

این رسم‌ها نبود، همون دفعهٔ اوّل بله روگفتم.

با این‌که نامزد داشتم ولی دست به صورتم نزدم، زندگیم هم مثل قبل بود. مدرسه‌هاکه باز شد، مثل همه رفتم دبیرستان. مثل بقیه درس خوندم و فرقی نکردم. گاهی به علیرضا فکر می‌کردم و زندگی‌ای که قرارِ باهم داشته باشیم. نه چیزی بودکه هیجان زده‌ام کنه و نه چیزی که ناراحتم کنه. علیرضا هفته‌ای یک بار اجازه داشت بیاد درخونمون پیاده بریم تا خونهٔ آقایی و تو حیاط خونهٔ آقایی رو تخت بشینیم و حرف بزنیم. نیلوفر برامون چای و میوه می‌ذاشت. علیرضا اکثراً حرف‌هایی می‌زدکه اصلاً برام جالب نبود، از خاطراتش با دوستاش می‌گفت و خودش بلند بلند می‌خندید. از برنامه‌هاش برای آینده می‌گفت و فکر می‌کرد خیلی آدم توانمندیِ. می‌گفت بعد از سربازی می‌خوام مغازه بازکنم. من مثل بقیهٔ مردهای این خانواده نمی‌شم، من واسه خودم یه پا آقایی می‌شم، می‌خوام پول‌دار بشم. شاید بعدش بریم تهران زندگی کنیم. دوست داشتم علیرضا موسیقی گوش بده، دوست داشتم کتاب بخونه، ازکتاب‌هایی که داشتم بهش دادم ولی حتّی اسم روی جلدکتاب رو هم نخوند، موسیقی هم فقط محلّی گوش می‌داد. شبیه مردهای قدیمی بود وقتی پیش هم بودیم معمولاً اون حرف می‌زد و من گوش می‌دادم. با این‌که نامزد داشتم همچنان حقّ خرید لوازم آرایشی نداشتم، به سختی مامان رو راضی کرده بودم چندتا لاک و اسپری بخرم. گاهی برای دل خودم لاک می‌زدم، اگه علیرضا می‌دید اخم می‌کرد و می‌گفت این بچّه بازی‌ها چیه؟ زود پاکشون کنی. تو مدرسه دخترهای مجرّد اصلاح می‌کردن، موهای دست و پاشون رو شیو می‌کردن، من امّا هنوز حتّی اجازه نداشتم پشت لبم رو بردارم، حس می‌کردم نصف تیرگی پوستم از حجم مویی میاد که روی صورتمه. با این‌که دست‌هام ظریف و زیبا بودن دوستشون نداشتم. چون پشمالو بودند با دست‌های علیرضا چندان فرقی نداشتند. از این‌که داشتم شبیه مامان می‌شدم متنفّر بودم. دلم می‌خواست شبیه دخترهای جوون باشم مامان حتّی اجازه نمی‌داد چادر طرح دار یا ساق

دست طرح داریا حتّی رنگی بگیرم، همه چی ساده همه چی تیره.

دلم می‌خواست یک کم شبیه تازه عروس‌ها باشم، فکر کردم حدّاقل الان دیگه باید اجازه داشته باشم یک کم به خودم برسم، علیرضا موهاش رو ژل می‌زد. ادکلن‌های گرون می‌خرید، لباس‌های گرون می‌خرید، حسابی برای خودش ریخت و پاش می‌کرد. هرچی همه تلاش می‌کردند علیرضا بره سربازی خودش هی عقبش می‌انداخت، عمو شرط کرده بود تا علیرضا سربازی نره پول نمی‌ده کاسبی راه بندازه، تنها انگیزهٔ علیرضا واسه سربازی رفتن این بود که برگرده و مغازه بزنه. کم‌کم اون هفته‌ای یه بار هم که علیرضا اجازه داشت بیاد دنبالم نمی‌اومد. چند هفته‌ای یه بار می‌اومد، خیلی وقت‌ها حرفی برای گفتن نداشتیم، به علیرضا با دوست‌هاش بیش‌تر خوش می‌گذشت. نوروز اون سال چند روز قبل عید عمو غلامحسین اومد خونمون و از بابا اجازه گرفت به عنوان عروسشون تعطیلات عید رو خونشون باشم و تضمین کرد که اتّفاقی پیش نمیاد. وسایلم رو جمع کردم رفتم خونهٔ عمو. زن عمو خونه تکونی نکرده بود، انگار منتظر من مونده بود، نوکر مفت از راه رسیده بود، چند روز تمام سرپا بودم فرش و موکت شستم، پتو و پرده شستم، کابینت‌های آشپزخونه رو ریختم بیرون از نو چیدم. زن عمو فقط پیشم می‌ایستاد و حرف می‌زد و از جوونی‌هاش می‌گفت، از زایمان‌هاش می‌گفت، از بساز بودن فاطمه می‌گفت، وسط حرف‌هاش هم ازکارم ایراد می‌گرفت. بعد از چند روز بشور و بساب روزی که شبش سال تحویل بود با علیرضا رفتیم بازار. مامان نبود می‌تونستم هرچی دلم می‌خواد بخرم. علیرضا قدِّ مامان سخت گیر نبود، یه چادر گلدار خریدم، رژ لب خریدم، روسری و لباس خریدم. شب واسه سال تحویل رفتیم خونهٔ آقایی. غلامرضا و نیلوفر و مامان و بابا و محمد هم بودن، فاطمه نبود! فاطمه و حیدر هرسال موقع سال تحویل سر سفره فریبرز خان می‌نشستند. سال تحویل شد، تازه عروس جمع بودم همه بهم عیدی چند برابر هرسال دادن. عمو غلامحسین یه جفت گوشواره بهم داد. فردای سال تحویل ایل و تبار آصف قلی برادر آقایی از اندیمشک اومدن

خونهٔ آقایی. بشورو بساب اون سال عید قرار نبود تموم بشه ولی خوب بود خوش می‌گذشت. به عنوان تازه عروس بهم توجّه می‌شد، کیف می‌کردم. انقدر تو حال و هوای خودم بودم که اون حجم کار زیاد اصلاً خستم نمی‌کرد. زن‌عمو نرگس دیگه دست به سیاه و سفید نمی‌زد. حس می‌کردم ادای تاجی رو درمیاره، فکر می‌کرد دیگه بزرگ خانواده‌ست، دو تا عروس داره که باید همه کار بکنند، مامان کم‌تر می‌اومد خونهٔ آقایی، ولی وقتی می‌اومد هم قدم من و نیلوفر سرپا بود، به یمن قدم آصف قلی، آقایی گوسفند سر بریده بود، جمعیّت به قدری بود که سر روز پنجم گوسفند تموم شد. البته با تموم شدن گوسفند ایل و تبار آصف قلی هم رفتن. آصف یه نوه داشت دو یا سه سالی از من بزرگ‌تر بود ولی اصلاً مثل من نبود، سفید و بور بود، چادر نمی‌پوشید، مثل مرجان مانتو می‌پوشید، مجرّد بود امّا آرایش می‌کرد، اسمش سمانه بود، می‌دیدم که مرتّب علیرضا چشمش دنبال سمانه است ولی به روی خودم نمی‌آوردم، پیش خودم می‌گفتم جوونِ، ندیده، براش تازگی داره. ما زن‌ها عادت داریم مردها رو توجیه کنیم و بهشون اجازهٔ اشتباه بدیم، فکر می‌کردم چند روز دیگه ایل آصف قلی می‌ره و همه چی هم از یاد علیرضا می‌ره. اون سال نوروز، فاطمه اصلاً تو جمع‌ها نبود، فقط روز سوّم یا چهارم عید با حیدر و فریبا اومدند عید دیدنی، بعد از عید عمو غلامحسین پاپیچ علیرضا شد و علیرضا رفت سربازی. آموزشی اهواز بود بعدش توی تقسیم بندی دوره‌اش افتاد تهران. گاهی زنگ می‌زد و همش از قشنگی‌های تهران می‌گفت. علیرضا عاشق تهران شده بود وقتی می‌اومد مرخصی لباس‌های جینگول برام می‌خرید، مامان جوری لباس‌ها رو نگاه می‌کرد و اخم می‌کرد که انگار مسخره‌ترین لباس‌های دنیان. یه بار که شام دعوت بودیم خونهٔ عمو، خواستم یکی از لباس‌هایی که علیرضا برام خریده بود رو بپوشم، رنگش صورتی جیغ بود، تنگ بود ولی بلند بود، مامان جوری گفت واقعاً می‌خوای این رو بپوشی که فکر کردم دارم کار خیلی بدی می‌کنم. لباس رو نپوشیدم. من با این که خیلی لاغر بودم و سایزم اسمال بود ولی به اصرار مامان همش سایز

لارج می‌پوشیدم، با این که خیلی به ظاهرم اهمّیّت می‌دادم امّا همیشه شلخته به نظر می‌رسیدم.

تابستون اون سال هم علیرضا هنوز سرباز بود، همون سال بود که برام نامه نوشت، خیلی سعی کرده بود خوش خط بنویسه، نامه‌اش رو حفظم، کلّ تابستون هرشب نامهٔ علیرضا رو می‌خوندم:

"سلام مریم زیبا روی من ...

این جا با این که روزگار سخت می‌گذرد امّا یاد تو مرهمی بر تمام نگرانی‌ها و پریشانی‌های من است، هر روزی که روزگار بر من تنگ می‌شود تو را در لباس عروس تصوّر می‌کنم تا در برابر تلخی روزگار دوام بیاورم.

مریم عزیزم از تو انتظار دارم در نبود من هر روز به مادرم سر بزنی و کمک احوال او باشی. تو عروس خانهٔ ما هستی و خانواده‌ام از تو انتظار دارند.

هرچند ماکیلومترها از هم دوریم امّا عشق تو در قلب من می‌تپد، شاید ندانی امّا من بسیار تو را دوست دارم، تو یگانه عشق زمینی من هستی.

هرچند می‌توانستم زنگ بزنم و این حرف‌ها را به تو بگویم امّا نوشتم تا هم بهتر بر جان تو بنشیند هم این نامه از این ایّام برای ما به یادگار بماند.

این نامه را نگه دار تا بعدها به پسرم نشان بدهم چطور و چگونه عاشق مادرش بودم.

مواظب خودت باش."

هرچند مطمئنّم کسی در نوشتن این نامه به علیرضا کمک کرده بود امّا این نامه باعث شد من از همیشه بیش‌تر به علیرضا علاقمند و نزدیک بشم. وقتی

برای اوّلین بار بعد از رسیدن نامه زنگ زد و باهم حرف زدیم برای اوّلین بار بهش گفتم دوستش دارم.

تابستون اون سال هر روز می‌رفتم خونهٔ عمو و فرمایشات زن‌عمو رو انجام می‌دادم. بعضی روزها هم می‌رفتم خونهٔ بی‌بی. دخترهای زیادی خونهٔ بی‌بی رفت و آمد می‌کردند، تقریباً تمام دخترهای همسایه و فامیل. خونهٔ بی‌بی حتّی وقتی پرازآدم بود، آروم بود و غرق آرامش بود. فاطمه و طلعت هم می‌اومدند خونهٔ بی‌بی. فاطمه از وقتی رفته بود طبقهٔ بالا حالش بهتر بود، با دخترها حرف می‌زد و می‌خندید. طلعت هنوز صورتش کبود می‌شد. فکر می‌کردم طلعت پخمه‌ترین و توسری‌خورترین آدم دنیاست. از این که انقدر بی‌خیال بود لجم می‌گرفت. یه بار که صورتش حسابی سیاه و کبود بود خودم رو زدم به پررویی و ازش پرسیدم سر چی دعوا کردین؟ فکر می‌کنید سر چی دعوا کردن؟ سر این که غذای طلعت شور بوده! باورتون می‌شه؟ همون روز فهمیدم آدم‌ها سر مسخره‌ترین چیزها دعوا و کتک‌کاری می‌کنن و مردها سر پیش پا افتاده‌ترین چیزها حق دارند عربده بکشند و کتک بزنند و همهٔ این چیزها چقدر برای طلعت عادی بود. اون سال تابستون خاله زری مثل هر سال اومد کوهدشت امّا میثم باهاشون نیومد، خیلی وقت بود که میثم رو ندیده بودم، عید هم وقتی من و علیرضا رفتیم خونهٔ بی‌بی سر بزنیم، میثم و پدرش برای کاری بیرون رفته بودند. دیگه به میثم فکر نمی‌کردم، دیدن مرجان همیشه من رو به دنیای جدیدی می‌برد، با وجود این که سه سال تاکنکور ما مونده بود مرجان کلاس تقویتی می‌رفت و کلّ تابستون رو درس می‌خوند و من نه تنها درس نخونده بودم حتّی مثل تابستون‌های قبلی کتاب هم نخونده بودم، از خودم داشتم دور می‌شدم، داشتم می‌شدم عروس زن‌عمو و زن علیرضا. مریم به تنهایی هویتش کمرنگ بود. تمام روزم با وظایفی می‌گذشت که علیرضا و زن‌عمو برام تعریف کرده بودند. اومدن مرجان برام تلنگری بود تا به زندگی خودم فقط خودم بدون درنظر گرفتن بقیه فکر کنم. تصمیم گرفتم به چیزهایی که دوست دارم فکر کنم و کارهایی

که دوست دارم رو انجام بدم. دوباره شروع کردم به کتاب خوندن، شب‌ها دیرتر از بقیه می‌خوابیدم، بیدار می‌موندم با کم‌ترین نور کتاب می‌خوندم. فکر می‌کردم عالم کتاب‌ها با دنیای واقعی فرق داره، از بدجنسی آدم‌ها توی کتاب‌ها شوکّه می‌شدم، فکر می‌کردم آدم‌ها نمی‌تونن انقدر بد باشن، فکر می‌کردم نویسندهٔ کتاب فقط این‌ها رو نوشته تا قصّه‌اش رو جلو ببره. نمی‌دونستم دنیای واقعی از دنیای کتاب‌ها بی‌رحم‌تر و سنگ‌دل‌ترِ. روزها سعی می‌کردم یه زمانی هرچندکم پیداکنم و درس‌هام رو مرورکنم، دلم نمی‌خواست بی سواد و توسری‌خور باشم، دیگه خودم درک می‌کردم که باید برای خودم هویتی پیداکنم. آخر تابستون خبرش اومد که میثم مهندسی معدن تبریز قبول شده. خاله زری هر روز زنگ می‌زد و با مامان راجع به پسر مهندسش حرف می‌زد. البته بیش‌تر رویا می‌بافت، میثم تازه فقط مهندسی قبول شده بود. همون روزها علیرضا از سربازی مرخصی گرفته بود، زن‌عمو نرگس ما رو برای شام دعوت کرد خونشون. تصمیم گرفتم بالاخره اون لباس صورتی جذب رو که علیرضا برام خریده بود بپوشم. تو خونه پوشیدمش و تو آینه به خودم نگاه کردم، چقدر زیبا بودم، کمرم باریک بود، برجستگی‌های بدنم به اندازه بود، تو آینه از دیدن خودم کیف می‌کردم که مامان اومد و گفت بازکه این رو پوشیدی، گفتم حتماً علیرضا این جور لباس‌ها رو دوست داره که برام خریده. مامان گفت این کارها رو بذار خونهٔ خودت انجام بده. برای اوّلین بارکاری مخالف نظر مامان انجام دادم و با همون لباس رفتم مهمونی. تو لباس راحت نبودم و فکر می‌کردم همه نگاهشون به منِ. علیرضا نگام می‌کرد و لبخند می‌زد، فکر می‌کردم تهران انقدر علیرضا رو تغییر داده یا زمان! حتّی لبخند زدنش هم عوض شده بود. غلامرضا و نیلوفر هم اومده بودند. همه از نیلوفر سراغ بچّه رو می‌گرفتند، مامان گفت هنوز زوده براشون، بچّه هم میارن. فاطمه و حیدر هم بودند، تمام مجلس حیدر اخم کرده بود و فاطمه ساکت و منگ. فریبا خودش رو برای همه لوس می‌کرد. عمو غلامحسین سر به سرش می‌ذاشت و فریبا می‌خندید، عمو کیف می‌کرد. درست وقتی که همه در

تدارک سفره انداختن و تو رفت و آمد بودیم زن‌عمو بلند جوری که همه شنیدند گفت لباس از این بدرنگ‌تر و تنگ‌تر نداشتی بپوشی. شدی کرم صورتی. از شنیدن این جمله جا خوردم، هیچ چی نگفتم، مامان گفت علیرضا براش خریده، علیرضا هیچی نگفت. دیگه دوست نداشتم اون جا باشم، تمام مهمونی ساکت بودم، سر سفره به زور چهار قاشق غذا خوردم، یه لحظه از ذهنم گذشت چقدر شبیه فاطمه به نظر می‌رسم ساکت و منگ!

فردای مهمونی علیرضا اومد دنبالم باهم رفتیم خونهٔ آقایی. بهم گفت دیگه اون لباس رو نپوش. چیزی نگفتم خودش حرف رو برد سر میثم، فقط خیال کرده رفته مهندس بشه تا اون درسش تموم شه من ده برابر باباش پول درآوردم. فقط علیرضا حرف می‌زد من هنوز ساکت و منگ بودم، پرسید ناراحتی؟ گفتم: نمی‌دونم! فردای اون روز علیرضا با یه دسته گل اومد، سرزده اومد خونمون، چقدر از دیدن اون چند شاخه گل خوش‌حال شدم. انگار که هیچ گلی روی زمین نبود و اون چند شاخه رو علیرضا برای من آفریده بود، پنج شاخه گل رز، با چادر رنگی در رو باز کرده بودم و لای در ایستاده بودم گل‌ها رو بو می‌کردم و می خندیدم، گفت تعارف نمی‌کنی بیام تو؟ گفتم کسی خونه نیست گفت کسی خونه نیست مال غریبه‌هاست، من که غریبه نیستم، شوهرتم، محرمتم. محرم بود ولی هنوز شوهر نبود، ولی من پذیرفتم از لای در رفتم کنار علیرضا اومد تو، چادرم رو انداختم رو طناب تو حیاط. رفتم تو آشپزخونه تا گل‌ها رو تو گلدون بذارم. دنبالم اومد، تو اون لحظه داشتم فکر می‌کردم چقدر نامزدیم خشک و خالی بوده بدون هیچ گلی و چقدر گل دوست دارم ولی الان دارم فکر می‌کنم که کلمات رو نباید حروم کرد، هیچ جمله‌ای نمی‌تونه بدجنسی آدم‌ها رو همون‌قدری که هست نشون بده، حتّی اگه از بدجنسی آدم‌ها فیلم بگیری و بعداً پخشش کنی از حجم شیطانی بودنش کاسته می‌شه. آدم‌ها تو لحظه‌هایی خود شیطان می‌شن و نگاه و کلامشون به دلت خنجر می‌زنه.

بعد از رفتن علیرضا حتّی تا روزهای بعدش ذهنم درگیر بود، من بی‌مقدّمه دچار حادثه‌ای شدم که هیچ چی ازش نمی‌دونستم، من فکر می‌کردم رابطهٔ زناشویی یعنی اون گل‌ها، یعنی اون نامه، من فکر می‌کردم رابطهٔ زناشویی یعنی من هر روز برم کمک زن‌عمو نرگس، کسی به من نگفته بود زن و شوهرها در خلوت چه می‌کنند؟ دوست داشتم با کسی حرف بزنم، از کسی بپرسم امّا به یقین روی زمین هفت میلیارد آدم بی‌کس نفس می‌کشند، چند روز با خودم کلنجار رفتم و تصمیم گرفتم به بی‌بی بگم. از قضا اون روز بی‌بی دو تا شاگرد داشت. تا غروب تو حیاط خونهٔ بی‌بی به آسمون نگاه می‌کردم، غروب شد، چه غروب دل‌گیری، خنکی هوا مثل آهنگ شاد وسط مراسم عزا بد موقع و دل‌گیر بود. بالاخره شاگردهای بی‌بی رفتن و من و بی‌بی تنها شدیم.

- بی‌بی با هم یه چایی بخوریم؟

- آره چرا نخوریم؟ سماور داغِ پاشو چای بریز باهم بخوریم.

چای ریختم با بی‌بی نشستیم تو حیاط.

- چیزی شده مریم؟

- بی‌بی تازه فهمیدم مردها زن‌ها رو برای چی می‌خوان.

- برای چی می‌خوان؟

- برای بدنشون می‌خوان برای کارهای بد.

- درست حرف بزن بفهمم چی می‌گی؟!

- بی‌بی علیرضا ازم خواسته باهاش بخوابم.

- تو قبول کردی؟

گریه کردم. بی‌اراده اشک‌هام می‌اومدن. بی‌بی ساکت بود، منم یه دل سیر گریه کردم بی‌بی بغلم کرد سرم و بوسید و گفت طوری نیست نازارم.

کمی سبک شدم، امّا بازم منگ بودم هرچند سالی یه بار فکر می‌کنی

بزرگ شدی ولی همیشه تو دنیا مسائلی هست که از تو بزرگ‌ترند. چند روز بعد مدرسه‌ها باز شد مامان خیلی اصرار داشت که رشتهٔ تجربی بخونم ولی من ادبیات دوست داشتم علوم انسانی خوندم. بیش‌تر بچّه‌هایی که هم رشتهٔ من بودند معدّل‌هاشون پایین بود. من شاگرد اوّل کلاس بودم. عاشق رشته‌ام بودم عاشق تاریخ و جغرافی و اجتماعی بودم، عاشق ادبیات بودم، درس‌هام رو قبل از این‌که دبیر درس بده می‌خوندم و ازکلاس جلوتر بودم. فکر می‌کردم چه رشته‌ای بخونم؟ چه دانشگاهی برم؟ گاهی فکر می‌کردم یه تاریخ‌دان بزرگ هستم، گاهی فکر می‌کردم یه فیلسوف یا اقتصاددان بزرگم، گاهی هم هواشناس می‌شدم. اون روزها با تمام حس خلاء و تهی بودنی که تو وجودم می‌خزید سعی می‌کردم بفهمم قراره کی باشم و چی‌کار کنم. پاییز همون سال بود که دوباره فاطمه قهر کرد و برگشت خونهٔ عمو. نمی‌دونم دعوا سر چی شروع شده بود ولی انقدر بالاگرفته بود که جلوی چشم فریبا همهٔ خانوادهٔ حیدر ریخته بودند سر فاطمه. علاوه بر این که سیاه و کبودش کرده بودند دستش هم شکسته بود، فاطمه روزهای اوّل هیچ چی نمی‌گفت، عین دیوار بود، ساکت و سرد و بی‌روح . آقایی و تاجی می‌گفتن باید طلاق این بچّه رو گرفت حتّی اگه بچّه‌ش هم لطمه بخوره این دختر داره تلف می‌شه. این بار فریبا با فاطمه نبود یعنی فاطمه وقت نکرده بود چیزی جمع کنه بیاره قهر. با پای برهنه و لباس پاره فرار کرده بود که اگه فرار نمی‌کرد شاید از اون مهلکه جون به در نمی‌برد. علیرضا که اومده بود خونه با غلامرضا و باباش رفتند خونهٔ حیدر تا خطّ و نشون بکشند. فریبرز خان امّا با آرامش حرف زده بود گفته بود دعوا سر یه حرف و حدیث زنونه شروع شده دخترتون ظرف‌ها رو شکونده وسط حیاط ایستاده به جدّ و آباد ما فحش داده و بلند بلند فحش‌های ناموسی داده تا چهل خونه اونورتر شنیدند، همین که طلاقش نمی‌دیم لطف می‌کنیم، اگه می‌خواد طلاق بگیره بچّه رو بهش نمی‌دیم، اگه هم می‌خواد بیاد عذرخواهی کنه برگرده سر زندگیش.

فاطمه با شنیدن اون حرف‌ها چنان از جا پرید که انگار دیواری روش آوار شده، گریه می‌کرد و لابه‌لای گریه حرف‌هایی می‌زد که مفهوم نبود، تاجی بغلش می‌کرد آرومش می‌کرد و بهش قول داد که قرار نیست از هیچ‌کس عذرخواهی کنه یا هیچ جا بره.

چند روز بعد دور از چشم فاطمه بزرگ‌ترها جلسه گذاشتند و شور کردند، تصمیم بر این شد که فعلاً مدّتی فاطمه خونهٔ عمو بمونه. بعد از مدّتی کار فاطمه شده بود هرشب گریه کردن، دلش برای فریبا تنگ شده بود، با این که چند ماه گذشته بود نه حیدر بهش سر زده بود نه اجازه داده بودند فریبا رو ببینه. شرایط به سمتی رفت که فاطمه خودش تصمیم گرفت برگرده امّا حاضر نبود عذرخواهی کنه. عمو غلامحسین و زن‌عمو نرگس رفتند پیش فریبرز خان و جای فاطمه دل‌جویی کردند. فردای اون روز حیدر اومد و فاطمه رو برد، فاطمه دوباره رفت. عید اون سال هیچ‌کس حالش خوب نبود همه نگران فاطمه بودند تنها کسی که خودش فکر می‌کرد غمش از فاطمه بزرگ‌ترِ نیلوفر بود که بعد از دو یا سه سال زندگی مشترک هنوز بچّه‌دار نشده بود. بعد از عید غلامرضا و نیلوفر رفتند اصفهان، می‌گفتند اصفهان مراکز درمان ناباروری بزرگ و خوبی داره. با این که درس‌های من سنگین‌تر شده بود، امّا به خاطر شرایط ویژهٔ خونهٔ عمو من هر روز عصر اون جا بودم، زن‌عمو می‌گفت فاطمه زیاد نمیاد سر بزنه حتماً نمی‌زارنش، خوبیت نداره منم هر روز شال و کلاه کنم برم خونه‌اش. تو دوستشی، تو جوونی اگه حرفی هم کسی بهت بزنه برات سنگین نیست. تو هم مثل خواهر فاطمه‌ای، همه‌تون رو یه سفره بزرگ شدین، برو بهش سر بزن حال و هواش عوض بشه. اوّلین باری که رفتم خونهٔ فریبرز خان دیدن فاطمه، از دیدن سر و وضع زندگیشون چندشم شد، خونشون قدِّ خونهٔ عمو بود ولی کثافت از در و دیوارش بالا می‌رفت، پسر دوّم هووی مرمر وسط حیاط شلوارش رو کشیده بود پایین داشت می‌شاشید، همه جای حیاط پر از فضلهٔ مرغ و خروس بود طلعت و پسرش تو ایوون نشسته بودند، سلام کردم، طلعت با اخم جواب داد.

انگار هرکس از در این خونه می‌اومد تو باید اخم می‌کرد، یه دندون طلعت افتاده بود، حتماً وسط یکی از اون سیاه و کبود شدن‌هاش، دندونش افتاده بود، هیچ‌کس نیومد استقبالم، همه غضب کرده نگام می‌کردند، خودمو پررو گرفتم، کفش‌هام رو درآوردم رفتم تو ساختمون، یه‌گوشهٔ هال پلّه‌های طبقهٔ بالا بودند، از پلّه‌ها رفتم بالا، کلّ ساختمون بالا یه سالن بیست و چند متری بود که یه طرفش مثلاً آشپزخونه بود و کابینت داشت و یه اتاق که درش نیمه باز بود، زودپز روی گاز بود و تند تند فس فس می‌کرد، در اتاق رو هل دادم و در باز شد، فریبا خواب بود و فاطمه جوری بالای سرش نشسته بود که انگار روی دکل داره نگهبانی می‌ده. در رو که باز کردم با چشم‌های ورقلمبیده و صورتی پر ترس و استرس برگشت نگام کرد، انگار اومده بودم جونشون رو بگیرم، زندگی توی این خونه بد و ترسناک به نظر می‌اومد ولی نه به اندازهٔ حال بد فاطمه، سعی کردم با آرامش و مهربون نگاهش کنم.

- سلام فاطمه جان اومدم دیدنت.

فاطمه هنوز با چشم‌های از حدقه بیرون زده نگاهم می‌کرد.

- اومدم بهت سر بزنم دلم برات تنگ شده بود.

یهو از تو حیاط صدای داد و بیداد بلند شد هووها انگار به هم پریدند، حرف‌های چندش آور و رکیکی می‌زدند از این که اون‌جا بودم حالم داشت به هم می‌خورد، فریبا از خواب پرید فاطمه بوسیدش، بغلش کرد، نگاهش آروم شد، سر و صدا بعد از چند دقیقه خوابید. فاطمه رفت تو هال دنبالش رفتم. از حال و روزم فهمیده بود که از احوالات خونه در حیرتم.

- روز خوبی نیومدی. فریبرز خان خونه نیست همه چی آشفته‌اس اون که خونه باشه حکومت نظامی می‌شه صدای نفس کشیدن هیچ‌کس نمیاد.

لبخند زدم و سعی کردم جوری باشم که انگار همه چی عادیِ.

- خودت چطوری فاطمه جون؟

- بشین تا برات چایی بیارم.

فاطمه چای آورد با هم در سکوت چای خوردیم، همه چیز عیان بود، لازم نبود فاطمه چیزی بگه یه روز زندگی تو اون خونه واسه هرکسی کافی بود تا دیوونه بشه. دنبال یه سوژه‌ای می‌گشتم که حرف زدن راجع بهش بتونه حال فاطمه رو بهتر کنه از مدرسه خواستم بگم فکرکردم حتماً برای فاطمه جالب نیست، از علیرضا خواستم بگم گفتم شاید فکرکنه دارم از خوشی خودم می‌گم. تنها سوژه فریبا بود.

- ماشاالله فریبا چقدر بزرگ شده. خوبی خاله جان؟

- ممنونم، خوبم.

یه عروسک درب و داغون و کثیف تو بغل فریبا بود.

- دفعهٔ بعد که اومدم برات یه عروسک خوشگل میارم.

چشماش از ذوق برق زد و خندید. نیم ساعتی نشستم و بیش‌تر وقت در سکوت گذشت، نمی‌دونستم چطور برم که مودّبانه باشه. بالاخره بلند شدم و خداحافظی کردم فاطمه باهام پایین نیومد وقتی داشتم برمی‌گشتم هیچ‌کس رو ندیدم. صدای هووی مرمر از حمام می‌اومد، پسرکوچیکش رو برده بود حموم. صدای طلعت و خواهراش از پذیرایی می‌اومد. بی سر و صدا فلنگ رو بستم.

وقتی برگشتم، همهٔ چیزهایی که دیدم برای زن‌عمو تعریف کردم زن‌عمو همه رو خودش قبلاً دیده بود و اصلاً براش جدید نبود، زن‌عمو سرد و بی‌روح شد و هیچ چی نگفت.

فرداش علیرضا از پادگان زنگ زد، براش تعریف کردم که رفتم خونهٔ فاطمه. عصبانی شد و داد زد، گفت حق ندارم دیگه برم اون‌جا، گفت بدون اجازهٔ اون حق ندارم هیچ‌جا برم. اون شب فکرکردم پس علیرضا هم از اوضاع و احوال خونهٔ فریبرز خان خبر داره و حتماً از چیزهای بیش‌تری هم خبر داره و حتماً خونهٔ فریبرزخان جای خطرناکی حساب می‌شه که علیرضا این‌جوری عصبانی شد و چه اشتباهی بود که رفتم و روی حرف زن‌عمو هم نباید عمل کرد. علیرضا پشت تلفن گفت من شوهرتم. اجازهٔ تو فقط دست منه نه مادرم نه پدرم نه هیچکس دیگه. بدون اجازهٔ

من حقّ آب خوردن نداری! جوری پشت گوشی داد می‌زد که رگ‌های ورم کردهٔ گردن و شقیقه‌هاش رو می‌تونستم تصوّرکنم. بعد از این اتّفاق چند روزی خونهٔ عمو نرفتم. هم خوش‌حال بودم که علیرضا نگران و مواظبم هست هم ناراحت بودم که زن‌عمو به خاطر خودش و فاطمه من رو در معرض خطرگذاشته بود، حتماً اون جا یه خطری داشت که علیرضا انقدر ناراحت و عصبانی بود، حتماً چیزهایی بود که من نمی‌دونستم. روز سوّمی که نرفتم خونهٔ عمو مامان ازم پرسید که چرا چند روزِ به زن‌عمو سر نمی‌زنم، همه چیز رو براش تعریف کردم، مامان خیلی برای فاطمه غصّه خورد، براش ناراحت شد و گریه کرد، بعدم گفت برم به زن‌عمو سر بزنم ولی لازم نیست هرکاری که گفت رو انجام بدم و بدون هماهنگی با خودش جایی نرم، اگه ازم کاری خواست حتماً قبلش به خودش بگم. اون روزها انگار تو خونهٔ عمو خاک مرده پاشیده بودند، زن‌عمو و عمو خیلی ناراحت و افسرده بودند امّا خدا رو شکر بعد از دو ماه غلامرضا و نیلوفر با خبرهای خوب از اصفهان برگشتن نیلوفر باردار شده بود همه از این خبر خیلی خوش‌حال بودند. این بار که علیرضا از تهران اومد برای من چیزی نیاورده بود و عوضش یه کفش فوتبال برای محمد خریده بود، چند باری هم با محمد بیرون رفتند. حسابی با محمد گرم گرفته بود. بعد از برگشتن علیرضا به پادگان تازه فهمیدم این خوش و بش‌ها برای چی بود. محمد کم‌تر می‌رفت خونهٔ آقایی، بیش‌تر وقت‌ها خونه می‌موند یا با بچّه‌ها تو محلّهٔ خودمون بازی می‌کرد، هرجا می‌خواستم برم می‌گفت خودم می‌برمت. اون حسّ فسقلی بودنی که من بهش داشتم رو خودش اصلاً درک نمی‌کرد، فکر می‌کرد مردی شده و باید از خواهرش مواظبت کنه، شایدم جوّ علیرضا گرفته بودش، از این که محمد همیشه کنارم باشه بدم نمی‌اومد، این جوری خودمم راحت‌تر بودم. گاهی اوقات ما تصمیم نمی‌گیریم محیط و شرایط ما رو وادار می‌کنه. از وقتی نیلوفر هم باردار شده بود زن‌عمو یه سره خونهٔ آقایی بود، مواظب عروسش بود اون روزها زندگی فاطمه واسه همه داشت عادی می‌شد، بعضی روزها فاطمه با فریبا و پسر هووی مرمر می‌اومدند

خونهٔ آقایی. حیدر نمی‌اومد. بعد از آخرین دعوا خیلی کدورت‌ها باقی مونده بود و خیلی حرمت‌ها شکسته شده بود. فاطمه اجازه نداشت تنها از خونه خارج بشه برای همین پسر هووی مرمر همراهش می‌اومد.

تابستون اون سال خاله زری اینا اومدند کوهدشت. تمام مدّتی که کوهدشت بودند خونهٔ بی‌بی بودند و می‌رفتند خونهٔ فامیل مهمونی. خونهٔ ما هم اومدند، با دیدن میثم احساس گناه می‌کردم، نمی‌دونم این حس از کجا می‌اومد!؟ حسّ گناه بود یا عذاب وجدان. گناه از این که هنوز دوستش داشتم یا عذاب وجدان از این که می‌دونستم دوستم داره و به دوست داشتنم امید داشت. طبق معمول خاله زری از خواستگارهای رنگارنگ مرجان می‌گفت که همه رو رد می‌کنه. نمی‌دونم هدف خاله زری از این حرف‌ها چی بود وقتی قرار نبود فعلاً مرجان ازدواج کنه فکر کنم می‌خواست اعتماد به نفس دخترش رو بالا ببره یا به زبون بی‌زبونی اعلام کنه که دختر منم خواستگار داره امّا فعلاً باید درس بخونه. حوصلهٔ خاله زری اینا رو نداشتم، دیگه از دیدنشون خوش‌حال نمی‌شدم، شاید چون حس می‌کردم در مقابل اون‌ها ما بدبخت و فلک‌زده به نظر می‌رسیم. به یه سنّی رسیده بودم که فکر می‌کردم چرا ما انقدر گرفتاریم؟ چرا باید جوری زندگی کنیم که همیشه تو آشوب باشیم؟ این آشوب زندگی ما از کجا میاد؟ دلم می‌خواست زندگی ما هم شبیه خاله اینا بود، فکر می‌کردم حسرت هیچ چیزی رو ندارند یا حتّی اگه دارند حسرت‌هاشون مثل ما ساده و پیش پا افتاده نیست گاهی فکر می‌کردم دارم تو تاریک‌ترین نقطهٔ دنیا زندگی می‌کنم، سریال‌های تلویزیون رو که می‌دیدم هیچ‌کدوم شبیه ما نبود، دوست داشتم زندگیم رو تغییر بدم، دوست داشتم جور دیگه‌ای زندگی کنم امّا آدم‌هایی هستند که دوستشون داریم که بهشون تعلّق داریم که نمی‌خوایم قلب یا حرمتشون رو بشکنیم. به شانس‌هایی که تو زندگیم داشتم هم فکر می‌کردم، من حتّی یک ثانیه نمی‌تونستم جای فاطمه باشم، علاوه بر سرد و نچسب بودن حیدر، زندگی تو اون کثافت خونه با اون آدم‌های دون مایه صبر ایّوب می‌خواست.

آدم‌هایی که کوچیک شدند دوست دارند کاری کنن که بقیه هم شبیه خودشون به نظر برسن و از هرکس که زورشون برسه می‌خوان انتقام بگیرند. آدم‌های تو خونهٔ فریبرز خان همه خورد شده بودند.

اون روزها بیش‌تر می‌رفتیم خونهٔ آقایی. آدم‌های تو خونه روح خونه هستند، خونهٔ آقایی روحش شادتر بود، آقایی و تاجی آدم‌های شاد و موفّقی بودند، غلامرضا هم مهربون بود، نیلوفر هم راضی و شکرگزار. خونهٔ عموغلامحسین هوای مسمومی داشت، نمی‌دونم از چی بود شاید همه از شرایط فاطمه افسرده بودند. بچّهٔ نیلوفر به دنیا اومد، بچّه پسر بود اگه بچّه دختر هم بود باز هم همه خوش‌حال بودند ولی از این‌که بچّه پسر بود همه راضی‌تر بودند. آقایی اسمش رو ابوالفضل گذاشت، براش گوسفند قربونی کرد، نیلوفر و غلامرضا از ذوق تو آسمون بودند. رویاهاشون واقعی شده بود، خنده از دهنشون نمی‌افتاد، گاهی هم استرس داشتند، مرتّب بچّه رو چک می‌کردند، با هر گریه‌اش نگران می‌شدند، نیلوفر خواب و خوراک نداشت، شب‌ها تا صبح با عشق و شادی بیدار بود و چشم از بچّه برنمی‌داشت، مادرش هم روزها می‌اومد کمکش، کمی رنگ غصّه از چهره‌ها رفته بود، هیچ‌کس دیگه به فاطمه فکر نمی‌کرد، همه دوست داشتند سکوت فاطمه رو به پای رضایت بنویسند تا وقتی فاطمه گلایه‌ای نداشت، همه دوست داشتن فکر کنن که خوش‌بختِ. کسی حوصلهٔ مصیبت نداشت. نمی‌دونم فاطمه گلایه داشت و نمی‌گفت یا به مادرش فقط می‌گفت یا این‌که حوصلهٔ گلایه نداشت.

هنوز دبیرستانم تموم نشده بود که سربازی علیرضا تموم شد علیرضا افتاد دنبال کار. همه جا سرک می‌کشید، همه جا تحقیق می‌کرد. بالاخره تصمیم گرفت مغازهٔ فروش قطعات خودرو بزنه. گویا توی شهر ما فقط یه مغازه بود که همه چیز هم نداشت. برای خریدن بعضی قطعات باید مردم می‌رفتند شهرهای مجاور. با پولی که عمو به علیرضا داد یه مغازه اجاره کرد و جنس آورد. اوایل تابستون بود که مغازه رو بازکرد هنوز تابستون تموم نشده بود که با همون مغازه پول عروسی رو

جورکرد. هیچ‌کس اهمّیت نمی‌داد که من هنوز یک سال دیگه باید درس بخونم، درسته پیش دانشگاهی بود و چند روز در هفته فقط کلاس داشتم امّا دوست داشتم حدّاقل کسی نظرم رو می‌پرسید.

هفتهٔ آخر شهریور عروسیمون برگزار شد. این بار زن‌عمو من رو برد آرایشگاه، اصلاح کردم و نوبت آرایش عروس گرفتم. قبل از عروسی عاقد آوردند خونهٔ آقایی و رسماً عقد کردیم. این بار دفعهٔ اوّل بله رو نگفتم، خندیدم، غمزه اومدم؛ علیرضا جوری با بهت و نگرانی نگاهم کرد که دفعهٔ دوّم بله رو گفتم. این بار زن‌ها کل کشیدند. نیلوفر، مامان، زن‌عمو، بی‌بی، تاجی، عمه طیبه، همه کل کشیدند، حتّی طاهره و طوبی سعی کردند بلندکل بکشند به جز فاطمه. فاطمه حتّی نمی‌خندید، آرام و بی‌دغدغه فقط نگاه کرد. تازه شبیه تازه عروس‌ها شده بودم، صورتم صاف و صیقل خورده شده بود، ابروهام کمون و باریک. رژ قرمز زده بودم و از خجالت لپ‌هام گل انداخته بود، تازه فهمیده بودم بیش‌تر زیبایی من زیر اون حجم از مو به چشم نمی‌اومد. زن‌عمو برامون اسفند دود کرد، گوسفند سر بریدند.

از چند روز قبل عروسی خونهٔ آقایی شلوغ بود، خاله زری هم خیلی زودتر از موعد عروسی اومد کوهدشت خونهٔ بی‌بی. فامیل‌های مامان، فامیل‌های بی‌بی و فامیل های آقایی، همه بودند خیلی‌ها رو من نمی‌شناختم هر روز در مرکز توجّه بودم. با این که عروسی برادر فاطمه بود بعد از روز عقد کنون نیومد تا روز عروسی. روز عروسی صورت فاطمه کبود بود اومد، با زن‌عمو خوش و بشی کرد و قبل شلوغ شدن مجلس برگشت. از دیدن فاطمه ناراحت شدم، دیگه دوست نداشتم ببینمش، از آدم‌های فلک زده بدم می‌اومد. می‌ترسیدم. می‌ترسیدم شبیه فاطمه به نظر برسم، میثم هم عروسی اومد، امّا من اصلاً نگاهش نکردم، فکر می‌کردم شاید از دیدنش خوش‌حال بشم و این خوش‌حالی گناهِ. بیش‌تر مجلس من با چادر نشسته بودم و همه دورم می‌رقصیدند، انقدر اون روز همه چی تند و با عجله شد که تا آخر شب وقت نکردم خودم رو تو آینه ببینم، با آرایش زیبا شده بودم یعنی

همه می‌گفتند چقدر تغییر کردی چقدر خوشگل شدی امّا من خود بی آرایشم رو بیش‌تر دوست داشتم. به نظرم به جز اصلاح به تغییر دیگه‌ای احتیاج نداشتم. قبل از عروسی همون اتاق علیرضا تو خونهٔ پدرش رو مرتّب کردیم و بنا شد همون‌جا زندگی کنم، دل‌بستگی خاصّی به خونهٔ بابام نداشتم، خیلی راحت دل کندم و وسایلم رو جمع کردم و رفتم. فکر نمی‌کردم خونهٔ عمو زندگی کردن خیلی فرقی با خونهٔ خودمون داشته باشه، ولی فرق داشت؛ خیلی هم فرق داشت. هر روز صبح زود زن‌عمو بیدارم می‌کرد، تمیز کردن کلّ خونه و پخت و پز با من بود. صبح زود سفرهٔ صبحانه می‌انداختم، عمو و زن‌عمو صبحانه می‌خوردن، بعدش عمو می‌رفت سر زمین و دنبال کاراش. علیرضا کمی قبل از نه بیدار می‌شد، یه چای تلخ می‌خورد و یه فلاسک چای با خودش می‌برد و می‌رفت مغازه.

اون سال مدرسه عذرم رو خواست و مجبور شدم برم مدرسهٔ شبانه. آدم‌های جدید معلّم‌های جدید محیط جدید کلّی رو درسم تاثیر گذاشت، علاوه بر اون ساعت کلاس‌ها هم چهار تا هشت عصر روزهای زوج بود تا برمی‌گشتم خونه دیر وقت بود و عمو دیگه خوابیده بود، کارهای خونه فرصتی برای درس خوندن نمی‌ذاشت، با وجود این همهٔ تلاشم رو می‌کردم. از هر فرصتی استفاده می‌کردم که درس بخونم، زن‌عمو هم به هر بهانه‌ای باعث می‌شد وقت من با چیزی غیر از درس پر بشه، به مدرسه رفتنم غر می‌زد، می‌گفت ساعت رفت و آمدت خیلی بدِ، انقدر غر زد تا علیرضا دوباره محمد رو برگردوند سر پستش. چون خودش مغازه بود هر روز با محمد می‌رفتم مدرسه و با محمد برمی‌گشتم. محمد اصلاً شبیه من نبود، لباس‌های مد روز می‌پوشید، ژل می‌زد و آهنگ‌های مد روز گوش می‌داد انقدر پا پیچ بابا شد تا بابا یه پراید خرید. از خواسته‌هاش کوتاه نمی‌اومد و به غرولند اطرافیان هم کار نداشت. زن‌عمو همیشه جلوی من تعریف نیلوفر رو می‌کرد و می‌گفت من سر به هوام، من انقدر مشغله داشتم که زیاد وقت نمی‌کردم نیلوفر رو ببینم، امّا چند سال بعد از نیلوفر شنیدم که جلوی اونم همش تعریف من رو

می‌داده. مامان زیاد نمی‌اومد خونهٔ عمو. منم وقت نمی‌کردم بهش سر بزنم، گاهی خونهٔ آقایی، مامان و بابا رو می‌دیدم، اگه وقتی اضافه می‌آوردم و می‌رفتم خونهٔ آقایی، اون‌جا هم تاجی حسابی من رو به کار می‌گرفت و می‌گفت نیلوفر دستش به بچّه‌اش بندِ، وقت نمی‌کنه به خونه برسه، نمی‌دونم زن‌عمو چی جلوی تاجی می‌گفت که فکر می‌کرد کار من تو خونهٔ عمو سبکِ و این‌جور من رو به کار می‌بست، کار به جایی رسید که می‌اومد خونهٔ عمو صدام می‌کرد واسه کارهاش، با همهٔ این‌ها من سعی می‌کردم درس بخونم، دلم نمی‌خواست از مرجان عقب بمونم. ولی گاهی سرنوشت در ارادهٔ ما نیست. اون سال عید دوست دوران سربازی علیرضا با خانواده‌اش از تهران اومدند کوهدشت و چند روزی مهمان ما بودند، کلّ اسفند ماه من و نیلوفر درگیر خونه تکونی تاجی و زن‌عمو بودیم، عید هم بچّه‌های خانم آغا مهمان آقایی و تاجی بودند و دوست‌های علیرضا مهمان ما. دوست علیرضا سهیل پسر مجرّدی بود که با مادر و پدر و برادر و زن برادر و خواهرش اومده بود خونهٔ عمو و در واقع خونهٔ ما. علیرضا می‌گفت زمان سربازی زیاد خونهٔ پدر سهیل رفته و دین به گردنش دارند مادر و خواهر سهیل مانتوهای کوتاه می‌پوشیدند، خواهرش با این که مجرّد بود موهاش رو مش کرده بود و بیرون ریخته بود، فهمیده بودم علیرضا عاشق آدم‌های امروزی و بزک کرده است امّا نه شهر ما پذیرش این‌جور لباس پوشیدن رو داشت نه کار خونه فرصت بزک کردن به من می‌داد. اون سال عید فاطمه رو فقط دو بار دیدم، یک بار خونهٔ آقایی با حیدر بعد از سال تحویل، یک بار هم اومد خونهٔ عمو سر زد، لبخند می‌زد امّا انگار یه بچّهٔ ۳ ساله یه لبخند کج وکوله روی صورتش کشیده بود، از لبخندش می‌ترسیدم، فاطمه ترسناک شده بود، آدم نمی‌تونست بفهمه چه حسّی داره یا به چی فکر می‌کنه. اون سال عید خاله زری به بهانهٔ درس و کنکور مرجان نیومد کوهدشت. عید اون سال بوی نوروز رو نفهمیدم، همش بوی تاید و ریکا تو دماغم بود، شب‌ها از کمر درد و پا درد خوابم نمی‌برد، احساس می‌کردم هزار سالم شده، دلم می‌خواست روزها فقط بخوابم امّا

ازترس زن‌عمو زودتر از همه بیدار می‌شدم. من و علیرضا حرف‌های مشترک زیادی نداشتیم، علیرضا فقط برای پیشرفت کارش نقشه می‌کشید، بلند پرواز بود، دلش می‌خواست پول‌دار بشه، بعد از عید زن‌عمو همش حرف بچّه و مادر شدن و لذّت نوزاد داشتن و این‌ها رو می‌گفت. خدا رو شکر بچّه جزء برنامه‌های علیرضا نبود، به نظر علیرضا کسی تا بارش رو نبسته بچّه نباید بیاره. علیرضا می‌گفت دوست دارم بچّه‌هام تو امکانات بزرگ بشن، من مثل غلامرضا کم توقّع و بی‌عرضه نیستم من از این دنیا سهم خودمو می‌خوام.

دقیقاً یادمه اواخر خرداد بود چند روز بیش‌تر تا کنکور نمونده بود، مثل همیشه صبح زود، زودتر از همه از خواب بیدار شدم. تازه سفرهٔ صبحانه رو انداخته بودم و عمو و زن‌عمو هنوز خواب بودند. صدای در اومد. محمد بود با کیف و کتاب مدرسه!

- سلام خیر باشه صبح به این زودی!

محمد چشم‌هاش دو دو می‌زد، مرتّب توی خونه رو نگاه می‌کرد، سرش رو آورد نزدیک صورتم.

- خیر نیست، فکر می‌کنم اتّفاق بدی برای فاطمه افتاده به عمو و زن‌عمو چیزی نگو، علیرضا رو بفرست ببینه چه خبر شده، در خونهٔ فریبرز خان شلوغه، کسی به من چیزی نمی‌گه.

ماتم برد، خشک شدم تو صورت محمد. محمد شونه‌ام رو تکون داد.

- شنیدی؟

سری تکون دادم و آهسته گفتم:

- آره

- نذار عمو از خونه بره بیرون وگرنه با خبر می‌شه.

محمد هیچ چیزی نگفت و بی‌خداحافظی رفت. از استرس حالت تهوّع داشتم، آهسته رفتم تو اتاق و آروم علیرضا رو بیدار کردم. علیرضا چشم باز کرد و نگاهم کرد.

– علیرضا لطفاً بیدار شو کار واجبی دارم.

این جمله رو که گفتم اشک از چشمام سرازیر شد، علیرضا وسط تشک نشست.

– چی شده؟

– محمد اومد، گفت برای فاطمه اتّفاقی افتاده بلند شو برو ببین چه خبر شده.

برق از سر علیرضا پرید، بلند شد و سریع لباس پوشید و رفت. رفتم تو اتاق، هنوز عمو و زن عمو بیدار نشده بودن، منتظر موندم بیدار شدند، دست و صورتشون رو شستن و اومدن سر سفره، صبحانه تمام شد و خبری از علیرضا نشد.

– عمو جان صبح محمد اومد گفت بمونی خونه بابام میاد کار مهمّی داره.

– خیر باشه ما دیشب باهم بودیم چرا دیشب نگفت؟!

ساعت نزدیک هشت و نیم بود از تو کوچه صدای رفت و آمد غیر طبیعی آدم ها می اومد. عمو بلند شد از در رفت بیرون و برنگشت. زن عمو هم بلند شد چادر سرکرد رفت بیرون و بعد از چند دقیقه صدای ناله و شیون کلّ کوچه رو پر کرده بود، چادر سرکردم رفتم خونۀ آقایی. علیرضا با سر و صورت خونی و لباس پاره وسط حیاط نشسته بود. نیلوفر ابوالفضل بغلش بود و داشت آرومش می کرد، تاجی تو شاه نشین نشسته بود و مویه می کرد، آقایی زیر بغل عمو رو گرفته بود و می بردش سمت پلّه تا بشینه، زن عمو وسط حیاط نشسته بود و خاک می ریخت رو سر خودش، غلامرضا از تو انباری با اسلحه اومد بیرون و بلند داد می زد خودم می کشمش، خودم می کشمش. بابا از بیرون هلم داد داخل، اومد تو و غلامرضا رو گرفت، اسلحه رو از دستش کشید، غلامرضا داد می زد و گریه می کرد، من هنوز گیج و منگ داشتم همه رو نگاه می کردم. عمه طیبه از در اومد تو، جیغ می کشید، بلند جیغ می کشید، همه گریه می کردند. علیرضا بلند شد تو حیاط می چرخید و فحش می داد، به زمین و زمان، به همه، به مامانش می گفت تقصیر تو بود، چشماش قرمز شده بود و گریه می کرد، مردم جلوی در جمع شده بودند، پلیس از کلانتری اومده بود یه نفر باید می رفت کلانتری، بابا رفت.

فاطمه و فریبا خوابیدند و دیگه هیچ وقت بیدار نشدند. شب قبل حیدر طبقهٔ پایین خوابیده بود، فاطمه در اتاق رو بسته بود، شیرگاز رو بازکرده بود و کنار فریبا خوابیده بود، صبح جنازه‌هاشون رو از اتاق بیرون آوردند. فاطمه مرد بدون این که چیزی از جهان کم بشه، فاطمه مرد بدون این که غمی به دنیا اضافه بشه. توی کلانتری به بابا گفته بودند که همه چیز خودکشی به نظر می‌رسه امّا اگه به کسی مشکوکید یا به حیدر شک دارید می‌تونید شکایت کنید. بابا به عمو زنگ زد، عمو گفت ما شکایتی نداریم. عمو از خودش شاکی بود شکایت کردن از هیچ‌کس حالش رو بهتر نمی‌کرد، چند ساعت بعد تمام خونهٔ آقایی و عمو سیاه‌پوش شد، زنانه خونهٔ آقایی بود و مردانه خونهٔ عمو. از همه طرف آدم می‌اومد، از بروجرد و خرم آباد، از اندیمشک، از تهران. سهیل دوست علیرضا هم اومد، خاله زری و شوهرش هم اومدند، میثم هم اومد، امّا مرجان نیومد، بی‌بی هم اومد، هر زنی وارد خونهٔ آقایی می‌شد مویه می‌کرد، صورت می‌خراشید و مو می‌کند، زن‌عمو نرگس منگ شده بود، خشکش می‌زد، به یه نقطه خیره می‌شد و اشک می‌ریخت، مامان چادر می‌انداخت تو صورتش و زار می‌زد، من و نیلوفر همش سرپا بودیم برای پذیرایی کردن، چای و خرما دادن و حلوا پختن، کمک هم زیاد بود امّا جمعیّت زیادتر. فکرها توی سرم می‌چرخیدند، فاطمه انقدر کس داشتی و انقدر غریب زندگی کردی! این آدم‌ها از غم تو چه خبر داشتند! فاطمه راحت شدی! گاهی زمزمه‌هایی تو جمع می‌پیچید، همه درگوشی حرف می‌زدن، مردم راجع به مردن هم‌دیگه هم فروگذار نیستند و حرف می‌زنن، تا لب گور داریم جواب پس می‌دیم، دلش می‌خواست بمیره، یعنی انقدر هم حق نداشت؟

روز تشییع همه رفتند غسّال خونه با فاطمه وداع کنند عمو و زن‌عمو، غلامرضا و علیرضا، مامان و بابا، عمه طیبه، تاجی و آقایی، امّا نیلوفر رو به هوای این که بچّه شیر می‌ده نبردند. مامان نذاشت من برم، دلم می‌خواست با فاطمه خداحافظی کنم، چند هفته بود ندیده بودمش. فکر می‌کردم کم دیدمش، امّا مامان نذاشت برم.

همه‌شون فاطمه رو تو گور گذاشتند و خاک ریختند، فاطمه تمام شد.

فریبا رو خانوادهٔ حیدر به خاک سپردند، حیدر آشفته و ژولیده بود، تکیده شده بود، رنگش زرد بود امّا خیلی با روزهای دیگه‌اش فرق نمی‌کرد، مرمر و هووش آروم مویه می‌کردند، طلعت جیغ می‌کشید و صورتش رو می‌خراشید، خواهرهای دیگه‌ش هم بلند زار می‌زدن، از حیدر متنفّر بودم، از همشون بدم می‌اومد.

تا چند روز درگیر مراسم بودیم، بعد از مراسم احساس می‌کردم نصف شدم، تازه فهمیدم کنکور گذشت و من بهش نرسیدم، علیرضا بهم دل‌داری می‌داد و می‌گفت ان‌شاالله سال آینده. تو اون خونه انگار کار و زحمت تمومی نداشت. بعد از این جریان زن‌عمو افسرده شد، از اتاقش بیرون نمی‌اومد، دست به سیاه و سفید نمی‌زد، مرتّب زن‌های فامیل بهش سر می‌زدن، زحمت من بیش‌تر شده بود. خسته بودم روحیهٔ از نو درس خوندن نداشتم، بیخیال همه چیز شده بودم، روز و شبم با کارهای خونه می‌گذشت، خودمم دوست نداشتم بیکار بشم، وقتی بیکار می‌شدم غربت شهرمون رو حس می‌کردم، تا وقتی فاطمه بود فقط کمی نگران و ناراحتش بودم امّا حالا انگار تمام شهر از غم فاطمه ماتم زده بود، وقتی بود امید داشتیم زندگیش تغییر کنه، این پایان برای فاطمه ستم بود، چرا هیچ‌کس انقدر به فاطمه نزدیک نبود که رازدارش باشه، هم غصّه‌اش باشه، فاطمه چرا انقدر تنها بود؟ تمام شهر به فاطمه بدهکار بود، هوای شهر مسموم بود، توی گوشه‌گوشهٔ حیاط خونهٔ آقایی فاطمه رو می‌دیدم که بساط خاله بازیم رو به هم می‌ریزه، عجب بدجنس مظلومی بودی، حس می‌کردم روح فاطمه تو آسمون شهر می‌چرخه، حس می‌کردم روح فاطمه هنوز در عذابِ. بعضی روزها می‌رفتم پیش بی‌بی، فقط اون‌جا می‌تونستم گریه کنم و سبک شم، بی‌بی بلند بلند ذکر می‌گفت، ذکرهای بی‌بی تکراری و ساده بودند، صلوات می‌فرستاد وَتَطْمَئِنُّ قُلُوبُهُم بِذِكْرِ اللهِ أَلَا بِذِكْرِ اللهِ تَطْمَئِنُّ الْقُلُوبُ رو تکرار می‌کرد، صداش آرومم می‌کرد، آرامش خودش آرومم می‌کرد، خونهٔ بی‌بی از این شهر نبود، خونهٔ

بی‌بی تکّه‌ای از بهشت بود، بی‌بی می‌گفت مطمئنم که حال فاطمه خوبه، بهتر از همیشه، بعضی شب‌ها توی دلم با فاطمه حرف می‌زدم.

- فاطمهٔ عزیزم! من درکی از تنهایی و گرفتاری تو نداشتم، فاطمهٔ عزیزم من فکر می‌کردم به عنوان یک کوچک‌تر در خانواده باید دور بمونم، فاطمه کاش با من حرف می‌زدی، فاطمه کاش بودی، فاطمه لطفاً در آرامش باش، آرام باش، خدایا قلب‌های ما رو آروم کن. فاطمه فریبا چرا! فریبا زندگی نکرد. قبل از شکفته شدن پرپر شد. فریبا حق نداشت بازی دنیا رو امتحان کنه!

انگار فاطمه ته قلبم آروم می‌گفت: فریبا بازی روزگار رو بلد نیست، بزرگ‌تری نبود تا فریبا رو بهش بسپارم.

من به جای همه عذاب وجدان فاطمه رو داشتم، فاطمه چرا کسی برات بزرگ‌تری نکرد؟ چرا کسی مواظبت نبود؟ فاطمه چرا فکر کردند تو از پس این بایدها برمیای؟ چرا زندگیمون باید رو بایدها بچرخه؟ چرا نمی‌فهمیم گاهی بایدها ممکنه لهمون کنن! کاش بیش‌تر بهش نزدیک می‌شدم، کاش براش کاری می‌کردم.

همه چیز خیلی زود عادی می‌شه و همه برمی‌گردن به زندگیشون، باید با دنیا ساخت، با دنیا کنار اومد، باید قلق بازی تو زمین دنیا بیاد دستت وگرنه از بازی اوت می‌شی. بعد از چند ماه مردم شهر یادشون رفت که فاطمه‌ای هم بوده، زن‌عمو گاهی می‌رفت سر مزارش، تنها کسی که دلم براش نمی‌سوخت زن‌عمو بود، نمی‌دونم چرا امّا فکر می‌کردم خودکرده را تدبیر نیست، فکر می‌کردم این‌ها از بد بازی کردن‌های زن‌عمو بود. هرگز ندیده بودم تاجی کتاب دعا بخونه امّا اون روزها تاجی هر روز زیارت عاشورا می‌خوند، از رفتارهاش معلوم بود که فکر می‌کرد باید انقدر پا فشاری می‌کرد تا طلاق فاطمه رو بگیرن، عمو خیلی از خونه بیرون نمی‌رفت. ساکت و آروم بود، فکری شده بود، آقایی سعی می‌کرد خودش رو عادی جلوه بده و از تک و تا نیفته امّا معلوم بود که فکر فاطمه است که شب‌ها بی‌خوابش کرده، مقابل دنیا نباید کم بیاری وگرنه بد می‌بازی، فاطمه از بازی انصراف داده و در عوض

همهٔ ما بدجور باختیم، بازی این بود که فاطمه بسوزه و بسازه و بسازه، بچّه بیاره، لبخندهای مصنوعی بزنه تا روزی که حیدر یاد بگیره خودش مرد زندگیش باشه نه پدرش، تا روزی که یاد بگیره به زن و بچّه‌اش اهمّیّت بده، تا روزی که شاید حیدر یا فریبرز خان بمیرند یا شاید هم تا همیشه! عجب بازی سختی به فاطمه تحمیل شده بود. چی کشیدی فاطمه؟ بمیرم برای مظلومیّتت، بمیرم برای تنهاییت، همه ناراحتِ نبودن فاطمه بودند، ناراحت تلخی مرگش بودند یا عذاب وجدان این رو داشتند که بازی بدی بهش تحمیل کردند! اگه فاطمه طلاق می‌گرفت مگه چی می‌شد؟ به خاطر حرف مردم حاضریم بمیریم، حاضریم بکشیم، حرف مردم مهم نیست ما مهمّش می‌کنیم، حرف مردم کم‌تر فاطمه رو اذیّت نمی‌کرد؟ مغز آدم اگه بیفته رو دور محکوم کردن برای همه حکم صادر می‌کنه. روزها تلاش کردم تا اون حال و هوا رو پشت سر بزارم.

غلامرضا و علیرضا از همه زودتر با همه چی کنار اومدند، غلامرضا حسابی با ابوالفضل مشغول بود و علیرضا با کسب و کارش. کسب و کارش رونق گرفته بود تو بازار اسمی درکرده بود.

نتایج کنکور اومد، مرجان پزشکی خرم آباد قبول شده بود، خاله از خوش حالی بال درآورده بود، برای قبولی مرجان خونهٔ بی‌بی گوسفند سر بریدند، میثم و عمو حسن هم بودند، دایی‌ها و خانواده‌هاشونم بودند. من و مامان هم رفتیم. بابا و علیرضا به رسم مردم داغ‌دار نیومدند. خانم دکتر بود که به ناف مرجان بسته می‌شد، مرجان از خوش حالی خنده از دهنش نمی‌افتاد. خاله زری براش اسپند دود می‌کرد، بی‌بی هم خیلی خوش‌حال بود، بالاخره زنی از این خانواده قرار بود پزشک بشه، مرجان به من هم دل‌داری می‌داد و می‌گفت سال دیگه کنکور شرکت کن، تو خیلی باهوشی، حتماً قبول می‌شی. حرف از زن دادن میثم پیش اومد، داشتم سیخ‌ها رو می‌شستم، نگاهم به سیخ‌ها بود و گوش‌هام وسط جمع تا ببینم کی چی می‌گه، خاله گفت باید درسش تموم بشه، سربازی بره، دایی اکبر

گفت حالا برید خواستگاری بله رو بگیرید، کسی رو نشون کنید. صحبت از دختری از فامیل‌های عمو حسن توی بروجرد بود، همه پسندیدند. بی‌بی گفت: دختر خیلی خوبیه، این وصلت عاقبتش خیر می‌شه. بدون این که بدونم چرا، اون شب تا نیمه‌های شب به میثم فکر کردم و مرجانی که قرار بود خانم دکتر باشه، من کی بودم؟ زنی بی‌هویت در شهری کوچک. دلم می‌خواست کسی باشم، تصمیم گرفتم سال بعد کنکور بدم، فرداش نشستم برای خودم برنامه ریختم تا حسابی درس بخونم. چند روز اوّل همه چی خوب پیش می‌رفت، واسه خودم برنامه ریخته بودم همهٔ کارها رو سر وقت انجام می‌دادم، غروب‌های دلگیری که یاد فاطمه چرخ می‌زد تو آسمون شهر حال بدم رو دور می‌ریختم؛ خودم رو خالی می‌کردم، خالی از همهٔ آه‌ها و افسوس‌ها. با خودم تمرین می‌کردم به اتّفاق‌های خوب فکر کنم، به روزهای قشنگ، به چیزهایی که دلم می‌خواست برام اتّفاق بیفته، به هویتی که می‌خواستم برای خودم بسازم، نمی‌خواستم تا ابد یه زن ساده باشم و فقط با زن بودنم معرّفی بشم، دوست داشتم از این دنیا قدِّ خودم سهمی بردارم، حرفه‌ای یاد بگیرم، دوست داشتم مشغله‌هایی برای فکرکردن وکاری برای انجام دادن داشته باشم، دوست داشتم دیده بشم به عنوان یک انسان. دوست داشتم جایگاهی داشته باشم، تاثیرگذار باشم، امّا گاهی اون جوری نمیشه که ما دلمون می‌خواد یا شاید هم علیرضا نذاشت اون جوری بشه که من دلم می‌خواد، با علیرضا حرف می‌زدم از رویاهام، از علایقم، از خواسته‌هام. به نظر علیرضا من فقط دنبال مشقّت و دردسر بودم و می‌خواستم زندگی راحتم رو به چالش بکشم. علیرضا می‌گفت تو خانوادهٔ منی و موفّقیّت من موفّقیّت توئه. دانشگاه رفتن وکتاب خوندن برای همه خوب نیست، هرکس باید متناسب با شرایط زندگیش تصمیم بگیره. توکلّی مسئولیّت و مشغله داری چه کاری با ارزش‌تر از سر و سامون دادن به زندگی من و مامان و بابام و در مقابل این حرف‌ها جز سکوت چیزی نمی‌شد گفت. مدّتی بعد علائمش ظاهر شد، علائم مشغله‌ای که علیرضا برام درست کرد. من حامله شدم. دوگانگی

عجیبی داشتم، بچّه‌ای در وجودم رشد می‌کرد و بخشی از وجودم که فریاد می‌زد خودت رو دور ننداز و من مجبور شدم خودم رو تو کیسه زبالهٔ سیاهی بریزم، گره بزنم و بندازم تو انباری مغزم، هنوز نوبت من نبود، هنوز وقتی برای خودم نداشتم. تاثیر هورمون‌ها بود یا ذات زن بودنم، نمی‌دونم! از لحظه‌ای که فهمیدم قرارِ مادر بشم، مادر شدم. فقط یه هفته طول کشید تا خودم یادم بره، حس می‌کردم از این به بعد باید بزرگ فکر کنم، باید بتونم روی زندگی کسی که دارم می‌ذارمش روی زمین تاثیرگذار باشم، دوست داشتم بتونم برای بچّه‌ام بزرگ‌تر باشم، براش بزرگی کنم، کتاب‌های درسی رو دوباره جمع کردم، کارتن گرفتم و گذاشتم تو انباری. این بار امیدی نداشتم که روزی دوباره برم سراغشون. عوضش رفتم کتاب فروشی افلاک، بزرگ‌ترین کتاب فروشی شهر بود، نمی‌دونم تنها کتاب فروشی شهر بود یا تنها جایی بود که من بلد بودم. از پولی که مامان بابت خرید سیسمونی بهم داده بود کلّی کتاب خریدم، کتاب‌های تاریخی و داستانی، کتاب‌های معروف؛ آقای ساجدی با پسرش یزدان کتاب فروشی رو اداره می‌کردند، پسرش یه مرد سی و چند سالهٔ جذّاب بود، قدِّ بلندی داشت با موهای روشن و پوست برنزه، چشم‌های جذّاب سبز رنگی داشت که باعث می‌شد آدم یادش بره کیه و کجاست! هر وقت تو اون چشم‌ها نگاه می‌کردم یادم می‌رفت یه زن سادهٔ خانه‌دار توی یه شهر کوچیکم، یادم می‌رفت چادر سرمه و ساق دست دارم، تو اون چشم‌ها که نگاه می‌کردم فکر می‌کردم توی فیلم‌هایی هستم که با مرجان و میثم می‌دیدم، فکر می‌کردم سرافون تنمه و کلاه لبه‌دار بلندی سرم. حسّ نشاط و سرزندگی می‌کردم، از روزمرگی کهنه و سرخورده‌ام جدا می‌شدم. آقای ساجدی یه پیرمرد اتوکشیدهٔ مرتّب بود، کت و شلوار و جلیقه می‌پوشید و کلاه لبه‌دار سرش می‌ذاشت و اغلب پشت دخل می‌نشست. وقتی از مغازه بیرون می‌رفت عصا دستش می‌گرفت، آقای ساجدی هم انگار از این دنیا نبود، بار اوّلی که رفتم تو مغازشون فقط می‌دونستم می‌خوام کتاب بخرم و هیچ چیز بیش‌تری نمی‌دونستم. یزدان کلّی باهام حرف زد و کتاب‌های مختلف رو بهم

معرّفی کرد، از نویسنده هاشون گفت، از مترجم و سال انتشار و موضوع و هزار تا چیز دیگۀ هر کتاب، با خونسردی حرف می‌زد و من چند تا کتاب رو که خودش خیلی توصیه می‌کرد، خریدم. وقتی برگشتم خونه دوست داشتم خیلی زود کتاب‌ها رو بخونم، دوست داشتم تمام چیزهایی که یزدان می‌دونست رو منم بدونم، از این‌که تمام مدّت اون حرف زده بود و من عین ماست نگاش کرده بودم و خیلی جاها اصلاً نفهمیده بودم چی می‌گه شرمنده بودم، شب‌ها تا دیروقت تو انباری می‌نشستم و کتاب می‌خوندم، صبح‌ها معمولاً تا دیروقت خواب می‌موندم، همه تنبلی و خواب آلودگیم رو به پای حاملگیم می‌ذاشتند چون خیلی زود می‌خوابیدند و نمی‌دونستند من تا چه ساعتی تو انباری بودم، معمولاً هم اگه ازم می‌پرسیدن دروغ می‌گفتم، دوست نداشتم برای کسی رو این مساله حسّاسیت ایجاد بشه، دوست داشتم حدّاقل این کار رو برای دل خودم انجام بدم. کتاب‌هایی که یزدان معرّفی می‌کرد خیلی جذّاب بودن، اکثراً توضیحاتی که خودش داده بود باعث می‌شد کتاب رو بهتر بفهمم و برام جذّاب‌تر بشه. خیلی زود کتاب‌ها رو تموم کردم امّا پول جدیدی برای خرید کتاب نداشتم، کم‌کم شکمم قلنبه شد. مامان تقریباً هر روز بهم سر می‌زد، زن عمو حالش بهتر شده بود و توی کارهای خونه کمک می‌کرد، هر وقت کار بیش‌تری داشتیم نیلوفر هم برای کمک می‌اومد. با مامان می‌رفتیم بازار و سیسمونی بچّه می‌خریدیم، برای مامان راجع به کتاب‌هایی که خریده بودم حرف زدم، مامان خیلی استقبال کرد، مامان خودش پول می‌داد تا کتاب بخرم. از این‌که می‌تونستم کتاب جدید بخرم خیلی خوش حال بودم، نمی‌دونم شاید جاذبۀ یزدان بود که من رو به سمت کتاب‌ها می‌برد، هر بار که به کتاب فروشی می‌رفتم حدّاقل یک ساعت تو کتاب فروشی بودم، کتاب فروشی افلاک بزرگ بود، از درکه وارد می‌شدی میز آقای ساجدی بود و پشت سرش پر از قفسه‌های کتاب، از میز که رد می‌شدی و می‌رفتی پشت قفسه‌ها انگار که از کوه دشت که نه از زمین جدا می‌شدی. دفعه‌های بعد یزدان پشت قفسه‌ها صندلی می‌ذاشت برام چای

می‌آورد و راجع به کتاب‌هایی که خونده بودم حرف می‌زدیم، گاهی چنان سرگرم حرف زدن می‌شدیم که زمان از دستمون در می‌رفت، بچّه بهانه‌ای بود که همه رو توجیه می‌کرد، هر دفعه زن‌عمو می‌پرسید چرا دیرکردی می‌گفتم دنبال فلان چیز برای بچّه می‌گشتم.

اون سال عید هنوز عزادار بودیم، هفت سین نچیدیم و مهمونی نرفتیم، فقط اقوام و آشنایان بهمون سر زدند و هم‌دردی کردند.

پا به ماه بودم که خاله زری زنگ زد و برای عقدکنون میثم دعوتمون کرد بروجرد، من که پا به ماه بودم و بقیه هم هم‌چنان در لاک عزاداری، به جز مامان از طرف ما هیچ‌کس نرفت، وقتی مامان برگشت حسابی از مراسم مجلّل و زیبایی عروس جدید تعریف کرد، نمی‌دونم چرا وقتی از خوشگلی زن میثم می‌گفت ناراحت می‌شدم. چیزهایی در آدم هست که درکنترلش نیست، می‌تونی ناراحتیت رو نشون ندی امّا نمی‌تونی ناراحت نشی.

خونهٔ عمو بزرگ بود، یه اتاق برای بچّه آماده کردیم، سونوگرافی گفته بود بچّه پسرِ، علیرضا از این مسأله خیلی خوش‌حال بود. این که بچّه پسر بود برای من موفّقیّتی محسوب می‌شد و حتماً اگه دختر بود شکست محسوب می‌شد، چه تفکّر رنج آوری، حتماً من شکست مادرم بودم و محمد موفّقیّتش! این تفکّر از کجا اومده بود؟ همون‌قدر که معلوم نیست این تفکّر از چه زمانی شروع شده همون‌قدر هم مبهمِ که کی قرارِ تموم بشه! اصلاً قرارِ تموم بشه؟ بالاخره روزی میاد که آدم‌ها تصمیم بگیرند آدم باشند.

قبل از به دنیا اومدن تیام، علیرضا یه زانتیای نقره‌ای خرید رفت اهواز و معامله‌اش کرد، علیرضا درآمدش خوب شده بود، مرتّب واسه معامله این ور و اون ور می‌رفت با آدم‌های پول‌دار و لوکس می‌گشت، مدل مو و لباسش عوض شده بود، واسه من موبایل و لپ تاپ خرید، می‌گفت باید از بچّه‌مون عکس و فیلم بگیری، از روز اوّلی که به دنیا میاد باید فیلمش رو داشته باشیم، توی

کوهدشت علیرضا حسابی سر زبون افتاده بود، زن‌عمو هر روز اسپند دود می‌کرد، کم‌کم داشت خاک غم از خونمون می‌تکید.

تیام سر موقع به دنیا اومد، درشت و تپل بود، زایمان سختی داشتم، توی بیمارستان گرم و کثیف با مامای بدون تجربه، با تحمّل ساعت‌ها درد و سختی بالاخره تیام به دنیا اومد. صدای گریه‌اش غصّهٔ دنیا رو برام پوچ کرد تا چند هفته زرد و ضعیف و نزار تو اتاق بچّه افتاده بودم، مامان و بی‌بی مرتّب بهم سر می‌زدند و کارهای بچّه رو انجام می‌دادند، برای چشم روشنی علیرضا برام یه دستبند سکّه‌ای خرید، با این که دستبند درشت و گرون بود ولی اصلاً دوستش نداشتم، از فکر این که این پیشکشی فقط به خاطر پسر بودن بچّه است، قلبم می‌شکست. صدای گریه‌های تیام شادترین نوای خونه شده بود، عمو حالش بهتر شده بود هر روز از خونه بیرون می‌رفت هر روز با تیام سرگرم می‌شد، آقایی پیر و ناتوان شده بود، حتّی با عصا هم درست نمی‌تونست راه بره. بابا و عمو، تیام رو بردند پیشش تا آقایی تو گوشش اذون بگه. هرچند قبل از آقایی، بی‌بی تو گوش تیام اذون گذاشته بود امّا به رسم ادب تیام رو پیش آقایی هم بردند، تیام تا روزها دنیام رو عوض کرد، دیگه وقتی برای کتاب خوندن نبود، تمام لذّت روز و شبم با تیام بود، روزها باید ساعت‌ها برای شیر دادن بهش و تمیزکردن و خوابوندنش وقت می‌ذاشتم، شب‌ها هم از فرط خستگی بیهوش می‌شدم، کار علیرضا زیاد شده بود. خیلی وقت‌ها روزها اصلاً خونه نمی‌اومد، شب‌ها هم من یا درگیر تیام بودم یا از خستگی تسلیم خواب می‌شدم. اون روزهایی که من حسابی درگیر تیام بودم، نمی‌دونم تو دنیای مردونهٔ علیرضا چی می‌گذشت، فقط می‌دونم اون مرد بود نیاز داشت و حقّی داشت که از همه طرف بهش داده می‌شد، از طرف مردم، از طرف قانون و از طرف شرع و از طرف خودش. نمی‌دونم چرا من بی‌خبر بودم از نیازهای شوهرم، نمی‌دونم تقصیر کی بود که من هیچ آگاهی زناشویی نداشتم و البته سرگرم بودن من هم با تیام از طرف همه معقول و منطقی بود و حتّی علیرضا از این که من انقدر برای تیام وقت می‌ذاشتم کیف می‌کرد.

از همهٔ حرکات ریز و درشتش فیلم می‌گرفتم، خیلی شب‌ها همه دسته جمعی فیلم‌های تیام رو می‌دیدیم. ابوالفضل بزرگ شده بود، هر روز عصر به بهانهٔ تیام می‌اومد خونهٔ عمو. خونمون زنده بود، خونمون مثل یه بچّه سرشار از شوق بود و به همه خوش می‌گذشت، روزهای خوشی بود، کم‌کم روز نیومدن‌های علیرضا به شب نیومدن کشید. کم‌کم نیازهای زنانهٔ منم فوران کردند و کم‌کم فهمیدیم چیزی تو این زندگی گم شده، کم شده یا شاید دزدیده شده. یه روز تیام رو سپردم به نیلوفر و رفتم خونهٔ مامان تا باهاش حرف بزنم و ازش کمک بخوام. مامان خیلی ناراحت و گرفته شد. هیچ‌وقت این‌جوری ندیده بودمش، با این که می‌دونستم چیزی تو زندگیم سرجاش نیست امّا تازه حال نزار مامان باعث شد بفهمم چقدر اوضاع زندگیم خراب شده. تصمیم بر این شد که بابا با علیرضا حرف بزنه، چند روز بعد علیرضا برخلاف همیشه برای نهار اومد خونه. تیام رو خوابوندم و منم برعکس همیشه به خودم رسیدم، خیلی وقت بود بوی شیر و پودر بچّه می‌دادم، لباس تمیز پوشیدم و عطر زدم، تو اتاق خودمون سفره انداختم تا باهم غذا بخوریم، تمام طول مدّتی که غذا خوردیم جفتمون ساکت بودیم، بعد از این همه مدّت سکوت چرا حرفی برای گفتن نداشتیم؟ معلوم بود یه جای این رابطه می‌لنگه. بعد از نهار موقع چای خوردن علیرضا حرف زد و سقف آسمون ریخت رو سرم.

ـ رفتی پیش بابات چی گلایه کردی؟ مشکلی داشتی به خودم می‌گفتی. تا وقتی که من شوهرتم تو لازم نیست نگران چیزی باشی من خودم حواسم به همه چی هست، من نمی‌زارم تو این زندگی کم و کسری داشته باشی، تو هم تا ابد زن منی، تاج سرمنی، نه هیچ‌وقت تو این زندگی کمرنگ می‌شی نه هیچ‌وقت حذف می‌شی، چیزهایی که دارم می‌گم رو تا حالا به هیچ‌کس نگفتم و نمی‌گم و تو هم نباید بگی، این‌ها مسائل خصوصی زندگی ماست و به کسی مربوط نیست، من مرد این خونه‌ام و صلاح این زندگی رو بهتر از هرکسی می‌دونم، تو این مدّتی که توگرفتار بودی من زنی رو صیغه کردم، کسی چیزی نمی‌دونه و نمی‌زارم هم کسی

چیزی بفهمه، نمی‌زارم جلو مردم خجالت زده شی، دوست ندارم کسی اون زن رو بشناسه و نه هیچ مسالهٔ مهمّیه، موعدش تموم شه ردش می‌کنم. هیچ چی هم تو زندگی ما تغییر نمی‌کنه، تو هم رازدار زندگیت باش.

تمام مدّتی که علیرضا حرف می‌زد من ساکت بودم و به نقش و نگار قالی نگاه می‌کردم، علیرضا فلاسک رو برداشت واسه خودش چای ریخت، لم داد رو متکا و گوشیش رو دستش گرفت و برای کسی مسیج فرستاد. من هنوز نقش و نگار قالی رو بالا پایین می‌کردم که چایش رو خورد و بلند شد و رفت. منگ بودم، دلم قدِ غروب جمعه ته یه کوچهٔ بن بست گرفته بود، نمی‌خواستم گریه کنم امّا اشکام دلشون می‌خواست سر بخورن رو گل‌های قالی. از دست خودم و اشک‌هام و علیرضا و بابا و عمو و اجدادم عصبانی بودم، دلم می‌خواست داد بزنم، دلم می‌خواست همهٔ استکان‌ها رو بشکنم مثل محمد وقت‌هایی که لجبازی می‌کرد، ولی من مریم بودم، فقط می‌تونستم بغض کنم و بی‌صدا اشک بریزم. عصر تیام رو بغل کردم و رفتم خونهٔ بی‌بی. بی‌بی هم خمیده و فرتوت شده بود، دلم نمی‌اومد غصّه‌هام رو بریزم تو دامنش. دنبال بهانه واسه گریه و زاری بودم، حرف فاطمه رو پیش کشیدم، فاطمه تا آخر دنیا سوژهٔ خوبی برای گریه کردن بود. با بی‌بی تا غروب تو حیاط نشستیم. علیرضا زنگ زد.

- من خونه‌ام تو کجایی؟

علیرضا اومد دنبالم، توی مسیر همش فکر می‌کردم اون زن هم سوار این ماشین شده؟! یعنی از من خوشگل‌تره؟ چند سالشه؟ نکنه یه بیوهٔ کم سنّ و سال باشه؟ علیرضا همش حرف می‌زد، نمی‌فهمیدم چی می‌گه، انگار یه اتّفاق جالب تعریف می‌کرد، هرجا می‌خندید منم باهاش لبخند می‌زدم، ما رو خونه نبرد. رفتیم بازار برام النگو خرید. شام هم بیرون خوردیم، به آدم‌ها نگاه می‌کردم که می‌خندیدن و شاد بودن، دل شاد عجب نعمت بزرگیِ.

اگه دنیا به ساز من نمی‌چرخید، تصمیم گرفتم خودم به خودم توجّه کنم در

اوّلین اقدام تصمیم گرفتم دیگه لباس گشاد نپوشم، به لطف هووی جدید همیشه کیفم پرپول بود، رفتم بازار و کلّی لباس های شاد و به روز برای خودم خریدم، ازدر کتاب فروشی افلاک رد شدم ،چقدر دلم براش تنگ شده بود، برگشتم رفتم داخل. آقای ساجدی پشت دخل نشسته بود تا سلام کردم یزدان از پشت قفسه ها ظاهر شد، رفتم لای کتاب ها خواستم لای قصّه ها گم شم که زندگیم یادم بره، طبق معمول یزدان برام صندلی گذاشت تا بهم کتاب معرّفی کنه. اوّل تولّد تیام رو تبریک گفت و گفت این بار هر چند تا کتاب ببرم هدیهٔ تولّد تیامِ و ازم پول نمی گیره. احوال علیرضا رو پرسید.

ـ حتماً بابای تیام این روزها از ذوق پسرش دل نمی کنه بره سرکار.

انگار به تلنگری بند بودم، خودم رو قورت دادم، خواستم فقط لبخند بزنم امّا این چشم های لعنتی هیچ وقت با من یار نیستن و بغضم ترکید. دستمال برام آورد، ذرّه ذرّه گریه کردم، مثل همیشه بی صدا، اونم آروم نشست و گریه هام رو تماشا کرد، نه حرفی زد نه چیزی پرسید. گریه هام که تموم شد یه لیوان آب بهم داد و یه کتاب. به محض تموم شدن توضیحاتش کتاب رو برداشتم و از کتاب فروشی زدم بیرون.

تا قبل از این زیر چادر تونیک های بلند می پوشیدم و مقنعه می زدم، برای خودم مانتو خریدم و روسری های شاد و رنگی. به جای شلوار مشکی ساده شلوار لی خریدم، جای کفش های مشکی زنونه کفش اسپرت سفید خریدم. خریدهام خیلی قشنگ بودن امّا دلم هنوز تنگ بود، بعد از اون حرف ها علیرضا بیش تر می اومد خونه ولی فقط تو خونه بود بدون این که کنار ما باشه. بیش تر اوقات سرش تو گوشیش بود یا با تلفن حرف می زد. دیگه برام مهم نبود، دوست نداشتم ضعیف و محتاج باشم و سرگردون به نظر برسم ولی محتاج و نیازمند و سرگردون بودم. دنبال آرامش می گشتم، آرامشی بیرون از زندگیم، تیام همچنان خیلی وقتم رو می گرفت، خیلی بهم آرامش می داد امّا التهاب درونم رو خاموش نمی کرد.

کتابی که یزدان بهم داده بود، یک عاشقانهٔ آرام بود، وقتی می خوندمش

انگار با هر جمله درگیر یک عشق بازی ملتهب می‌شدم، با خوندش غرق لذّت می‌شدم و آرامش عجیبی پیدا می‌کردم.

بانو لبخند می‌زند.

عسل لبخند می‌زند.

لبخند، تذهیب زندگی‌ست.

هر روز صبح تو آینه به خودم لبخند می‌زدم، چه لب‌های قشنگی داشتم، چه لبخند شیرینی داشتم، چشم‌هام درشت و گیرا بود، وقتی می‌خندیدم چشم‌های عسلیم مست سرخوشی می‌شدند، پوستم سبزه بود امّا صاف و یک دست. چقدر لطیف و خواستنی بود! چرا تا حالا کسی نگفته بود انقدر زیبا و خوشگلم؟ چرا تا حالا این حجم زیبایی رو تو آینه ندیده بودم؟ چقدر این لبخند صبحگاهی تمام روزم رو زیبا می‌کرد. دوست نداشتم این کتاب تموم بشه، هر روز فقط چند صفحه می‌خوندم، انگار قرص مسکنم بود و من نگران تموم شدنش بودم و اسراف نمی‌کردم، هر روز مقدار مورد نیاز مصرف می‌کردم.

اینک تو آرام و بی‌دغدغه خفته‌یی، و باد آواز می‌خواند.

باد، انگار که ستاره‌ها را جا به جا می‌کند.

باد، دریا را زنده می‌کند، درختان را، چمن را، گندم‌زارها را، گلدانی را می‌اندازد، در دهلیزی می‌پیچد، خبر از حرکت در بی زمانی می‌دهد. تو باید باد، برف، باران، درختان، چشمه‌ها، کوه‌ها و همهٔ بوته‌های خار را دوست داشته باشی تا زندگی را دوست داشته باشی، تا عشق را...

جهان چقدر خواستنی و دوست داشتنی بود، زندگی چه جریان شیرینی بود،

چقدر تکرار هر روز رو دوست داشتم. حال دلم خوب شده بود، دیگه روح سرگردان فاطمه که غروب‌ها تو آسمون می‌چرخید، آزارم نمی‌داد، یاد فاطمه با لبخند روی لب‌هام می‌اومد، تو سرم برای آرامش فاطمه دعا می‌کردم و برای حال خوب خودم شکرگزاری. وقتی که خوندن کتاب تموم شد نیاز داشتم به کتاب‌فروشی افلاک برم تا هم از یزدان تشکّر کنم و هم کتاب جدید بگیرم، با تیپِّ جدیدم به کتاب فروشی افلاک رفتم. آقای ساجدی پشت میز نبود، گلوم رو صاف کردم و زدم رو میز، یزدان از پشت قفسه‌ها ظاهر شد، وقتی نگاش کردم انگار اوّلین بار بود می‌دیدمش، دوست داشتم بغلش کنم، دوست داشتم بهش بگم تو خواستنی‌ترین مردی هستی که دیدم، امّا فقط تونستم سلام و احوال‌پرسی کنم و بگم:

- کتابی که دادین رو خوندم خیلی زیبا بود خیلی دوستش داشتم.

- مطمئن بودم خوشتون میاد، یکی از کتاب‌های محبوب منه، کم‌تر پیش میاد کسی خوشش نیاد.

دعوتم نکرد پشت قفسه‌ها، منم نرفتم، فقط گفتم چند تا دیگه کتاب تو همون سبک بهم بدید، گفت اون کتاب فقط یه دونه‌ست ولی کتاب‌هایی بهت می‌دم که مطمئنّم خوشت میاد، رفت پشت قفسه‌ها، کتاب‌ها رو آورد رو میز گذاشت، مهر فروشگاه رو روی کتاب‌ها زد و زیر یکی از مهرها شمارش رو نوشت. نمی‌خواست ازم پول بگیره با اصرار زیاد باهاش حساب کردم، تو صورتم نگاه کرد و گفت شمارم رو براتون گذاشتم، سوالی در مورد کتاب‌ها داشتید می‌تونید ازم بپرسید. تمام مدّتی که این جمله رو خطاب به من می‌گفت سرم پایین بود و به میز نگاه می‌کردم کتاب‌ها رو برداشتم چیزی نگفتم و از کتاب‌فروشی بیرون اومدم، دوست داشتم تو شهر بچرخم و مغازه‌ها رو نگاه کنم ولی باید می‌رفتم خونه. تیام نقلی منتظرم بود. توی نگه‌داری تیام کوچک‌ترین کاهلی و کم‌کاری نمی‌شد کرد، همیشه چند تا چشم نگاهت می‌کردند و سرزنشت می‌کردند، هیچ‌کس از علیرضا انتظار نداشت به عنوان پدر محبّت یا بازی با تیام بکنه امّا من همیشه زیر نظر بودم مباداکم

بذارم، مخصوصاً از طرف زن‌عمو. نگاهاش عصبیم می‌کرد راجع به همه چیز من نظر می‌داد و خودش رو محق می‌دونست که من رو تایید یا رد کنه. زندگی تو خونهٔ عمو روز به روز سخت‌تر و زجرآورتر بود، تنها زمان تنفّسم وقت‌هایی بود که با مامان و تیام می‌رفتیم خونهٔ بی‌بی، اون جا می‌شد پات رو بکشی و نفسی تازه کنی. رابطهٔ مامان و بابا هم حسابی به بن بست رسیده بود، رسماً فقط هم‌دیگه رو تحمّل می‌کردند، محمد بیش‌تر وقتش رو یا خونهٔ آقایی بود یا می‌رفت مغازه پیش علیرضا. شاگرد علیرضا بود، کلید مغازه رو داشت خیلی وقت‌ها خودش تنها مغازه رو می‌چرخوند. خیلی فکر کردم که به یزدان پیام بدم یا نه، فکر کردم کمی زندگی رو تجربه کردن، کمی خودم رو بازی کردن به خودم بدهکارم. یزدان توی دیوان فروغ برام شمارش رو نوشته بود، دقیقاً توی صفحهٔ شعر "از دوست داشتن" و اون شب من تصمیم گرفتم بهش پیام بدم.

"آری آغاز دوست داشتن است
گرچه پایان راه ناپیداست
من به پایان دگر نیندیشم
که همین دوست داشتن زیباست.
مریم سالاری"

بلافاصله یزدان جواب داد:

"دانی از زندگی چه می‌خواهم
من تو باشم... تو... پای تا سر تو
زندگی گر هزارباره بود
بار دیگر تو... بار دیگر تو"

بازی یزدان رو خیلی دوست داشتم، انگار بلد بود زندگی رو، بلد بود عشق رو، بلد بود شادی رو. اون شب هیچ پیام دیگه‌ای بینمون ردّ و بدل نشد، اسفند ماه بود تیام تاتی تاتی راه می‌رفت، مامان و بابا می‌گفت، البته علیرضا نمی‌دید که بچّه‌اش چطور داره بزرگ می‌شه علیرضا دنبال آرزوهاش بود، آرزوهاشم تو پول خلاصه می‌شد. خوب بلد بود پول دربیاره و فکر می‌کرد حالاکه پول داره، قدرت و ارادهٔ انجام هرکاری رو داره عجیب‌ترکه بقیه هم همین فکر رو می‌کردند، همه به جز بی‌بی. اون سال عید قرار بود ما یعنی من و علیرضا و تیام بریم تهران خونهٔ سهیل. سهیل هم ازدواج کرده بود و توی تهران مشاور املاک زده بود و کسب و کار اونم گرفته بود. اون سال علیرضا من و تیام رو برد بازار و از هرچیزی چند تا برامون خرید، خیلی دوست داشت وقتی می‌ریم تهران مرتّب و پول‌دار به نظر برسیم. اوّلین باری بود که می‌رفتم تهران. همون سال عید، عروسی میثم بود و ما نرفتیم چون داشتیم می‌رفتیم تهران. البته تهران هم نمی‌رفتیم علیرضا دوست نداشت تو مراسم میثم شرکت کنیم، توی جادّه تیام اصلاً اذیّت نکرد و بیش‌تر مسیر رو خواب بود، من و علیرضا جز چند جمله راجع به سهیل و زنش حرفی نزدیم، همش یزدان تو ذهنم بود، دلم می‌خواست پیام بدم و احوالش رو بپرسم ولی نمی‌تونستم خودم رو همچین زن بی‌پروا و بی‌حیایی نشون بدم. خونهٔ سهیل تو یه مجتمع خیلی شیک تو یه منطقهٔ خوب تهران بود، زندگیشون زمین تا آسمون با زندگی ما فرق می‌کرد، خونشون پر از تجمّلات بود، سالنشون با مبل و میز نهارخوری و تابلوها و مجسّمه‌های لوکس پر شده بود، خونشون سه تا اتاق خواب داشت که یکیش رو واسه ما آماده کرده بودن، زن سهیل اسمش نازنین بود تو خونه حجاب نمی‌کرد با تی‌شرت و شلوار می‌چرخید، خیلی مهربون و خوش برخورد بود، خیلی زود با هم جوشیدیم، با هم حرف‌های مشترک پیداکردیم، سهیل و علیرضا علاوه بر مرور خاطرات کلّی حرف در مورد شراکت جدیدشون داشتن. سال تحویل رو خونهٔ سهیل بودیم، یه ساعت بعد از تحویل سال نو پیام یزدان به دستم رسید.

"ابر آذاری برآمد باد نوروزی وزید
وجه می می‌خواهم و مطرب که می‌گوید رسید
مریم عزیزم امید دارم سال جدید برای تو سرشار از آرامش و سلامتی باشه."

بلافاصله جوابش رو دادم:

"مرحبا ای پیک مشتاقان بده پیغام دوست
تاکنم جان از سر رغبت فدای نام دوست
واله و شیداست دائم همچو بلبل در قفس
طوطی طبعم ز عشق شکر و بادام دوست
یزدان عزیزم از این که در نخستین ساعات سال نو به یاد من بودی مسرورم."

دوباره پیام داد:

"فاش می‌گویم و از گفتهٔ خود دلشادم
بندهٔ عشقم و از هر دو جهان آزادم
طایر گلشن قدسم چه دهم شرح فراق
که در این دامگه حادثه چون افتادم
در این ساعات آغازین سال نو دوست داشتم کنارم بودی."

فقط لبخند زدم و لذّت لحظه‌ای رو که توش بودم سرکشیدم.

چند روزی که خونهٔ سهیل و نازنین بودیم علیرضا توجّه بیشتری به من و
تیام می‌کرد امّا تمام مدّت یزدان تو ذهن من بود، دوست داشتم زودتر فرصتی

به دست بیاد تا برم به دیدنش. تهران شهر بزرگی بود هرچیزی که توی کوهدشت برای خریدش به دردسر می‌افتادی تو تهران دم دست‌ترین چیز بود، پر از بوتیک و فروشگاه‌های شیک، لباس‌ها، کیف‌ها و کفش‌ها انگار همه آخرین مد و بهترین جنس بودند. قیمت‌ها خیلی پایین بود، سرعت جریان زندگی تو تهران پرشتاب‌تر بود، تو تهران می‌تونستی زندگی رو حس کنی، شهر زنده و پویا بود، اکثراً من و تیام با نازنین می‌رفتیم بازار و گردش. علیرضا و سهیل هم مشغول راه‌اندازی یه کارگاه شراکتی تولید درب و پنجرۀ دوجداره بودند، شب‌ها هم که می‌رسیدیم خونه همه زار و نزار می‌خوابیدیم، دلم می‌خواست برای یزدان سوغاتی بخرم تا حالا ندیده بودم سیگار بکشه ولی تنها چیزی که تونستم براش بخرم فندک بود، چون می‌تونستم قایمش کنم. به حسّی که به یزدان داشتم فکر می‌کردم اسم این حس چی بود من حق داشتم بیفتم دنبال این احساس؟! تهش قرار بود چه اتّفاقی بیفته. آدم همیشه نمی‌تونه معقول و منطقی باشه. آدم همیشه نمی‌تونه سنجیده و درست رفتار کنه گاهی احتیاج داری با خودت کنار بیای و بیفتی دنبال دلت و حال خودت رو خوب کنی، من دوست نداشتم افسرده و منگ باشم به یک کم بی‌عقلی احتیاج داشتم.

اواسط فروردین برگشتیم کوهدشت همه چیز سر جاش بود حسّم شبیه یه بچّه‌ای بود که از شهربازی برگشته، خونه هیچ اتّفاق بدی نیفتاده بود امّا همه چیز ساکت و سرد بود، صدای زندگی نمی‌اومد، انگار همه نفس می‌کشیدیم امّا زندگی نمی‌کردیم برای همه سوغاتی خریده بودم، برای نیلوفر و ابوالفضل از همه بیش‌تر. نیلوفر رو خیلی دوست داشتم، معاشرت باهاش آدم رو آروم می‌کرد، از همه چیز راضی بود و از هرچیزی بیش‌تر از اونی که می‌شد راضی و خشنود بود. برای بی‌بی یه چادر سفید گرفتم که پر از گل‌های زرد و سبز و صورتی بود، چادرهای بی‌بی اکثراً طوسی و سرمه‌ای بودند، بی‌بی از چادر خیلی خوشش اومد و گفت: از این به بعد فقط با این نماز می‌خونم، مامان از همیشه مکدّرتر بود، کم‌کم داشت دهن باز

می‌کرد و حرف‌هایی که بیست سال منتظرش بودم رو می‌گفت.

- من عاشق پسرعموم بودم، یه پسر خیلی خوش تیپ و آقا بود، دندون پزشکی می‌خوند، الان توی اراک مطب داره، وقتی بابات اومد خواستگاری من هیچ‌کس و ابداً هیچ‌کس نظر من رو نپرسید، ترم اوّل دانشگاه خرم آباد بودم، بین ترم اومدم خونه وگفتند که قرارِ نامزد کنی، یعنی مشهدی قول و قرارش رو هم گذاشته بود، بله‌برون رو هم گرفته بودند، فقط منتظر من بودند که عقد کنیم، ترم بعد که برگشتم خوابگاه از یه دختر شاد و شیطون و پر انگیزهٔ ترم قبل تبدیل شده بودم به یه زن متاهّل افسرده. کنار اومدن با بابات خیلی کار سختیِ. بابات حرف نمی‌شنوه. رو حساب این که اون آدم کیه حرف‌ها براش با ارزش یا بی‌ارزش می‌شن و من همیشه زنی بودم که لایق تأیید و پذیرفتن نبودم، بلکه اون کسی که باید می‌شنید و می‌پذیرفت من بودم، توی رابطه‌ای بودم که یه طرف رابطه همیشه محق بود، رابطه برابر نبود، همیشه بابات از جایگاه مرد و رئیس خانواده حرف می‌زد و دستور می‌داد، آدم تا یه جایی می‌تونه بسازه از یه جایی به بعد دلت می‌خواد اون جوری که دوست داری نفس بکشی، اصلاً رابطهٔ من و بابات به سمتی رفته که از حضورش دور و برم رنج می‌برم. دوست ندارم ببینمش و تو هوایی که اون هست نفس بکشم.

بابا هم با من حرف می‌زد:

- مادرت یک‌دنده و لج‌بازِ، حرف حالیش نمی‌شه، نمی‌فهمه چی به صلاحشِ، مثل بچّه‌ها می‌مونه، من شوهرشم ولی هیچ حسابی از من نمی‌بره، مدّت‌هاست که از من تمکین نمی‌کنه.

بابا حرف‌هایی از این دست زیاد می‌زد از این که بابا همچین حرف‌هایی راجع به مامان به من می‌گفت ناراحت می‌شدم، بیش‌تر مواقع سعی می‌کرد فقط آرومشون کنم و هیچی نگم.

اوایل اردیبهشت بالاخره فرصتی شد تا به دیدن یزدان برم. تو این مدّت چند بار پیام داده بود و حالم رو پرسیده بود، از این که کسی پیگیر من بود حسّ خوبی داشتم. از قبل با یزدان هماهنگ کردم که چه ساعتی می‌رم دیدنش، وقتی رفتم به جز خودش هیچ‌کس تو کتاب‌فروشی نبود، منتظرم بود، دست‌پاچه و هیجان زده بود، من رو به سمت پشت قفسه‌ها راهنمایی کرد، روی زمین قالیچه پهن کرده بود و میوه و چای گذاشته بود، خودش برگشت و کرکره رو پایین داد و در رو قفل کرد، وقتی برگشت پشت قفسه‌ها من چادرم رو باز کرده بودم و نشسته بودم. با دیدن من لبخند زد، لبخندش و نگاهش مثل بچّه‌ای بود که عیدی بیش‌تر از انتظارش گرفته، نزدیک من نشست و شروع کردیم به حرف زدن، یادم نمیاد راجع به چی حرف زدیم ولی خوب یادم میاد که به دوتامون خیلی خوش گذشت. بین‌مون اتّفاقاتی افتاد که راجع بهش فکر نکرده بودم، هیچ پیش‌بینی براش نکرده بودم امّا هیچ مقاومتی هم در مقابلش نکردم، بازوهای یزدان بزرگ و مردونه بود، قدّش بلند و شونه‌هاش پهن بود، وقتی من رو تو بغلش می‌گرفت انگار که بزرگ‌ترین و امن‌ترین آغوش دنیا من رو در برمی‌گرفت. دوست داشتم به هیچ چیزی فکر نکنم، دوست داشتم این شادی ابدی باشه، هیچ‌وقت این همه خوش‌حال نبودم، هیچ‌وقت فکر نمی‌کردم رابطه با یک مرد می‌تونه انقدر جذّاب باشه، کم‌کم حسّاسیّتم روی برخوردها و کارهای علیرضا کم شد، حسّ خشم و عصبانیتی که بهش داشتم جاش رو به بی‌تفاوتی داد. اون اردیبهشت من فهمیدم عشق چیه و دنیا چقدر می‌تونه با صفا باشه، ارتباط من و یزدان به سمتی رفت که انتظارات و خواسته‌هایی پشتش شکل گرفت. یزدان انتظار داشت من مرتّب برم دیدنش و من انتظار داشتم در مقابلم متعهّد و مسئول باشه، حتّی فکر می‌کردم که از علیرضا جدا بشم و با یزدان ازدواج کنم، امّا هردفعه بحث به این جور حرف‌ها می‌رسید یزدان حرف رو عوض می‌کرد یا از این که علیرضا تیام رو به من نمی‌ده و خانواده‌ام هم تردم می‌کنند حرف می‌زد، کم‌کم همه چیز رو به همین شکلی که بود پذیرفتم. اون تابستون دنیا

بی‌بی رو از دست داد، بی‌بی وقتی شاگردهاش پیشش بودن سکته کرد و قبل از رسیدن آمبولانس تموم کرد، وقتی محمد اومد و خبر آورد جیغ نکشیدم، یه غم آروم و عظیمی به دلم نشست غم بی‌بی مثل خودش بی‌هیاهو بود. همه خونهٔ بی‌بی جمع شدن، خاله مرجان، دایی اکبر، دایی عظیم، مامان و بابا، آقایی و تاجی، همه چند روز خونهٔ بی‌بی بودند، زن‌ها شیون و زاری می‌کردند، مردها سیگار و قلیون می‌کشیدند، فکر می‌کردم اگه بی‌بی بود همه رو بیرون می‌کرد، بی‌بی از این مدل عزاداری و این حجم شلوغی متنفّر بود، بی‌بی امّا تو نیستی و این‌جا هرکس هر مدلی که بلد باشه برات عزاداری می‌کنه. خونهٔ شلوغ بی‌بی رو دوست نداشتم، انگار آرامشش شکسته بود، اوّلین بار زن میثم رو تو عزاداری بی‌بی دیدم، خوشگل و امروزی و شایسته بود، میثم هر دقیقه دور و ورش بود، از این که این همه میثم به زنش توجّه می‌کرد متنفّر بودم، آقای ساجدی و یزدان هم تو مراسم بودن، گویا نسبت دوری با بی‌بی داشتند که من ازش مطّلع نبودم، بعد از چند روز جمعیّت کم‌کم از تو خونهٔ بی‌بی ریخت. خاله زری و خانوادش برگشتند. فقط مامان مونده بود و گاهی دایی اکبر یا دایی عظیم بهش سر می‌زدند، مامان کم‌کم وسایلش رو هم برد خونهٔ بی‌بی، با پولی که با حقوقش جمع کرده بود سهم خواهر و برادرهاش رو از خونهٔ بی‌بی خرید و همون‌جا ساکن شد. مامان و بابا رسماً طلاق نگرفتن امّا دیگه رسماً از هم جدا زندگی می‌کردند، مامان برای این که حرف و حدیثی نباشه مرتّب به تاجی و آقایی هم سر می‌زد، تاجی هم دیگه کم‌کم زمین‌گیر شده بود فقط با واکر می‌تونست تو حیاط چرخی بزنه. یزدان شده بود قسمت پر رنگ زندگیم. حتّی از تیام هم بیش‌تر درگیرش بودم، بهش فکر می‌کردم، با توجّه کردن‌هاش شاد می‌شدم و با بی‌توجّهیش ناراحت می‌شدم. زندگی با زن‌عمو هم سخت‌تر شده بود، مرتّب به همه چیز گیر می‌داد و غر می‌زد و امر و نهی می‌کرد تنها دل‌خوشیم وقت گذروندن‌های یواشکی با یزدان بود بهانه برای بیرون رفتن کم می‌آوردم و گاهی مجبور می‌شدم تیام رو هم با خودم به کتاب‌فروشی ببرم. تیام کم

سنّ و سال بود هیچی متوجّه نمی‌شد و تو کتاب فروشی می‌دوید و بازی می‌کرد. نزدیک کتاب‌فروشی افلاک یه سوپرمارکت بود که همیشهٔ خدا باز بود و شاگردش هم سنّ و سال محمد بود، آدم فضول و دهن دریده‌ای بود چند بار هم به من تیکه انداخته بود بالاخره فضولی‌هاش کار دستمون داد و آمار رفت و آمد من به کتاب‌فروشی رو به علاوهٔ کلّی دری وری به محمد داده بود و محمد هم رفته بود، با علیرضا دعوا کرده بود که توی بی‌غیرت نمی‌تونی زنت جمع کنی و یه کتک‌کاری مفصّل با هم در مغازه کرده بودند، علیرضا شاکی و عصبانی با لباس‌های پاره و پوره اومد خونه. با عصبانیت در رو هل داد و کوبید به دیوار. تیام از صدای در ترسید و رفت سمت زن‌عمو و تو بغلش قایم شد. من تو آشپزخونه داشتم غذا می‌پختم فکر نمی‌کردم چیز مهمّی باشه فکر می‌کردم علیرضا بیرون با کسی دعواش شده یک درصد هم فکر نمی‌کردم قضیه راجع به من و کتاب فروشی باشه. علیرضا از تو حیاط دید تو آشپزخونه‌ام، با کفش اومد داخل. اومد تو آشپزخونه. من برگشتم نگاهش کردم دهنم و باز کردم تا بپرسم چی شده قبل از این که صدایی از دهنم خارج بشه، علیرضا زد تو صورتم، موهام بلند بودند موهام رو از پشت گرفت و من رو کشید وسط حیاط، چشمام رو بسته بودم و خودم رو بغل کرده بودم، مشت و لگد بود که می‌خورد تو سر و کمر و دست‌هام. صدای گریهٔ تیام رو می‌شنیدم، دلم داشت برای بچّه‌ام می‌ترکید، دلم می‌خواست بلند شم برم بغلش کنم، امّا امان نداشتم، علیرضا انقدر زد تا خسته شد و نشست. تیام بلندتر از قبل گریه می‌کرد، همه جام درد می‌کرد، تکون می‌خوردم دردم بیش‌تر می‌شد، به خاطر تیام بلند شدم تو روشویی آبی به صورتم زدم. سمت تیام رفتم، لبخند زدم و گفتم چیزی نیست، بغلش کردم تو بغلم گریه کرد، رفتم تو اتاق تیام. صدای حرف زدن زن‌عمو با علیرضا می‌اومد، تیام انقدر گریه کرد تا خوابش برد، دوست نداشتم از اتاق بیرون بیام، فکر می‌کردم شاید علیرضا همه چی رو می‌دونه، به خاطر یزدان کتک خوردن انگار دردش دل‌چسبه، آدم با دل و جون بهای کاری رو که دلش می‌خواد می‌ده.

فکر می‌کردم دیگه کتک‌ها رو خوردم و تموم، امّا تموم نشد. علیرضا اومد دستم رو گرفت، چادرم رو انداخت تو بغلم، کشوندم و از در پرتم کرد توکوچه. ظهر بود، کوچه خلوت بود، فقط ابوالفضل و چند تا از بچّه‌های همسایه توکوچه بودند. چادرم رو سرکردم و رفتم خونهٔ آقایی، محمد تو حیاط نشسته بود امّا نگاهم نمی‌کرد، از نیلوفر دمپایی گرفتم و رفتم خونهٔ بی‌بی. مامان خونه نبود، روی پلّهٔ جلوی در نشستم تا مامان اومد، از دیدنم تعجّب نکرد، انگارکه می‌دونست. بی‌دلواپسی با اخم و آرامش کلید انداخت و در رو بازکرد. بیش‌تر از هفت ماه خونهٔ مامان بودم، مامان مسئولیّت داشت نذاره از خونه بیرون برم، تمایلی هم به بیرون رفتن نداشتم، کسی برام لباس و وسایلم رو نیاورد، فقط مامان برام چند دست لباس خونگی خرید، شبیه آدم‌های غارنشین بودم، از سنگ‌دلی و بی‌رحمی مامان دیوونه می‌شدم، جلوش گریه نمی‌کردم، جوری گریه می‌کردم که مامان صدای گریه‌هام رو هم نشنوه، چقدر تنها بودم، احساس می‌کردم به هیچ‌کس و هیچ جا تعلّق ندارم، به تیام فکر می‌کردم که بعد از دیدن کتک خوردن مامانش الان حالش چطورِ؟ دلم براش خیلی تنگ شده بود، حتّی عکسش رو هم نداشتم، مردها دوست دارند به رخ زنشون بکشند که هیچی نیستند و من واقعاً بدون آدم‌های اطرافم هیچ چی نبودم. مریمی وجود نداشت. من فقط یه دختر از طایفهٔ سالاری بودم. تو اون روزها به یزدان هم فکر می‌کردم، دلم براش تنگ شده بود، هیچ نمی‌دونستم اون بیرون چه اتّفاقی افتاده. مامان هیچ حرفی نمی‌زد. نمی‌دونستم یزدان روکشتن یا زنده ست، نمی‌دونستم تیام چجوری بازی می‌کنه، اصلاً نمی‌دونستم علیرضا من رو طلاق داده یا نه. برزخ عجیبی بود، تو اون دوران این رو فهمیدم که باید فقط به فکر خودم باشم که هیچ‌کس رو ندارم که حمایتم کنه، باید بتونم بدون بقیه هم کسی باشم و زندگی کنم. بعد از ماه‌ها مامان برام لباس آورد، همه یه دست سیاه وگشاد. قرار بود علیرضا بیاد دنبالم، علیرضا برای این‌که دوباره من رو بپذیره شرط‌هایی گذاشته بود، حقّ بیرون رفتن از خونه نداشتم، حقّ کتاب خوندن نداشتم، موبایل

و لپ‌تاپ توقیف شد، به نظر می‌رسید من لایق اون خوش‌بختی نبودم و حالا باید جور دیگه‌ای کنترل می‌شدم. از شنیدن این حرف‌ها دیوونه می‌شدم. واقعاً بقیه فکر می‌کردن من خوش‌بخت بودم؟ فکر می‌کردن خوشی زیر دلم زده بود. همون‌طورکه اون زندگی اسمش خوش‌بختی نبود، این زندگی جدیدی رو هم که به اسم بدبختی بهم تحمیل می‌کردن نمی‌پذیرفتم و باور نمی‌کردم که بدبختم. اصلاً دوست ندارم روزهایی که خونهٔ مامان بودم برام یادآوری بشه، تو اون روزها رسماً یه آدم غیر نرمال بودم، افسرده و داغون بودم، له و عصبی بودم مثل یه خونهٔ آجری بعد از زلزله ریخته بودم، صورتم همیشه آوار بود و نگاهم آشفته. حسّ آدم محکوم به اعدامی رو داشتم که نمی‌دونست قبل از اعدام قرارِ شکنجه هم بشه یا نه. همش تو انفرادی بودم، از مامان و از همه متنفّر بودم. نمی‌دونم ته وجودم دوستشون داشتم یا نه، امّا نمی‌تونستم کنار خودم تحمّلشون کنم. انتظاراتی از آدم‌ها داشتم که با شرایط و شکل زندگیم اصلاً هم‌خوانی نداشت. این انتظارات چیزی نبودکه در من شکل بگیره، انتظاراتی طبیعی که هر آدمی از اطرافیانش داره، من محیطی رو که توش بودم خوب درک نکرده بودم. خوب نفهمیده بودم. پر از ترس و استرس بودم، من جوون بودم، خواستنی بودم، سالم و فعّال بودم و این حال و روزم بود، تو روزهای پیری یا مریضی رو کی می‌تونستم حساب کنم؟ آینده برام شکل دیو سیاهی بودکه نمی‌دونستم قراره من رو بخوره یا...!

آدم یاد می‌گیره چطور باشه که نابود نشه، سازگاری یه ویژگی مهمّ و برجسته تو هر آدم نرمال و سالمیه. تصمیم گرفتم به هر شکلی که می‌شه زندگی کنم، تصمیم گرفتم شبیه بقیه بشم، هم‌رنگ محیط بشم. همینی که هستم رو بپذیرم و دوست داشته باشم. علیرضا شب اومد دنبالم. دیر وقت اومد، خودش تنها بدون هیچ مراسم و تشریفاتی اومد، در خونهٔ بی‌بی رو زد، مامان در رو بازکرد، با هم حال و احوال کردند، مامان من رو صداکرد، از صبح منتظر بودم و خیلی وقت بود لباس پوشیده بودم و منتظر نشسته بودم، وقتی رفتم تو کوچه علیرضا تو ماشین نشسته

بود، حتّی ایستاده منتظر من نشده بود، سوار شدم و در رو بستم. نمی‌دونم کی مامان رفته بود تو خونه و در رو بسته بود. از این که تیام همراه علیرضا نبود غصّه‌ام شد. ساکت نشسته بودم و مثل بچّه‌ای که خراب‌کاری کرده سرم رو پایین انداخته بودم. علیرضا نگاهم نکرد، ماشین رو روشن کرد. هنوز سرم پایین بود. به بیرون نگاه نمی‌کردم، ولی حس کردم مسیر از چیزی که بود طولانی‌تر شده. ماشین کنار گرفت و ایستاد. نگاه کردم، جایی بیرون شهر بودیم، تاریکی بود و ستاره و نور ماشین. علیرضا به من نگاه می‌کرد من به رو به رو، علیرضا هم دیگه نگاهم نکرد.

- هر زن دیگه‌ای جز تو، با من و آبروی من و خانواده‌ام این کار رو کرده بود الان زنده نبود، حقّ اون عوضیِ جاکش رو هم گذاشتم کف دستش، که اگه نمی‌خواستم آبروی تو حفظ بشه الان اونم زنده نبود. حرمت عموم رو نگه داشتم، حرمت آقایی رو نگه داشتم، نخواستم بین مردم بی‌آبرو بشی، تف سر بالاست ولی همین یه بار بود، دیگه گذشتی در کار نیست، نه این که واسه خودت هر گوه‌خوری خواستی بکنی، نه این که انقدر درشت بی‌آبرویی کنی، خندهٔ بی‌جایی ببینم، نگاه بی‌جایی ببینم سرت رو سینه‌اته.

هنوز سرم پایین بود، چشم‌هام خیس بود ولی قصد گریه کردن نداشتم.

- با توام هوی، شنیدی؟

- آره.

- الان می‌ریم خونه تو اتاق خودمون می‌خوابیم و صبح که بیدار شدیم یادمون می‌ره که چه اتّفاقی افتاده، از همه خواهش کردم چیزی به روت نیارند. من پشتت موندم. همه کم‌ترین انتظاری که ازم داشتند این بود که طلاقت بدم امّا این کار رو نکردم و حالا کم‌ترین انتظاری که ازت دارم اینه که دیگه مایهٔ بی‌آبروییم نباشی. بچسب به زندگیت.

دلم می‌خواست داد بزنم بگم اوّل تو این زندگی رو ول کردی، بگم من نخواستم

آبروت رو ببرم، من فقط احمق بودم و رو نیاز زنانه‌ام عمل کردم، امّا تو چی؟ تو خیلی سرخوش و مغرور هرکاری که دلت خواست کردی، امّا چیزی نگفتم، حتماً در جوابم می‌گفت: من مردم، همه برام این حق رو قائلند؛ مردم، خانواده‌ام، قانون، همه؛ حتّی اگه حرومی هم کرده بودم بازم بی‌آبرویی نبود. می‌گفتند جوونِ، پولدارِ، خوش‌تیپِ، دلش لرزیده، پاش سریده، من مردم می‌فهمی؟ شایدم یکی زیرگوشم می‌زد. شاید اصلاً پشیمون می‌شد و برم می‌گردوند خونهٔ بی‌بی. خونهٔ بی‌بی، بدون بی‌بی. چقدر جات خالی شده بی‌بی، چقدر دلم می‌خواد باهات حرف بزنم، اشک‌هام اومد، جلوشون رو نگرفتم، دنیا فقط حقّ گریه‌کردن برام قائلِ، بذارازش استفاده کنم، بذار انقدرگریه کنم تا تموم بشم. اشک‌هام با عجله می‌اومدن، با روسریم پاکشون کردم، اشک آدم رو فقط باید محرم دل ببینه، بهم دستمال داد.

چلّهٔ زمستون بود، باد می‌اومد، ابرها داشتند به شهرمون هجوم می‌آوردند، ماشین رو روشن کرد و رفتیم خونه. وقتی رسیدیم خونهٔ عمو، همه جا تاریک بود، همه خواب بودند، با چراغ قوّهٔ گوشی علیرضا نور انداختیم و رفتیم اتاق خودمون. تیام تو اتاق خواب بود، چقدر بزرگ شده بود، تو خواب اخم کرده بود. دلم می‌خواست بغلش کنم امّا دلم نیومد بیدار بشه. صورتش رو از تو خواب بوسیدم، اخم ابروهاش گره‌تر شد، تشک عروسیمون رو پهن کرده بودند، خیلی حرف علیرضا برش‌دار شده بود که زن‌عمو راضی شده بود من این‌جوری برگردم خونه. نمی‌دونم شایدم طاقت یه داغ جدید نداشتند، آدم‌های داغ دیده دل نازک و خسته می‌شند.

بعد از مدّت‌ها اون شب مثل روزهای اوّل عروسیمون تو بغل علیرضا خوابیدم آرامشی که دنبالش بودم به دلم برگشت. علیرضا خیلی پشتم ایستاده که من الان دوباره این‌جام. تو فرهنگ ما هر زنی این کار رو می‌کرد بزرگ‌ترین بخشش براش اینِ که فقط طلاقش بدند.

صبح مثل قبلاً زودتر از همه بیدار شدم، سفرهٔ صبحانه رو انداختم، چای دم کردم، تیام زودتر از همه بیدار شد با دیدنش هوا شد عین بعد از بارون. دنیا با

طراوت شد، از دیدنم ذوق کرد تو بغلم فشارش می‌دادم و می‌بوسیدمش، حرف می‌زد. شسته رفته؛ از روزهایی که نبودم و اتّفاقات مهمّی که براش افتاده بود حرف زد. خونهٔ بی‌بی که بودم فکر می‌کردم شاید من رو یادش بره، هفت ماه برای تیام خیلی زیادِ، بخش بزرگی از عمرش، خیلی خوش‌حال شدم که من رو یادش بود.

بعدش زن‌عمو بیدار شد، نگاهم کرد، چشم تو چشم شدیم، شرمنده شدم، سرم رو پایین انداختم. چیزی نگفت و رفت دست و صورتش رو شست. بعدش عمو بیدار شد، بهم لبخند زد، بهم سلام کرد، لبخندش بهترین اتّفاق اون روزها بود. لبخندش تمام روزهای بد رو شست. با هم صبحانه خوردیم، کسی حرف خاصّی نزد، بعد از صبحانه عمو از خونه بیرون رفت. سفره رو جمع کردم، امیدی به بیدار شدن علیرضا نداشتم، بیدار می‌شد دوباره براش سفره می‌انداختم، زن‌عمو بساط گردو شکستن پهن کرد.

ـ هوس کردم فردا فسنجون بپزم، غلامرضا و نیلوفر و ابوالفضل و آقایی و تاجی رو هم دعوت گرفتم. به عموت گفتم مادر و پدرت رو هم دعوت بگیره.

ـ دستت درد نکنه. بزرگواری.

ـ تو هم مثل دختر خودمی. دنیا ارزش کینه نداره، امّا اینم بدون که دنیا ارزش دل شکستن هم نداره، دل پسرم رو شکستی و ما همه به خاطر پسرم قرارِ فراموش کنیم امّا دیگه کارها و رفتارهات زیر ذرّه‌بینِ، مواظب زندگیت باش.

روزهای اوّلی که تازه برگشته بودم احساس می‌کردم درو دیوار و آسمون هم چشم دارند و من رو دنبال می‌کنند. نگاه همه برام سنگین بود، از خونه بیرون نمی‌رفتم، خودم رو تو خونه مشغول می‌کردم، بافتنی می‌بافتم، نمی‌ذاشتم زن‌عمو دست به سیاه و سفید بزنه، همهٔ کارها رو خودم انجام می‌دادم، پام رو از در بیرون نمی‌ذاشتم، حتّی خونهٔ آقایی هم نمی‌رفتم، زن‌عمو هم هیچ‌جا نمی‌رفت، فکر کنم مسئولیّت مامان به زن‌عمو واگذار شده بود. بیش‌تر روزها ابوالفضل و نیلوفر می‌اومدند پیش ما. ابوالفضل و تیام با هم بازی می‌کردند، من و نیلوفر با هم حرف می‌زدیم، قلیون

چاق می‌کردیم، قلیون می‌کشیدیم، حرف می‌زدیم و چای می‌خوردیم. آرامش نیلوفر دنیا رو زیبا می‌کرد. حسّ شعف و خوش‌بختی که در نیلوفر بود رو تو هیچ‌کس دیگه‌ای ندیدم. نیلوفر یه دختر سادهٔ روستایی بود که پنج کلاس سواد داشت. چون روستایی که نیلوفر توش زندگی می‌کرد دبیرستان نداشت، نیلوفر سه تا خواهر دیگه داشت، یکی از خودش بزرگ‌تر که شوهرش چوپون بود و یکی از خودش کوچیک‌تر که شوهرش کارگر ساده بود. نیلوفر از خانواده‌ای می‌آومد که به خاطر پسر نداشتن حسابی سرکوفت خورده بودند. خانوادهٔ ضعیفی که به خاطر کم‌ترین‌ها سال‌ها تلاش کرده بودند. نیلوفر با یه مرد دیپلمهٔ به حساب خودشون پول‌دار ازدواج کرده بود و نماد موفّقیّت خانواده بود. هیچ وقت ندیدم از غلامرضا کوچک‌ترین گلایه‌ای بکنه، همیشه عاشقانه و تحسین کننده نگاهش می‌کرد. نیلوفر حسّ خوب اون روزها بود که حال منم خوب می‌کرد. گاهی خواهرهاش رو هم می‌آورد پیشم. خواهر بزرگش گلاب و خواهر کوچیکش نگار بود. خواهر بزرگش یه دختر و پسر داشت و خواهر کوچیکش تازه ازدواج کرده بود، با چیزهایی شاد بودند که هرگز به چشم من نیومده بود، معاشرت با نیلوفر حسّ رضایت و شکرگزاری آدم رو بیدار می‌کرد. نیلوفر با تلاش زیاد کتاب دعا می‌خوند و هیچ وقت نمازش قضا نمی‌شد، بدترین حسّ اون روزها کینهٔ همه نسبت به کتاب و کتاب‌خوانی بود، همهٔ کتاب‌ها رو به نون خشکی داده بودند و حقّ خرید و خوندن کتاب نداشتم. مامان مرتّب بهم سر می‌زد و گوشه کنایه‌های زن‌عمو رو جواب نمی‌داد. سعی می‌کرد هیچ تنشی دور و بر زندگیم نباشه. نیلوفر از همه جا حرف می‌زد. از روزهایی که من نبودم و حال و روز و احوالات خونه و خانواده. از اعصاب خوردی‌ها و دعواها. از کتک کاری علیرضا با یزدان، از این که خانوادهٔ یزدان از ترس جون پسرشون سریع بهش زن دادند، از پیغوم و پسغوم‌ها، از این که علیرضا گریه کرده بود، داغون شده بود و از این که خدا رو شکر این مسأله به خوشی جمع شد. کم‌کم اجازه پیدا کردم برم خونهٔ آقایی کمک نیلوفر. آقایی حسابی مریض بود و مراقبت بیست و چهار ساعته می‌خواست، نیلوفر

مثل یه پرستار دلسوز مراقب آقایی و تاجی بود، نیلوفر در نوع خودش فرشته‌ای بود که من قبلاً کشفش نکرده بودم. کم‌کم نگاه‌ها سبک شد و کم‌کم زندگی به جریان افتاد. معاشرت با نیلوفر انگار حال زندگیم رو عوض کرد. انارهای باغ آقایی که همیشه به نظرم ترش یا ملس بودند اون سال انگار شیرین‌ترین انارهای دنیا بودند. هر روز عصر با نیلوفر و بچّه‌ها انار می‌خوردیم، قبلاً چرا انار دوست نداشتم؟ انار حتماً از میوه‌های بهشتیه. بهمن همون سال محرم بود و بالاخره با نیلوفر اجازهٔ بیرون رفتن از خونه رو پیدا کردم. با نیلوفر روضه می‌رفتیم و همیشه نیلوفر جوری گریه می‌کرد که انگار غم دنیا از چشماش می‌باره. عجب آدم عجیبیه نیلوفر. توی روضه زن یزدان رو هم دیدم، چنگی به دل نمی‌زد ولی با اون افتضاحی که به بار اومده بود فکر نمی‌کنم از این بهتر بهش زن می‌دادند. آدم گاهی دچار احساساتی می‌شه که عقل خودش از درکشون عاجز می‌مونه چه برسه به دیگران! نمی‌دونم چرا امّا به زن یزدان حسودیم می‌شد، بهش غبطه می‌خوردم، دلم می‌خواست جاش باشم، دیگه حتّی بابت این حس دچار احساس گناه هم نمی‌شدم. تاسوعا و عاشورا اجازه داشتیم تا هر ساعت از روز از خونه بیرون بمونیم. البته هنوز من اجازهٔ تنهایی بیرون رفتن نداشتم و همش با نیلوفر بودم. بیش‌تر اوقات بچّه‌ها هم همراهمون بودند. همه جا پر حوض گِل بود، همه جا پر بوی گلاب بود، زمستون بود امّا خیلی‌ها غرق گِل بودند، خیلی‌ها پا برهنه بودند، هیات‌های زنجیرزنی و سینه‌زنی تو کوچه‌ها می‌چرخیدند، سینی چای و شله زرد تو کوچه‌ها می‌چرخید، نوحه‌خون‌ها با سوز می‌خوندند. شریف‌ترین شغل‌ها که کارشون رو به نحو احسن انجام می‌دن همین روضه‌خون‌ها هستند. دلم آشوب بود، گریه کردم، آشوب از چشمم می‌بارید، غم یزدان می‌بارید، غم علیرضا می‌بارید، غم بی‌بی می‌بارید، غم فاطمه می‌بارید...

صدای بلندگو با اکوی زیاد دکلمهٔ آغازین مدّاحی رو پخش می‌کرد:

"نام تو را نوشتمُ پشت جهان شکست

آهسته از غم تو، زمین و زمان شکست

پرسید آسمان چه نوشتی که این چنین

گفتم که فاطمه، کمر آسمان شکست

هجده بهار دیدی و درسوگ تو، دلم

بعد از هزار و سیصد و چندین خزان شکست

ای دل بسوز و بشکن، تا باورت شود

حتماً دری که سوخته را می‌توان شکست

با هر دری که بعد نگاه تو باز شد

انگار درگلویِ علی استخوان شکست."

خدایا ما چقدر دل گنده‌ایم، بعضی غم‌ها تموم نمی‌شن، هرچی بزرگ تر می‌شی بیش تر می‌فهمیشون، غم فاطمه بزرگ بود و می‌شد هر بار برای گوشه‌ایش ساعت‌ها گریه کرد.

تمام دههٔ محرم علیرضا آخر شب دیروقت به خونه می‌اومد، با این که مغازه نیمه وقت باز بود امّا علیرضا خونه نبود، حتّی عاشورا و تاسوعا هم خونه نبود، هئیت عزاداری هم نمی‌رفت، من اجازه نداشتم بپرسم کجا می‌ری و چه می‌کنی؟ روزهایی بود که فکر می‌کردم قرارِ تا ابد این‌جوری زندگی کنم و زندگی برای من روی خوشی نداره. بعد از دهه آقایی فوت شد. خونهٔ آقایی و عمو حسابی شلوغ شده بود. تمام شهر و حتّی از شهرهای اطراف هم برای تسلیت می‌اومدند. علیرضا مجبور شد مغازه رو تعطیل کنه و بشینه خونه، ولی مرتّب تلفنش زنگ می‌خورد. علیرضا خیلی سعی می‌کرد زندگیمون رو مدیریت کنه، به من توجّه کنه، به تیام توجّه کنه، زندگیمون عادی باشه، امّا مدیریت جای محبّت رو نمی‌گیره، زندگی مشترک هم‌دلی می‌خواد، چیزی که هرچقدر تو زندگی ماکم بود، تو زندگی نیلوفرزیاد بود. غلامرضا یه باغبون ساده بود که صبح تا شب تو باغ آقایی زحمت می‌کشید، امّا هم‌دلی که بین خودش و زنش بود جوری زندگیشون رو شیرین

کرده بود که هیچ چیزی کم نداشتند. آقایی رفت و خانوادمون بی بزرگ‌تر شد. یاد روزهایی می‌افتادم که برای آقایی قرآن می‌خوندم. آقایی مرد شریفی بود، همیشه توصیه‌هاش به جا و به اندازه بود. اگه همه‌مون به حرف‌های آقایی گوش می‌دادیم زندگی شیرین‌تری داشتیم، ولی تنها کسانی که به حرف‌های آقایی گوش می‌دادن بابا و غلامرضا بودند. فکر می‌کردم ما یه شعبه تو بهشت داریم، یه خونهٔ بزرگ که آقایی و بی‌بی با فاطمه و فریبا اون‌جا زندگی می‌کنند. امیدوارم همشون تو آرامش باشند، برای مراسم آقایی خاله زری و خانواده‌اش هم اومدند. مرجان حسابی عوض شده بود. مو رنگ کرده بود و صورتش زنونه شده بود. زن میثم موهاش رو مش کرده بود. همشون لباس مشکی تنشون بود ولی جوری شیک و پیک بودند که به مراسم عزای ما نمی‌خوردند. میثم توی مردونه بود اصلاً نشد ببینمش. اصلاً دلمم نمی‌خواست ببینمش. خاله اینا چند ساعت بیش‌تر نموندند و انگار خودشون فهمیدند به مراسم نمی‌خورند، زود رفتند. مراسم تشییع آقایی خیلی شلوغ بود، از در خونه، پیاده و رو دست آقایی رو بردند، مردم گریه و شیون می‌کردند، تاجی نمی‌تونست تو مراسم تشییع شرکت کنه، حال تاجی هم انقدر بد بود که گاهی فکر می‌کردم از احوالات اطرافش بی‌خبرِ. تا خود چهلم دور و برمون شلوغ بود و آدم می‌اومد و می‌رفت. بعد از چهلم آقایی، نزدیک عید بود که فهمیدم دوباره باردارم. از این مسأله خیلی خوش‌حال نشدم ولی ته دلم امیدوار شدم که زندگیم به سامون‌تر می‌شه. نیلوفر و زن‌عمو امّا حسابی خوش‌حال بودند، از این که چیزی در ارتباط با من انقدر خوش‌حالشون کرده بود حال دلم رو خوب می‌کرد. علیرضا وقتی فهمید خندید و گفت یه پسر دیگه و چشماش برق زد. کسب و کاری که علیرضا تو تهران با سهیل راه انداخته بود، حسابی گرفته بود و اون سال عید هم بنا بود ما بریم تهران تا علیرضا به حساب کتاب‌هاش برسه. تهران از قبل هم برام جذّاب‌تر بود. تو تهران انگار هرکاری شدنی بود، این دفعه دو ماه تمام خونهٔ سهیل بودیم، حسابی با سهیل و نازنین قاطی شده بودیم، تهران که می‌رفتیم

علیرضا یه آدم دیگه می‌شد، خیلی تحت تاثیر محیط قرار می‌گرفت، دیگه تو تهران چادر نمی‌زدم. لباس‌هایی می‌پوشیدم که خیلی دوستشون داشتم. برای اوّلین بار اون سال با سهیل و نازنین سینما رفتیم، فیلم رو نازنین انتخاب کرد، بلیت‌ها رو هم خودش خریده بود. تیام هم همراهمون بود ولی خیلی زودتر از چیزی که فکر می‌کردم خوابش گرفت، قبل از سینما حسابی چرخونده بودیمش و خسته‌اش کرده بودیم، اوّلین فیلمی بود که توی سینما می‌دیدم، پردهٔ سینما خیلی بزرگ بود، سالن سینما خیلی به نسبت پرده جمع و جور بود، جمعاً فکر نمی‌کنم پنجاه نفر داخل سالن بوده باشند، فیلمی که نازنین انتخاب کرده بود، معروف‌ترین و پر سر و صداترین فیلم اون سال بود، کلّی توی دنیا سر و صدا کرده بود؛ فیلم راجع به زن و شوهری بود که داشتند از هم جدا می‌شدند، زنی که به خاطر پیشرفت بچّه‌اش دوست داشت مهاجرت کنه و مردی که به خاطر تعهّد به پدرش می‌خواست بمونه و روزهای پایانی عمر پدرش رو کنارش باشه و اتّفاقاتی که تو جریان این جدایی رخ داد. توی راه برگشت راجع به فیلم حرف زدیم. نازنین و علیرضا فکر می‌کردن تمام اتّفاقات داستان و دردسرهاش، به خاطر تصمیم اشتباه زن فیلم بود، ولی من فکر می‌کردم مرده خودرأی و خودخواه بود و فقط اصول و نگرش خودش براش مهم بود و این زن رو کلافه کرده بود، تازه با تمام محبّتی هم که به پدرش داشت نسبت به همسرش بی‌تفاوت و کم محبّت بود؛ به عبارتی تو زندگیشون هم‌دلی نبود. سهیل می‌گفت توی شکست یک زندگی همیشه دو نفر به یک اندازه مقصّرند. سهیل همیشه سعی می‌کرد عقل کل به نظر برسه و نازنین از این مسئله متنفّر بود. توی مدّتی که خونشون بودم، نازنین خیلی باهام درد و دل می‌کرد. قبلاً فهمیده بودم که سهیل چه خصوصیّاتی داره، امّا همیشه فکر می‌کردم یه شوهرِ خوبه، ولی هرگز فکر نمی‌کردم بعضی رفتارهای ساده تو زندگی مشترک می‌تونه تا این اندازه آزاردهنده باشه. با تمام گلایه‌ها و درد و دل‌هایی که نازنین می‌کرد من هیچ چیزی از زندگی خودم با علیرضا نمی‌گفتم، تا این که خودش حرف رو به سمت ما کشوند و گفت که

علیرضا در مورد قهر و دعوای چند ماهمون به سهیل گفته و این که از شنیدن این خبر خیلی ناراحت شده، من از این که خبر تا تهران هم رسیده شوکّه شدم، دوست داشتم حدّاقل وقتی میایم تهران یه خانوادهٔ همراه و هم‌دل به نظر برسیم، با وجود این بازم چیزی بیش‌تر از اون چیزهایی که می‌دونست به نازنین نگفتم، گفتم چیز مهمّی نبود، تو همهٔ زندگی‌ها قهر و دعوا و سوء تفاهم هست. نازنین از این حرف من حسابی جا خورد، پیش خودش فکر کرده بود الان می‌شینم سیر تا پیاز ماجرا رو براش تعریف می‌کنم، اصلاً نمی‌فهمیدم چرا این قدر این داستان براش جذّاب بود!

یه روز هم همه با هم برای خرید سیسمونی رفتیم. از این که نازنین و سهیل هم باهامون اومده بودن بدم می‌اومد، تمام سیسمونی چیزهایی شد که نازنین انتخاب کرده بود، اصلاً از این که راجع به همه چی نظر می‌داد بدون این که ازش بپرسم عصبی بودم، هرچیزی می‌خواستم بخرم، نازنین می‌پرید وسط که اون رو نخر بیا این رو ببین چقدر قشنگه این رو بخر، همهٔ چیزهایی که نازنین انتخاب می‌کرد فوق العاده گرون بودند، ولی علیرضا خیلی راحت بابت همه‌اش پول داد. به محض این که نازنین می‌گفت این رو ببین چقدر قشنگه. علیرضا هم می‌گفت: آره واقعاً خوشگله و بدون این که کسی از من نظر بپرسه می‌خریدیمش، حتّی کلّی وسیلهٔ اضافه که من اصلاً قصد خریدشون رو هم نداشتم خریدیم. انقدر زیاد وسیله خریدیم که تو ماشین جا نمی‌شدند که با خودمون ببریمشون کوهدشت، مجبور شدیم یه سری رو بدیم باربری ببره. با این که کلّی پول خرج کردیم من از خریدن هیچ کدوم از اون وسایل لذّت نبردم.

روزهای آخر دیگه نازنین رسماً روی مغزم راه می‌رفت و عصبیم می‌کرد. دوست داشتم زودتر برگردیم. لباس‌های باز می‌پوشید، هر روز آرایش می‌کرد و به خودش می‌رسید، غذاهای رنگارنگ می‌پخت و میزهای آن‌چنانی می‌چید، می‌فهمیدم که انگار علیرضا مسحورش شده، سهیل اصلاً از رفتار زنش تعجّب نمی‌کرد و هیچ واکنش خاصّی نداشت ولی من حسابی کلافه شده بودم، مخصوصاً که مرتّب از برخوردهای

من با تیام انتقاد می‌کرد و راجع به شیوه‌های تربیتی و نظر روان‌شناسان حرف می‌زد، بالاخره بعد از دو ماه علیرضا از تهران دل کند و راضی شد که برگردیم.

همون‌قدر که خون، خون رو می‌کشه، خاک هم آدم رو می‌کشه، هیچ‌جا زادگاه خود آدم، وطن آدم و خونهٔ خود آدم نمی‌شه، با تمام محدودیت‌هاش با تمام مشکلاتش آدم بازم زادگاهش رو جور دیگه‌ای دوست داره، وقتی هوای خشک و کوهستانی کوهدشت از پنجرهٔ ماشین هجوم آورد، به صورتم تمام خشم و نفرتی که از نازنین تو وجودم رسوب کرده بود، از یادم رفت. این بار فقط برای زن‌عمو و نیلوفر سوغاتی آورده بودم، برای نیلوفر یه لباس پوشیدهٔ منجوق‌دوزی شدهٔ شیک خریده بودم که از دیدنش کلّی ذوق کرد؛ برای زن‌عمو هم یه چادر مشکی مجلسی گرون خریده بودم، زن‌عمو کلّی در مورد سیسمونی گلایه کرد و غر زد که چرا انقدر ریخت و پاش کردین؟ چرا انقدر چیزهای غیر ضروری و گرون خریدین و خیلی راحت علیرضا گفت: "مریم گفت این‌ها لازمِ و احتیاج می‌شه". از تعجّب شاخ درآوردم ولی اصلاً جوابش رو ندادم، فقط با خنده به زن‌عمو گفتم اون‌جا همه چیز خیلی قشنگ به نظر میاد، آدم جو می‌گیرتش و دوست داره همه چی بخره. از تهران که برگشتیم به این نتیجه رسیده بودم که این زندگی هرچقدر هم انتخاب من نباشه تنها داشتهٔ من هست و باید برای حفظش تلاش کنم. تصمیم گرفتم به خودم برسم می‌خواستم برای علیرضا جذّاب باشم. رفتم به یکی از معروف‌ترین آرایشگاه‌های شهر و نوبت رنگ مو گرفتم، رنگی که انتخاب کرده بودم دکلره لازم داشت، با وجود حاملگی و شکم گنده تصمیم گرفتم حتماً همون رنگ رو بزنم؛ تا حالا موهام رو رنگ نکرده بودم و این واسه خودم هم خیلی جذّاب بود. روزی که نوبت آرایشگاه داشتم تیام رو به نیلوفر سپردم و رفتم از صبح تا نزدیکی غروب تو آرایشگاه بودم، موهام رو رنگ و لایت کردم، ابروهامم رنگ کردم، صورتم چندین درجه روشن شد و کلّی خوشگل شده بودم، همش فکر می‌کردم علیرضا من رو ببینه خیلی خوش‌حال می‌شه، فکر می‌کردم از دخترهای تهرانی هم خوشگل‌تر شدم. وقتی برگشتم خونه

هیچ‌کس خونه نبود، از نگرانی داشت قلبم می‌اومد تو دهنم، رفتم خونهٔ آقایی، نیلوفر رنگ از روش پریده بود، اصلاً متوجّه موهام نشد، فقط گریه می‌کرد.

- چی شده؟ چرا گریه می‌کنی؟

- روم سیاه مریم، فقط یه بار بچّه‌ات رو دست من سپردی و این‌جوری شد، به خدا بچّه‌ها داشتن مثل همیشه تو کوچه بازی می‌کردند.

- داری من رو می‌کشی نیلوفر، می‌خوای بگی چی شده یا نه؟!

- تیام تو بازی خورده زمین پاش شکسته عمو و زن‌عمو بردنش بیمارستان.

همون‌جا وسط حیاط نشستم، نگرانی برای تیام یه طرف، شنیدن حرف و حدیث زن‌عمو و علیرضا هم یه طرف.

از نگرانی بال‌بال می‌زدم، با گوشی نیلوفر زنگ زدم به عمو، گفت که کارشون تموم شده و دارن برمی‌گردند.

رفتم خونه چای دم کردم، شام بارگذاشتم، وقتی برگشتند تیام تو بغل علیرضا بود، رفتم جلو هنوز سلام نکرده بودم که زن‌عمو پرید بهم.

- پسرت دیگه داره مردی می‌شه ولی تو هنوز سر به هوا و بچّه مزاجی، کی تو می‌خوای بزرگ بشی؟ یه بچّه تو شکمته پا شدی رفتی آرایشگاه! جنبهٔ یه سفر تهرانم نداری؟ تو چقدر کم‌جنبه و سر به هوایی؟ تا کی می‌خوای روزگار پسرم رو سیاه کنی؟ کی می‌خوای به خودت بیای هان؟ مگه با تو حرف نمی‌زنم هان؟

مثل وحشت زده‌ها فقط زن‌عمو رو نگاه می‌کردم. خودش با خودش به دعوا افتاده بود، آخرم اومد خوابوند زیرگوشم و رفت داخل. رفتم تیام رو از علیرضا بگیرم که بهم ندادش، اخم کرد و گفت برو نماز شکر بخون که حامله‌ای وگرنه سیاه و کبودت می‌کردم، جفت پات رو قلم می‌کردم. عمو گفت: اوقات خودتون رو تلخ نکنید، اتّفاقیِ که افتاده، الحمدالله که به خیر گذشت، زن‌عمو از تو پنجره یه چشم غرّهٔ تاریخی به عمو رفت که همه ساکت شدند و دیگه کسی چیزی نگفت. با همهٔ اتّفاقاتی که افتاده بود هنوز مثل بچّه‌ای که لباس نو بخره ذوق رنگ موهام رو داشتم، شام رو

که می‌پختم توی در قابلمه یا شیشهٔ هود خودم رو نگاه می‌کردم و لذّت می‌بردم، فکر می‌کردم خیلی آدم مسخره و مزخرفی هستم که با وجود اتّفاقی که افتاده هنوز از رنگ موهام خوش‌حالم، ولی دست خودم نبود، خیلی ذوقشون رو داشتم، البته جلوی بقیه وانمود می‌کردم که خیلی ناراحتم و از این‌که باعث شکسته شدن پای بچّه‌ام بودم سرخورده‌ام و عذاب وجدان دارم، ولی در واقع حالم از همیشه بهتر بود، فکر می‌کردم تیام بچّه است و خیلی زود پاش جوش می‌خوره و حالش خوب می‌شه، دلم می‌خواست یزدان بود و من رو با این رنگ مو می‌دید، فکر می‌کردم از اون چیزی که خودم قبلاً تصوّر می‌کردم خیلی خوشگل‌ترم، دلم می‌خواست بقیه هم همین رو بهم بگن، دلم می‌خواست کسی ازم تعریف کنه، فقط نیلوفر چند روز بعد یواشکی راجع به رنگ موهام گفت و این‌که واقعاً خوشگل شدم. انقدر زن‌عمو سرزنشم می‌کرد که نیلوفر جرأت نکرد بلند بگه موهات خیلی قشنگند. تا چند هفتهٔ تمام و تا وقتی که پای تیام خوب شد، زن‌عمو دست از گوشه و کنایه نکشید. جوری شده بود که تیام هم باورش شده بود به خاطر سهل انگاری من پاش شکسته و فکر می‌کرد من مامان خوبی نیستم.

انقدر مورد انتقاد همه بودم که تیام خیلی از من حسابی نمی‌برد، کم‌کم داشت بیش‌تر وابستهٔ زن‌عمو و نیلوفر می‌شد، با این فکر که بچّه‌ست و بزرگ می‌شه و دانا می‌شه و همه چی رو درک می‌کنه و عشقش به من برمی‌گرده خودم رو تسکین می‌دادم. کم‌کم شکمم بزرگ شد، بد ویار بودم و روز و شب اوق می‌زدم، تمام بدنم لک شده بود و دیگه نمی‌تونستم کارهای تیامم انجام بدم و خیلی ناراحت نبودم که همش با زن‌عمو مشغولِ. کار و کاسبی علیرضا تو تهران حسابی رونق گرفته بود و هر ماه چند روز برای حساب و کتاب می‌رفت تهران و هر دفعه که می‌رفت تهران بیش‌تر از دفعهٔ قبل می‌موند، از تهران رفتن‌های علیرضا بدم می‌اومد، همش فکر می‌کردم حالا با نازنین مشغولِ و نازنین حسابی ازش دلبری می‌کنه. نمی‌فهمیدم چرا سهیل جلوی زنش رو نمی‌گیره، با نیلوفر حرف می‌زدم، نیلوفر آرومم می‌کرد و می‌گفت

علیرضا که بچّه نیست واسه یه زن بکوبه بره تا تهران، اصلاً مگه توی کوهدشت زن قحطی اومده که هر ماه بکوبه بره تا تهران؟ می‌گفت خیالت راحت باشه علیرضا فقط واسه کارش می‌ره تهران. حالا اگه اون زن خیلی دلش می‌خواد خودش رو بندازه تو دامن علیرضا فوقش یه خوش‌گذرونی هم با هم بکنند. تو زنشی، تو مادر بچّه‌هاشی، تو پات سفته، غصّه نخور. یک کم آروم می‌شدم امّا بازم ته ذهنم نگران بودم، فکر می‌کردم بالاخره یه روز علیرضا می‌ره تهران و هیچ وقت برنمی‌گرده. به این فکر افتاده بودم که باید بریم تهران. اگه از این شهر بریم دیگه کسی نیست زیر نظرم داشته باشه، می‌تونم کتاب بخونم، فیلم ببینم، شاید حتّی درس بخونم. انقدر غیبت‌های علیرضا زیاد و طولانی شده بود که وقت زایمانم علیرضا کوهدشت نبود، با بابا و عمو رفتم بیمارستان، بعد مامان و زن‌عمو با ساک وسایل بچّه و کاچی اومدن دنبالم، وقتی مامان و زن‌عمو رسیدن، توفان به دنیا اومده بود، علیرضا یک هفته بعد از تهران برگشت. هنوز حال من خیلی رو به راه نبود، ضعیف و زار دراز کشیده بودم، این بار حس می‌کردم تمام شیرهٔ وجودم با توفان ازم خارج شده، شیر نداشتم بهش بدم، شیرم خشک بود، زن‌عمو شیر قوطی به توفان می‌داد. نیلوفرم کم‌تر وقت می‌کرد بیاد کمکمون. بیش‌تر روز درگیر تاجی بود ولی سعی می‌کرد هر روز بهم سری بزنه. وقتی علیرضا رسید خونه چندان نگران حال و احوال من نبود، انگار که من زن اجاره‌ای بودم و وظیفه‌ای جز زاییدن پسرهاش نداشتم، ذوق توفان رو می‌کرد و براش کلّی اسباب بازی خریده بود. می‌گفت تهران چند تا معامله کرده که خیلی سود کرده و تو جای خوبی از تهران خونه خریده. همه خیلی خوش‌حال بودند، جشن گرفتند، کباب درست کردند، من انقدر حال ندار بودم که حتّی جون نداشتم درست غذا بخورم، واقعاً من کی بودم؟! از حساب و کتاب‌های علیرضا اصلاً خبر نداشتم؛ یعنی شوهر من انقدر پول داشت که تو یه محلّهٔ خوب از تهران یه خونهٔ خوب بخره! علیرضا تو هر چیزی هم که کاهل و تنبل بود ولی از دنبال پول دویدن خسته نمی‌شد، فکر می‌کرد همیشه همه چیز سرجاشه، من براش عین خونهٔ عمو

بودم، خونهٔ عمو همیشه تو اون کوچهٔ قدیمی استوار بود. مگه زلزله می‌اومد که من و خونه با هم از بین می‌رفتیم، من چیزی نبودم که نگران از دست دادنش باشه، اساساً آدم چیزی رو از دست می‌ده که به دستش آورده باشه، علیرضا اصلاً من رو به دست نیاورده بود، من همیشه بودم، ازوقتی که علیرضا بالغ شد، قبل از این که احساس نیاز به زن و همسرکنه من کنارش بودم، پس اصلاً نگرانی از دست دادن نسبت به من براش تعریف نشده بود، مثل مادرش که تا ابد مادرش بود، منم قرار بود تا ابد زنش باشم. دلم می‌خواست قدرتی داشته باشم تا تمام تصوّراتش رو به هم بریزم، دلم می‌خواست تمام مناسبات رو تغییر بدم امّا من هیچ چی نداشتم، هیچ چی نبودم، هیچ کاری از دستم برنمی‌اومد، مجبور بودم به حفظ اون زندگی نصف و نیمه. بعد از به دنیا اومدن توفان افسرده و عصبی بودم. توفان بچّهٔ نا آرومی بود، روز و شب گریه می‌کرد و منم پرستار تمام وقتش شده بودم، دیگه حتّی فرصتی نداشتم تا به تیام برسم. تیام اغلب خونهٔ آقایی بود یا با ابوالفضل توکوچه بازی می‌کرد. به دنیا اومدن توفان خللی در رفت و آمد علیرضا به وجود نیاورد، علیرضا راحت زندگیش رو می‌کرد و تمام مسئولیّت بچّه‌ها با من بود. تیام باید می‌رفت پیش دبستانی، تمام پدر بودن علیرضا فقط همین قدر بود که پول بده تا بهترین وسایل رو بخریم و چقدر از نظر همه همین قدر کافی بود و چقدر همه از علیرضا تعریف می‌کردند که این جوری برای بچّه‌هاش ریخت و پاش می‌کنه و بهترین‌ها رو می‌خره و زحمات من به عنوان مادر مفت و مجّانی بود، باید این جوری می‌بود، انجام دادنش تشویق و تشکّر نداشت و کم‌ترین کوتاهی تو انجامش هزار تا حرف و حدیث و دعوا با خودش می‌آورد، دیگه وظایف مادریم رو به خاطر لذّت خودم و عشقم به بچّه‌ها انجام نمی‌دادم، بلکه از ترس بقیه انجام می‌دادم و مرتّب نگران بودم که برچسب مادر بد رو بخورم، اگه تیام زمین می‌خورد من مادر بدی بودم، اگه توفان سرما می‌خورد حتماً من مادر بدی بودم، با وجود تمام زحمت‌هایی که می‌کشیدم نمی‌دونم این برچسب مادر بد از کجای آسمون همیشه رو من نازل

می‌شد. مامان دیگه کم‌تر بهمون سر می‌زد، واسه خودش تو خونهٔ بی‌بی گوشهٔ عزلت اختیارکرده بود و حوصلهٔ هیچ‌کس و هیچ‌جا رو نداشت، منم گاهی که از زمین و زمان خسته می‌شدم دست توفان رو می‌گرفتم و می‌رفتم پیشش. تیام معمولاً باهام نمی‌اومد و منم نگرانش نبودم چون بقیه حواسشون بهش بود، دیگه بزرگ‌تر شده بود و گاهی با عمو می‌رفت باغ.

با این که دیگه بی‌بی نبود امّا خونه‌اش پر از آرامش بی‌بی بود، انگار تک تک آجرهای اون خونه آرامش و استقامت بی‌بی رو به ارث برده بودند. با مامان می‌نشستیم تو ایوون و چای می‌خوردیم، مامان دوست نداشت براش از زندگیم بگم. می‌گفت زندگی خودته هر جور بلدی جمعش کن، من به قدرکفایت با زندگی جنگیدم، دیگه خسته شدم، این دیگه زندگی توئه جنگ و مبارزهٔ توئه، خودت انجامش بده. تو خونهٔ بی‌بی حتّی توفان هم آروم می‌شد، تو آسمون خونهٔ بی‌بی دیگه فاطمه نمی‌چرخید، تو آسمون خونهٔ بی‌بی فاطمه و بی‌بی داشتند چای می‌خوردند، می‌خندیدند و لذّت می‌بردند. گاهی فکر می‌کنم ما جایی به دنیا اومدیم که تصوّری از زن بودن نداره، همهٔ تصمیمات مردانه است، هیچ‌کس نمی‌دونه زن‌ها هم حق دارند شاد باشن و لذّت ببرند، این‌جا همه فکر می‌کنند زن‌ها برای سختی کشیدن به دنیا میان، من نمی‌خوام انقدر بجنگم تا خسته بشم، نمی‌خوام مثل مامان باشم، جایی از این مبارزه من شاد و خندان بیرون میام.

تنهاکسی که فکر می‌کردم هم حرف من رو گوش می‌ده، هم می‌تونه رو علیرضا تاثیر بذاره عمو بود، سعی می‌کردم فرصت مناسبی پیداکنم و با عمو حرف بزنم، تابستون اون سال عقد و عروسی طاهره به فاصلهٔ چند ماه برگزار شد، دیدن مراسم سنّتی عقد و عروسی حالم رو به هم می‌زد، فکر می‌کردم دنیا داره تغییر می‌کنه، زندگی‌ها، آدم‌ها، تکنولوژی، همه چیز داره عوض می‌شه ولی سبک و سیاق زندگی ما همونه که واسه مامان بزرگ‌هامون بوده، فقط رنگ و لعابش عوض می‌شه، طاهره عروس نوهٔ پسری آصف قلی شد، وضع مالی داماد خیلی خوب بود ولی

دوازده سالی از طاهره بزرگ‌تر بود. ریخت و پاش زیادی کردند، همه چیزگرون بود امّا انگار با وجود خرج زیادی هم که شده بود هیچ چیز اون قدر که باید مجلّل به نظر نمی‌رسید. بعد مراسم عمه طیبه و خانواده‌اش با طاهره رفتند اندیمشک تا اون جا هم مراسمی بگیرند. آصف قلی از همه دعوت کرد تا با عروس به اندیمشک برن، از خانوادهٔ ما بابا و محمد با نیلوفر و غلامرضا و ابوالفضل رفتند، من و عمو و زن‌عمو و بچّه‌ها موندیم تا هم به تاجی برسیم هم عمو در نبود محمد و علیرضا مغازه رو بازکنه. خونه خلوت شده بود و زمان مناسبی بود تا با عمو صحبت کنم. بیش‌تر روز من خونهٔ تاجی بودم، تیام همش بهونهٔ ابوالفضل رو می‌گرفت و نق می‌زد، توفان می‌موند خونهٔ عمو پیش زن‌عمو. نمی‌تونستم هم از تاجی نگه‌داری کنم هم مواظب توفان باشم، بالاخره یه روز بعد از ظهر عمو اومد تا به تاجی سر بزنه، براش چای بردم و از فرصت استفاده کردم، راجع به علیرضا و تهران رفتن‌هاش گلایه کردم.

- عمو شما هم مثل پدر من هستین، از پدرم به من نزدیک‌ترین، الان من چند سالِ که دارم با شما زندگی می‌کنم، انقدر که شما رو می‌بینم پدرم رو نمی‌بینم.

- معلومِ که من مثل پدرتم، تو هم مثل دخترم برام عزیزی حرفت رو بگو.

- عمو من از این تهران رفتن‌های وقت و بی‌وقت علیرضا ناراحتم، اصلاً بالاسر من و بچّه‌ها نیست، اگه کارش تهران انقدر گرفته و لازمه انقدر تهران باشه خوب من و بچّه‌ها رو هم ببره، الان که اون جا خونه خریده، این جا هم که مغازه دست محمدِ، چه نیازی هست ما این جا تنها باشیم، علیرضا هم تنها تو تهران ویلون و سیلون باشه؟

عمو چیزی نگفت، به فکر فرو رفت، قند رو گذاشت تو دهنش، چاییش رو خورد و هنوز تو فکر بود، نمی‌دونستم عمو رو به قدر کفایت تحت تأثیر قرار دادم یا نه! عمو استکان خالی چایش رو تو نعلبکی گذاشت و گفت:

- شما برید ما خیلی تنها می‌شیم.

یه جوری این جمله رو گفت که دلم براش سوخت. یاد گریه‌هاش تو ختم فاطمه افتادم، انگار می‌خواست بگه حضور شماست که باعث می‌شه من به غم فاطمه فکر

نکنم، امّا من می‌خواستم زندگیم سامون بگیره، مسئول ناراحتی عمو من نبودم.

- عمو تهران پر از دخترهای رنگ و وارنگه، نمی‌خوام شوهرم از دستم دربیاد.

عمو برگشت و تو چشمام نگاه کرد و دوباره به فکر فرو رفت.

- حق داری دخترم، براش یه فکری می‌کنم.

عمو نیم ساعتی سر جاش نشست، براش دوباره چای بردم، تسبیحش رو از تو جیبش درآورد و بدون ذکر گفتن دونه انداخت، هوا تاریک شده بود که بلند شد و رفت. شب‌ها زن‌عمو با تیام می‌اومدن پیش ما می‌خوابیدن، نمی‌شد تاجی رو تنها بذاریم، عمو می‌موند اون خونه مواظب خونه باشه. تو ایوون خونهٔ آقایی می‌خوابیدیم، آسمون پر ستاره بود، هوا خنک بود، گه‌گاهی صدای جیرجیرکی می‌اومد، بوی شب بوی همسایه کلّ حیاط رو پر می‌کرد. منم دلم شاد بود، لبخند می‌زدم، نفس‌های عمیق می‌کشیدم و تازه می‌شدم، فکر می‌کردم کم‌کم دارم از این وضع خلاص می‌شم، فکر می‌کردم راه رویاهام رو پیدا کردم. باید زندگی می‌کردم.

چند روز بعد مسافرها برگشتن، بابا تو همون اندیمشک از طوبی دختر عمه طیبه برای محمد خواستگاری کرده بود، بدون این که نظر من یا مامان رو بپرسه، محمد هم انگار بدش نمی‌اومد. مامان وقتی این خبر رو شنید فقط اخم کرد و هیچ چی نگفت، معلوم بود که حتماً جواب خواستگاری مثبتِ، اگه جواب منفی می‌دادند قهر و دعوا می‌شد، محمد هم مشکلی نداشت که بخوان ردش کنند. شغل داشت، درآمدش خوب بود، تک پسر خانواده بود، قرار بود براش معافیت بگیرند، بابا تو سازمان نظام معافی آشنا داشت و قولش رو گرفته بود. همه برای مراسم محمد آماده می‌شدیم، من، طوبی، فاطمه، هیچ فرقی با هم نداشتیم، زندگیمون تو دست‌های مردی بود که بهش سپرده می‌شدیم، بیش‌تر از چیزی که اون مرد می‌خواست، نمی‌تونستیم باشیم. چقدر از مراسم ازدواج متنفّر بودم. علیرضا هم از تهران برگشت، بیش‌تر خرج عقدکنون رو علیرضا داد، بالاخره محمد پیشش کار می‌کرد و گردنش حق داشت. برای بچّه‌ها کت و شلوارهای یه رنگ

خریده بودم، نیلوفر لباسی رو که براش سوغاتی آورده بودم پوشید. عمه خیلی خوش‌حال بود که دخترهاش به سرانجام رسیده بودند، که عاقبت به خیر شده بودند. مامان موقع عقد گریه کرد، نمی‌دونم چرا گریه کرد، اشک هاش شبیه اشک شوق نبود. مامان مثل همیشه مرموز بود. بعد از خلاص شدن از گرفتاری جشن عقد دوباره با عمو حرف زدم و ازش خواهش کردم که با علیرضا صحبت کنه، گریه کردم، اوّلش فقط می‌خواستم عمو رو تحت تاثیر بذارم امّا بعدش نفهمیدم اون همه اشک از کجا اومد. باریدم؛ تمام ابرهای پریشانی و نگرانیم رو باریدم. بعدش هنوز چشام قرمز بود سرم یک کم منگ بود ولی دلم قدّ هوای بعد از بارون سبک بود. لبخند لطیفی رو صورت مرطوبم معجزه کرد و عمو گفت:

- باشه دخترم نگران نباش، باهاش حرف می‌زنم، هرجا می‌خواد بره باید با زن و بچّه‌اش بره.

- ممنونم عمو، ما بریم تهران که همه‌اش اون جا نمی‌مونیم، نمی‌ذاریم شما دلتنگ بشید، تندتند بهتون سر می‌زنیم.

عمو رفته بود در مغازه و با علیرضا حرف زده بود. عمو می‌دونست چی باید بگه و چطور باید بگه، اصلاً نگفته بود که من حرفی زدم. بهش گفته بود "انقدر می‌ری تهران و میای اصلاً بزرگ شدن بچّه‌هات رو دیدی؟ اصلاً بچّه‌هات فهمیدن که پدر دارند؟ این دختر خودش یکّه و تنها این بچّه‌ها رو به دندون گرفته، خودش نیاز به مرد و محبّت داره، هیچ حواست به زندگیت هست؟!"

خونه‌ای که علیرضا تهران خریده بود، دست مستأجر بود، باید تا خالی شدن خونه صبر می‌کردیم، بنا شد بعد از عروسی محمد ما بریم تهران و نیلوفر و غلامرضا می‌اومدند پیش عمو اینا. به پیشنهاد خود عمه قرار شد طوبی و محمد برن خونهٔ آقایی زندگی کنند. بابا تو خونهٔ ما تنها می‌موند، انگار طلسم شده بود که خونمون همیشه سوت و کور باشه، البته بابا خودش هم بیش‌تر وقت‌ها خونهٔ آقایی بود.

عروسی محمد پاییز بود، یه پاییز ساده، شاید مثل همیشه، ولی انگار اوّلین

پاییزی بود که می‌دیدم همهٔ برگ‌ها زرد و نارنجی بودن، دنیا بغض آلودی شیرینی داشت، هر لحظه انتظار بارون می‌رفت، آسمون کبود می‌شد و می‌بارید، گاهی نم‌نم، گاهی شلّاقی. بابا برای عروسی محمد هرچی پس اندازکرده بود رو وسط گذاشت، علیرضا هم از هیچ خرجی کوتاهی نمی‌کرد، کلّی آدم بازاری و سرشناس از خرم آباد و بروجرد وکوهدشت دعوت بودند، علیرضا دوست داشت عروسی در حدّ اعتبارش باشه، یه کارت بانکی به من داد تا برای عروسی هیچ چیزی برای خودم و بچّه‌هاکم نباشه "از هرچیزی بهترینش وگرون‌ترینش رو بخر" عین جمله‌ای که علیرضا وقتی کارت رو داد دستم بهم گفت. هر روز می‌رفتم بازار. نیلوفر می‌موند پیش بچّه‌ها و من مجبور بودم تنها برم بازار. اوّلین باری که از در کتاب فروشی افلاک رد شدم سرم رو بالا نیاوردم تا حتّی از دور نگاهی بکنم، فقط به تهران رفتن فکر می‌کردم، نمی‌خواستم هیچ چیزی خرابش بکنه، امّا بالاخره یه روز دلم طاقت نیاورد و زیر چشمی نگاهی انداختم. یزدان لای در کتاب فروشی بود و من رو نگاه می‌کرد، چشم‌های سبزش از اون ور خیابون هم آدم رو مجذوب می‌کردند، چاق شده بود و شکم زده بود امّا هنوز برای قلبم همون یزدان بود، نمی‌دونم فهمید که نگاهش کردم یا نه ولی خیلی زود نگاهم رو به زمین دوختم، به برگ‌های زرد و نارنجی و به تهران فکرکردم، تهرانی که کتاب داشت، تهرانی که دانشگاه داشت، تهرانی که می‌شد توش زندگی کرد، به پارچه فروشی که رسیدم پشت ویترین موندم و به پارچه‌ها نگاه کردم، چشمم به پارچه ها بود و دلم توی قفسهٔ سینه‌ام برای یزدان ضجّه می‌زد، اشک تو چشمام جمع شده بود، به دلم گفتم باید زندگی کنی، باید بری تهران. با گوشهٔ چادرم صورتم رو پاک کردم، نفس عمیقی کشیدم و رفتم داخل پارچه فروشی. گرون‌ترین پارچه رو برای روز عروسی خریدم، پر از پولک‌های طلایی بود، چند تا پارچهٔ دیگه هم خریدم، برای روزهای قبل و بعد از عروسی شال، مانتو، کفش و همه چیز خریدم. برای تهران رفتن هم باید مرتّب می‌بودم، پیش بهترین آرایشگاه شهر موهام رو رنگ کردم و برای روز عروسی نوبت گرفتم. برای بچّه‌ها چند دست لباس وکفش خریدم. خرید همیشه

حال آدم رو بهتر می‌کنه. چند روز قبل عروسی علیرضا برام یه سرویس طلا خرید و بهم داد تا تو عروسی بندازم. چند جفت النگو هم بهم داد. با چند جفتی که از قبل داشتم دستم حسابی سنگین شد و النگوها نمادار شدند. "زن من باید در حدّ پول و اعتبارم برازنده باشه" تازه داشتم می‌فهمیدم علیرضا چه گردن کلفتی شده و من بی‌خبر بودم.

عروسی محمد خیلی شلوغ بود. میثم و زنش و مرجان هم بودند. هر روز یه لباس برازنده می‌پوشیدم، همیشه گوشهٔ چشم خودم به النگوهام بود، تو دست‌هام خوشگل بودن، تپل شده بودم، دست‌هام سفید شده بودن، دیگه مرتّب شیو می‌کردم، النگوها تو دست‌هام برق می‌زدن، در برابر مرجان و میثم حسّ موفّقیّت داشتم، روز عروسی با اون لباس و آرایش و سرویس طلا خیلی فاخر شده بودم، همه بیش‌تر چشمشون به من بود تا عروس. احساس شعف می‌کردم، دست تو دست علیرضا رقصیدم، علیرضا سر چوپی بود، نگاه میثم رو حس می‌کردم که همه‌اش چشمش به ما بود، توی دلم می‌گفتم این تازه شروع خوش‌بختی منِ، تهران منتظر منِ.

وقت رفتن رسیده بود، فکر می‌کردم تهران باکلّی خاطره‌های خوب منتظر منِ. فکر می‌کردم قرارِ یه خانوادهٔ چهار نفرهٔ خوش‌بخت بشیم. فکر می‌کردم تمام ما قرارِ فقط برای خودمون خرج بشه. من فقط مسئول خانوادهٔ خودم باشم و خانواده‌ام برای من. فکر می‌کردم بالاخره قرارِ هر چهارتامون بفهمیم که ما یک خانواده‌ایم. انارهای باغ آقایی رسیده بودند، عمو برامون دو جعبهٔ بزرگ انار چیده بود، فکر می‌کردم تمام غصّه‌ها و دلتنگی‌هاش رو به انارها گفته بود و موقع خداحافظی خیلی آرام و موقّر لبخند می‌زد. زن عمو چیزی نمی‌گفت، بچّه‌ها رو می‌بوسید، ما رو می‌بوسید و اشک می‌ریخت. مامان مثل همیشه سرد و دیوار بود. بابا لبخند می‌زد. از تهران می‌گفت و از این که مواظب خودمون و بچّه‌ها باشیم. نیلوفر و

غلامرضا آرام و متین بودند و زن‌عمو رو آروم می‌کردند. ابوالفضل و تیام همدیگر رو بغل می‌کردند و با هم درگوشی حرف می‌زدند. محمد جلوی تازه عروسش سعی می‌کرد جوری رفتار کنه که انگار برادر خیلی دلسوز و مهربونیه. انگار که طوبی از یه شهر دیگه اومده باشه و اصلاً محمد رو نمی‌شناسه! از شهر دیگه نیومده بود ولی احتمالاً محمد رو نمی‌شناخت. همه با دلتنگی به ما نگاه می‌کردند و دست تکون می‌دادند، ولی من وقتی از تو ماشین نگاشون می‌کردم از این که داشتم از اون جا دور می‌شدم کیف می‌کردم. خداحافظ روزهای سخت، خداحافظ شهر بدون کتاب، خداحافظ شهر بدون موبایل و لپ‌تاپ، خداحافظ شهر یزدان، من دارم می‌رم دنبال سرنوشت و زندگی جدیدم. روزهای زیبا من دارم میام. تمام مسیر شاد و شنگول بودم، زندگی جدیدم رو از همون لحظه‌ای که سوار ماشین شدم شروع کردم. توی راه آهنگ گذاشتیم، تیام اوّلش تو لک بود ولی بعدش با ترانه دست می‌زد و می‌رقصید، سلیقهٔ ترانه گوش دادن علیرضا هم تغییر کرده بود، ترانه‌هاش همه فارسی و از خواننده‌های جدید بودند، خیلی زود بچّه‌ها خوابشون گرفت، سعی می‌کردم با علیرضا حرف بزنم ولی علیرضا با جملات کوتاه به حرف زدنمون خاتمه می‌داد. راجع به خونه و تهران و هر چیزی که حرف می‌زدم علیرضا انقدر شنوندهٔ بدی بود که در نهایت ساکت می‌شدم، وسیله‌ای نداشتیم که بخوایم برای جمع کردن و بردنش به زحمت بیفتیم، فقط دو تا چمدون لباس بودند که بیش‌ترش هم پاره و کهنه بود، منتظر بودم به محض رسیدن برم لباس نو برای بچّه‌ها بخرم و لباس‌های قبلی رو دور بندازم.

بالاخره به عوارضی ورودی تهران رسیدیم، وقتی رسیدیم نیمه شب بود، همه جا تاریک و خلوت بود. نفهمیدم از کجا رفتیم و به کجا رسیدیم، فقط دیدم که یک بزرگ‌راه طولانی و زیرگذر و به مدّت طولانی طی کردیم تا بالاخره از یکی از خروجی‌ها خارج شدیم و رفتیم تو کوچه‌هایی که پر از ساختمون‌های چندین طبقه بود، خونمون باید از خونهٔ سهیل و نازنین خیلی دور باشه، چون اون وقت‌ها که می‌رفتیم

خونهٔ سهیل اینا خیلی زودتر می‌رسیدیم. وقتی علیرضا جلوی ساختمون نگه داشت تعجّب کردم، اون جوری که علیرضا ذوق خونهٔ تهرانش رو داشت انتظار یه ساختمون شیک‌تر و لاکچری داشتم. یه ساختمون پنج طبقه بود با نمای آجری کلاسیک. توی تمام تراس‌ها پر از گلدون‌های زیبا بود، یعنی کدوم تراس مال خونهٔ ما بود؟

- پیاده شیم؟ طبقهٔ چندمیم؟

- نه صبرکن تا برم تو پارکینگ.

علیرضا کلید انداخت و در رو بازکرد، یه نفرکه به نظر می‌رسید سرایدار باشه، اومد جلوی درو با علیرضا خوش و بش کرد، سرایدار در رو بازکرد، علیرضا سوار شد و رفتیم داخل پارکینگ. همهٔ ماشین‌های پارک شده ماشین‌های مد روز و گرون قیمتی بودند؛ فهمیدم باید تو منطقهٔ اعیون نشینی باشیم. پس ذوق علیرضا از خرید خونه بی‌جا هم نبوده. تیام رو بیدارکردم، دستش روگرفتم، علیرضا هم توفان رو بغل کرد و آسانسور رو نشونمون داد، سوار آسانسور شدیم، علیرضا طبقهٔ سه رو فشار داد، هر طبقه دو واحد بود، علیرضا کلید انداخت و درواحد رو بازکرد، توفان رو داد بغلم و برگشت تا چمدون‌ها رو بیاره، وارد شدم، چه ساختمون شیکی بود، باورم نمی‌شد این خونهٔ ماست، یه سالن بزرگ داشت، پرده‌های گرون قیمت، مبلمان و فرش و لوستر، همه چیز بود، آشپزخونهٔ بزرگ با تجهیزات کامل، یخچال بزرگ دو در، فر توکار، پنجرهٔ نورگیر بزرگ. توفان روگذاشتم روی مبل و پتوش رو روش انداختم. تیام با دیدن خونه خواب از سرش پرید، توی خونه می‌چرخید، یه راهروی بلند بود با چهارتا در، سه تاش اتاق خواب بود و یکیش سرویس بهداشتی و حمام. یکی از اتاق‌ها حمام و توالت فرنگی هم داشت. تمام اتاق‌ها پر از وسیله بودند، انگارتا همین دیروز تو این خونه آدم زندگی می‌کرده، ذهنم مشغول شده بود. علیرضا با سرایدار چمدون‌ها رو بالا آوردند، چمدون‌ها رو توی اتاق بردم، به وسایل اتاق نگاه می‌کردم، سرویس خواب دو نفره، پرده و روتختیِ سِت، این‌ها سلیقهٔ کیه! خونه جوری چیده شده که اصلاً به نظر نمی‌رسید سلیقهٔ علیرضا باشه،

علیرضا سمت دستشویی رفت و بعدش‌م لباس عوض کرد، قبل از این‌که من بفهمم چطور و از کجا باید حرف بزنم، گفت: تیام رو بخوابون سر و صدا نکنه، خسته‌ام باید بخوابم، فردا خیلی کار دارم. توفان رو بردم تو یکی از اتاق‌ها، هر دو تا اتاق دیگه تم کودک داشتند، یکی صورتی‌ـ‌طوسی بود، یکی دیگه آبی. فرش اتاقی که طوسی و صورتی بود بزرگ‌تر بود، پس تصمیم گرفتم بچّه‌ها رو توی اون اتاق بخوابونم، توفان رو گذاشتم روی تخت. توی کمدها دنبال تشک و پتو گشتم، توی یکی از کمدهای اتاقی که علیرضا خوابیده بود چندین تشک درجه یک و بالش و پتو بود، کنار تختی که توفان خوابیده بود جای خودم و تیام رو انداختم.

- مامان این‌جا خونهٔ ماست؟

- آره پسرم.

- اون اتاق آبیِ مال منه؟ توش یه ماشین بزرگ هست.

- نمی‌دونم باید از بابات بپرسم.

- مامان اگه ما این خونه رو داشتیم چرا از اوّل نیومدیم توش زندگی کنیم؟

- ما تازه این خونه رو خریدیم پسرم.

- می‌شه من برم تو اتاق آبیِ رو تخت بخوابم؟

- نه نمیشه، امشب همین‌جا پیش من بخواب تا فردا ببینیم چطور می‌شه.

صبح توفان زودتر از همه بیدار شد، تو خونهٔ جدید می‌چرخید و به همه چیز دست می‌زد، نگاهش می‌کردم و از دیدن کنجکاوی‌هاش لذّت می‌بردم. بلند شدم و قبل از این‌که علیرضا بیدار بشه دست و صورتش رو شستم، لباسش رو عوض کردم تا مرتّب به نظر برسه. تو یخچال هیچ چی برای صبحانه نبود، من هیچ‌جا رو بلد نبودم. منتظر نشستم تا علیرضا بیدار بشه، گوشی علیرضا زنگ خورد با تلفن حرف زد و زود قطع کرد، دست و صورت نشسته لباس پوشید.

- صبحانه نمی‌خوری؟

- نه عجله دارم دیرم شده.

- هیچ چی تو یخچال نیست برای صبحانه و نهار بچّه‌ها.

علیرضا از تو جیب کتش یه بسته پول درآورد.

- هرچی خواستی پول بده یعقوب برات می‌گیره.

- یعقوب کیه؟

- همین سرایدارِ. کنارِ تلفن یه دفترچه هست شماره تلفنش توش هست، نمی‌خواد تو بری پایین زنگ بزن میاد بالا.

علیرضا رفت. من موندم و بچّه‌ها و خونه‌ای که هم‌چنان رمزآلود بود، دوست داشتم خودم برم خرید و محلّه رو بگردم، ولی با وجود بچّه‌ها واقعاً شدنی نبود، کابینت‌ها رو بازکردم، هیچ چیزی برای خوردن توش نبود، یخچال و فریزر خالی بود، پولی که علیرضا داده بود، برای پرکردن آشپزخونه کافی بود، نشستم لیست نوشتم ازگوشت و مرغ تا خیار وگوجه و پودر ماشین ظرفشویی و همه چیز دو صفحه لیست شد. زنگ زدم یعقوب اومد پول و لیست رو بهش دادم، لیست رو برد و پول رو نگرفت، گفت: " آقای سالاری با هایپر محلّه حساب داره، من میرم میارم پیامکش براشون می‌ره، خودشون پرداخت می‌کنند، چیزی نگفتم، از خدا خواسته پول روگرفتم، می‌تونستم بعداً برم واسه بچّه‌ها لباس بخرم. یعقوب که رفت همه‌اش فکر می‌کردم علیرضا این‌جا چه اِهن و تُلپی داره، یعقوب به من می‌گفت خانم مهندس، کلّی تو دلم خندیدم، خاله زری کجایی که ببینی کسی به پسر دانشگاه رفتت نمی‌گه مهندس، اون‌وقت این‌جا به شوهر دانشگاه ندیدهٔ من می‌گن مهندس. چند ساعت بعد یعقوب با یه خروار خرید برگشت.

- خانم مهندس اگه کارتون زیاده می‌خواید بگم خانمم بیاد کمکتون؟

- نه ممنون؛ خودم انجامش می‌دم.

وقتی یعقوب رفت، همه‌اش فکر کردم چرا نذاشتم زنش بیاد کمکم، هم کارام زود تموم می‌شد هم می‌تونستم باهاش آشنا بشم واسه بعداً که اگه لازم شد بچّه‌ها رو بسپارم بهش. فکرکردم زنگ بزنم بیاد ولی خجالت کشیدم. برای

بچّه‌ها صبحانه گذاشتم و شروع به بسته بندی مرغ و گوشت کردم.

من تو لیست سبزی آش و سبزی خورشی نوشته بودم، فکر کردم حتماً سبزی تازه می‌گیره ولی خدا رو شکر همه رو بسته بندی و آماده خریده بود. یخچال و فریز و کابینت‌ها پر شدند، حدّاقل به اندازهٔ ده روز همه چیز داشتیم. بچّه‌ها با خونهٔ جدید سرگرم بودند، کلّی اسباب بازی بود هم دخترونه هم پسرونه. تیام مرتّب یادآوری می‌کرد که اتاق آبیِ که تختش شکل ماشینِ مال منه، منم لبخند می‌زدم، می‌گفتم باشه، توفان که ادعایی نداره، کسی دیگه هم که این جا نیست، مال خودت، امشب اون جا بخواب.

اون روز علیرضا برنگشت خونه، شب که بهش زنگ زدم گفت شام منتظر من نباشید، من کار دارم دیر میام. این چه کاری بود؟ از شمارهٔ خونه زنگ زدم به عمو حالش رو پرسیدم و گفتم از تلفن خونمون زنگ می‌زنم. کلّی خوش‌حال شد و با بچّه‌ها هم تلفنی حرف زد. چقدر دلم برای همه‌شون تنگ شد. اون لحظه‌ای که از تو ماشین براشون دست تکون دادم، فکر نمی‌کردم انقدر زود دلم براشون تنگ بشه. خون، خون رو می‌کشه، خاک هم خون رو می‌کشه. زادگاه و مأمن و وطن توی وجود آدم ریشه داره، تا از ریشه‌ها دور نشی نمی‌فهمی غربت چه دردی داره! گاهی فکر می‌کنم دلم می‌خواد توی باغ آقایی زیر یه درخت انار دفن شم، این جوری حس جاودانگی بهم می‌ده، انگار که نمردم و به اصلم برگشتم.

صبح که بیدار شدم علیرضا رو تخت خواب بود، من شب تو اتاق صورتی پیش توفان خوابیدم، تیام با ذوق و شوق خودش تنها تو اتاق آبی خوابید. هنوز همه چیز واسه بچّه‌ها تازه بود، چای دم کردم، میز صبحانهٔ رنگارنگی چیدم و منتظر بیدار شدن بقیه نشستم، دوست داشتم سر و صدا کنم و علیرضا رو بیدار کنم، امّا دلم نمی‌خواست دمغ باشه، دوست داشتم سرحال بیدار بشه، طولی نکشید که عین روز قبل تلفنش زنگ خورد و از خواب بیدار شد، دوباره با عجله رفت دست‌شویی و دست و صورتش رو شست و آماده شد.

- داری میری؟ صبحانه نمی‌خوری؟

- دیرم شده.

- اگه بگی ساعت چند باید بیدار شی خودم هر روز بیدارت می‌کنم.

- خداحافظ.

بچّه‌ها بیدار شدن، سرحال و قبراق با ذوق و شوق ولی من سرخورده و افسرده بودم، هرچی سعی می‌کردم روی دلم سرپوش بذارم تا غم دلم سرریز نکنه تو صورتم، فایده نداشت، از دور هویدا بود که حال دلم زارِ ولی بچّه‌ها غرق سرخوشی خودشون بودند و اصلاً حواسشون نبود که مادرشون ماتم زده‌ست. بعد از صبحانه فکر کردم به یه بهانه‌ای زن سرایدار رو بکشونم بالا، هم یک کم معاشرت کنم هم یک کم با محیط آشنا شم، رفتم پایین یه دختر و یه پسر داشتند تو پارکینگ دوچرخه سواری می‌کردند، خیلی مؤدّب و خوش‌رو و گرم سلام کردند، چقدر به دلم نشستند. در خونهٔ سرایدار رو زدم و منتظر شدم، زنش اومد جلوی در، چه آدم خسته امّا مهربونی به نظر می‌رسید، ازش خواستم برای نظافت خونه بیاد کمکم، با مهربونی و خوش‌رویی اطاعت امر کرد و گفت: شما برید من نیم ساعت دیگه میام، فهمیدم اون دختر بچّه، دختر سرایدارِ و پسر بچّه پسر یکی از ساکنین ساختمون که دکتر هم هست. اسم زن سرایدار زیور بود و اسم دخترش ترلان بود. زیور خیلی زود اومد بالا بهش گفتم همین که جارو بکشی و حمام و دستشویی رو بشوری کمک بزرگی بهم کردی، برای نهار قیمه پختم، تصمیم گرفته بودم زیور و ترلان رو نهار نگه دارم، بچّه‌ها خیلی زود با هم اخت شدند و سرگرم بازی شدند، ترلان هم عین مادرش مهربون بود، جوری با بچّه‌ها بازی می‌کرد که برخلاف همیشه تیام و توفان دعواشون نمی‌شد. کارهای زیور که تموم شد براش چای دم کردم و نشستیم به چای خوردن. فهمیدم که صاحب قبلی خونه یه آدم معروفی بوده که براش مشکل سیاسی پیش اومده و خونه رو با وسایل یک جا و زیر قیمت به علیرضا فروخته و در رفته، فهمیدم که خونه قبل از ما دست مستأجر نبوده و یه خانمی

توش زندگی می‌کرده که علیرضا به عنوان خواهرش معرّفی‌اش کرده بوده، جوری به حرف‌های زیور واکنش نشون می‌دادم که انگار همه رو می‌دونستم، کشف کردم که بازیگر خیلی خوبی هستم، اون روز زیور و ترلان نهار رو با ما خوردن و بعد برای یعقوب شوهرش هم غذا کشیدم و دادم براش ببره. زیور کلّی تشکّر کرد و خوش حال شد. نزدیک غروب می‌دیدم که دیوارهای خونه دارن متّحد می‌شن تا بیان آوار بشن رو قلبم و خفه‌ام کنن. لباس گرم تن بچّه‌ها کردم و با هم رفتیم تو محلّه قدم زدیم، محلّمون خیلی قشنگ بود، چند تا فضای سبز خوب هم داشت که بچّه‌ها با وسایل بازیش سرگرم شدن، همون روز با حرف‌های زیور متوجّه شدم که زندگی با علیرضا تهش جز تباهی و تنهایی چیزی برام نداره، باید خودم رو جمع کنم، باید واسه خودم زندگی بسازم، وقتی برگشتیم خونه، بچّه‌ها خیلی خسته بودند، خیلی زود خوابشون گرفت، نگاهم به انارهای باغ آقایی افتاد، دلم غم باد کرد، یه انار برداشتم بوش می‌کردم و سعی کردم حال خودم رو بهتر کنم، زیرانداز انداختم، انار دون کردم، هم برای فردای بچّه‌ها تو کاسه گذاشتم هم خودم خوردم. سکوت خونه دیوونه‌م می‌کرد، تلویزیون رو روشن کردم، ساعت تازه ۸ بود تا ساعت ۱۲ تمام برنامه‌ها و سریال‌ها رو تماشا کردم، سعی می‌کردم غرق برنامه‌ها و فیلم‌ها بشم، سعی می‌کردم یادم بره کجام و زندگیم چطورِ! تازه فهمیدم که تلویزیون هم چیز به درد بخوریِ، چند وقتی همین شکلی زندگی کردم با کارهای خونه و فیلم و سریال سر خودم رو گرم کردم تا این که با صبا آشنا شدم، صبا مادر همون پسری بود که ترلان تو پارکینگ باهاش بازی می‌کرد، تیام باهاش تو پارکینگ دوست شد و کم‌کم باب آشنایی من و صبا به وجود اومد، صبا ده سالی از من بزرگ‌تر بود ولی خیلی گرم و خودمونی بود. دوستی با صبا دریچه‌های جدیدی از زندگی رو به من نشون داد. شوهر صبا پزشک بود، ازدواج صبا و سیامک شوهرش هم کاملاً سنّتی بود، اوّلین بار صبا رو وقتی دیدم که پسرش سامیار با تیام اومده بود خونهٔ ما و گرم بازی شده بود و بازیشون طولانی شده بود و مامانش هم که نمی‌دونست پسرش کجاست،

کلّی نگران شده بود. صبا رو اوّلین بار آشفته و زار و گریون دیدم، فکر نمی‌کردم زنی که داره انقدر راحت با چشم‌های سرخ جلوی من اشک می‌ریزه چه زن محکم و پر قدرتی می‌تونه باشه، زن‌ها مثل پاستیل نرمن ولی قدّ فولاد سفت و سخت هستند. از نعمت‌های تهران این بود که علیرضا برام یه گوشی و لپ‌تاپ به روزتر از اون‌هایی که داشتم خرید، روزها با بچّه‌ها سرگرم بودم، گاهی غذایی می‌پختم و زیور و ترلان رو هم صدا می‌کردم تا با هم بخوریم، اوّلین باری که رفتم پیش صبا، آش پخته بودم، یه ظرف بزرگ کشیدم و براش بردم، اونم دعوتم کرد داخل. بچّه‌ها پیش زیور بودند، خیالم راحت بود، با این که خونهٔ صبا این‌ها نقشه‌اش مثل خونهٔ ما بود، به قدری دیزاین و طرّاحی داخلیش متفاوت بود که یه جور دیگه به نظر می‌رسید، مبل‌های بزرگ سلطنتی داشتند و یه میز نهارخوری هشت نفره تو سالن بود، تازه فهمیدم سالن ما هم چقدر فضا داره و چقدر خالیه، البته خالی بودنش مزیّت بود، بچّه‌ها راحت می‌دویدند و بازی می‌کردند، صبا برام نسکافه درست کرد، وقتی پرسید حالت چطوره یه جوری پرسید که دلم خواست تمام حالم رو بهش بگم، ولی فقط لبخند زدم، بعد نفهمیدم چی شد که اشک‌هام اومدند و بعد فهمیدم من فقط پیش آدم‌های کم هوش بازیگر خوبیم و پیش آدم‌های باهوش زود خودم رو لو می‌دم، صبا برام دستمال آورد و هیچ چی نپرسید، آروم نشست و بهم اجازه داد راحت گریه کنم، گریه کردم، شاید بیش‌تر از چهل دقیقه گریه کردم، به پایین نگاه می‌کردم و اشک می‌ریختم. بالاخره اشک‌هام تموم شد با چشم‌های قرمز پف کرده سرم رو بلند کردم و با صدایی گرفته از صبا عذرخواهی کردم. صبا در کمال آرامش نسکافه‌اش رو خورده بود و منتظر شده بود تا گریه‌های من تموم بشه.

- چیزی نیست برای همه پیش میاد که روزهایی حالشون خوب نباشه.

چیزی نگفتم، حرفی برای گفتن نداشتم.

- نسکافه‌ات سرد شده دیگه ارزش خوردن نداره، الان برات گل گاو زبون دم می‌کنم.

- ممنونم، لطف بزرگی می‌کنی، همیشه مادربزرگم برام گل گاو زبون دم می‌کرد.

- دلت براش تنگ شده؟

- آره، خیلی زیاد.

- خب برو دیدنش، دلتنگی ارزش حمل کردن و نگه‌داری نداره، زود باید از دستش خلاص بشی.

- ولی مادربزرگم فوت شده.

- آخی، روحش شاد باشه، پس دلت براش تنگ نشده، بهش احتیاج داری. آدم دلش برای افراد فوت شده تنگ نمی‌شه، فقط جای خالیشون رو حس می‌کنه، اونم وقتی که توی زندگیت پررنگ باشن و جور دیگه‌ای نشه پرش کرد.

- آره، تازه فهمیده بودم حضورش چقدر دل‌گرم کننده و ارزشمندِ که از دستش دادم.

- بزرگ‌تر خوب خیلی لازمِ.

- آره درسته.

صبا از توی کتری آب ریخت تو لیوان دمنوش و اومد لیوان رو گذاشت جلوم.

- چند دقیقه اجازه بده دم بکشه.

لبخند زدم و تشکّر کردم.

- من خودم روزهای خیلی سختی داشتم و درک می‌کنم که آدم گاهی مستأصل و آشفته و غمگین باشه.

- مشکلت رو چطور حل کردی؟

- اوّل مشکلم رو خوب فهمیدم، بعدم به خودم گفتم این مشکلی نیست که زندگی من رو تعطیل کنه، بعدم تصمیم گرفتم زندگیم رو درست کنم، اوّل باید بفهمی مشکل زندگیت چیه، من رفتم مشاوره، به نظرم تو هم برو خیلی کمکت می‌کنه.

- اشکال نداره اگه بپرسم مشکل زندگیت چی بود؟

- تا حالا راجع بهش به غیر از وکیل و مشاورم با کسی حرف نزدم.

- می‌فهمم.

- بعضی حرف‌ها رازهای زندگی آدمند.

- درسته، حق با شماست.

- خونه داری؟

- نه من وب‌سایت طرّاحی می‌کنم، کارم تو خونه است.

- چه خوب! رشتهٔ تحصیلیتون بوده؟

- آره، شما چی خوندین؟

- من دیپلم دارم، دانشگاه نرفتم.

- اگه دوست داشته باشی هنوز هم وقت داری.

- با دو تا بچّه؟

- با صد تا بچّه هم می‌شه، فقط بستگی داره خودت چی می‌خوای؟

اون شب وقتی جلوی تلویزیون نشستم، غرق تلویزیون نشدم، به خودم فکر کردم و به زندگیم و به این که باید برای خودم چیزی داشته باشم، باید بدون علیرضا هم بتونم زندگی کنم. چند روز اوّل فقط علیرضا هرشب خیلی دیر وقت می‌اومد خونه، بعد از اون دیگه گاهی حتّی شب‌ها خونه نمی‌اومد. می‌گفت کارم طول می‌کشه و همین جا تو کارگاه می‌خوابم. از فکر کردن‌های من نتیجه این حاصل شد که نباید علیرضا رو از دست بدم، زندگی بدون علیرضا خیلی سخت و زجرآورِ، با دو تا بچّه بدون هیچ پشتوانه و حرفه‌ای چطور بدون علیرضا زندگی کنم؟ تصمیم گرفتم سر از کارهای علیرضا دربیارم و برش گردونم به زندگیم. فکر کردم چه کنم تا علیرضا به من و بچّه‌ها توجّه کنه، تصمیم گرفتم خونه رو سر و سامون بدم، علیرضا از پول مضایقه نمی‌کرد، هر وقت هرچقدر که می‌گفتم به حسابم می‌ریخت. مبل‌های سالن رو زدم تو سایت و فروختم. توی اینترنت سرچ می‌کردم و فروشگاه‌های مختلفی رو پیدا می‌کردم. از صبا خواهش کردم که باهام بیاد. یه روز از صبح تا عصر من و صبا بچّه‌ها رو پیش زیور گذاشتیم و رفتیم دنبال خرید. یه سِتِ مبل و میز نهارخوری

جدید خریدم. برای سالن فرش و قالیچه خریدم. برای اتاق خودمون رو تختی و آباژور خریدم. کلّی جزئیّات جدید و خوشگل به خونه اضافه کردم، تیام رو هم همون مدرسه‌ای که سامیار می‌رفت ثبت نام کردم. سامیار کلاس اوّل بود، تیام پیش دبستانی بود، به نسبت بچّه‌های دیگه خیلی عقب بود، تصمیم گرفتم تو خونه وقت بیش‌تری براش بذارم، غذاهای خوب می‌پختم و به بهانه‌های مختلف به علیرضا زنگ می‌زدم، یه بار می‌گفتم توفان مریضه. یه بار می‌گفتم تیام گریه می‌کنه، دل تنگته. علیرضا هم می‌اومد؛ گاهی حتّی با دست‌های پر می‌اومد. به بچّه‌ها توجّه می‌کرد، محبّت و نوازششون می‌کرد، حتّی یه بار تیام گفت که دوستاش رفتن شهربازی و یه شب علیرضا ما رو برد شهربازی. به همه‌مون خیلی خوش گذشت. اون شب حتّی بعد از مدّت‌ها من و علیرضا هم آغوشی داشتیم. اون شب فهمیدم چقدر نیاز دارم، نیاز به دیده شدن، تحسین شدن، محبّت دیدن و حتّی نیاز به هم آغوشی. فردا صبح وقتی بیدار شدم احساس سبکی و آرامش می‌کردم. برای اوّلین بار فهمیدم نیاز جنسی یعنی چی. فکر کردم الان تازه زمانی بود که من باید به ازدواج فکر می‌کردم، تازه داشتم با نیازهای خودم و بدنم آشنا می‌شدم، صبح صبحانهٔ مفصّلی برای علیرضا چیدم، بیدار شد، مثل تازه دامادها صبحانه خورد و مثل آقاها آماده شد تا بره سرکار. قبل از رفتن بغلم کرد و بوسیدم. از خودم راضی بودم. خیلی خوش‌حال بودم که تونستم شوهرم رو به زندگیم برگردونم. احساس موفّقیّت می‌کردم. حالم بهتر شده بود، به بچّه‌ها می‌رسیدم، از توی اینترنت لباس‌های جدید و مد روز واسهٔ خودم و بچّه‌ها سفارش می‌دادم. علیرضا دوباره شب‌ها می‌اومد خونه، باهاش راجع به کارش حرف زدم و این که کاش زودتر بیاد خونه و من و بچّه‌ها خیلی توی خونه تنهاییم.

- چرا از این فرصت استفاده نمی‌کنی؟ چرا نمی‌ری دنبال چیزهایی که دوست داری؟ می‌تونی ساعتی که تیام مدرسه است توفان رو بذاری پیش زیور و کارهایی که دوست داری انجام بدی.

این‌ها حرف‌هایی بود که علیرضا بهم زد. من چه کاری دوست داشتم بکنم؟ روزها ذهنم درگیر این بود که من دوست دارم چه کار بکنم؟ همیشه دلم می‌خواست برم دانشگاه و کسی بشم، ولی الان به نظرم برای دانشگاه رفتن خیلی دیر بود و برام خیلی کار سختی به نظر می‌رسید، اصلاً هدف شخصی و خواستهٔ شخصی نداشتم.

صبا می‌گفت باید ذهنت رو آزاد کنی، خودت رو محدود نکن، برای تو هیچ محدودیتی وجود نداره، فقط ببین دلت چی می‌خواد، نه سن مهمِ نه این که بچّه داری، این‌ها هیچ کدوم مانعی نیست که تو به خواسته‌هات نرسی. صبا می‌گفت وقتی رفته دانشگاه هم سنّ من بوده و سامیار هم سنّ توفان.

امّا واقعاً دلم درس خوندن نمی‌خواست، دیگه دلم دانشگاه نمی‌خواست، دلم می‌خواست یه شغل داشته باشم، توی تمام آگهی‌ها نوشته بودن مسلّط به کامپیوتر. تصمیم گرفتم چند دوره کلاس کامپیوتر برم.

زندگیمون کمی به سامون شده بود. عید اون سال علیرضا به بهانهٔ این که کار داره با ما کوهدشت نیومد و برای من و بچّه‌ها ماشین اجاره کرد و ما رو فرستاد کوهدشت.

وقتی بعد از چند ماه برگشتم کوهدشت هیچ چیز شبیه قبل نبود، به نظرم کوهدشت خیلی کوچیک‌تر از اون چیزی بود که همیشه فکر می‌کردم، چند ماه زندگی توی تهران کافی بود تا حال و هوای من و بچّه‌ها کلّاً عوض شه. حتّی تیام و ابوالفضل هم کم‌تر باهم می‌جوشیدن، تیام یه سره در مورد اتاق قشنگش و مدرسهٔ جدیدش و دوستای جدیدش حرف می‌زد، بالاخره نیلوفر دوباره حامله شده بود، کلّی خوش‌حال بود، حسّ غریبی داشتم، هم عاشقانه از این که آدم‌هایی که دوستشون دارم رو می‌بینم، خوش‌حال بودم، هم از این که انقدر همه دنیاشون از من دورِ و هنوز چقدر توی این شهر محدودیت و مسأله هست، زجر می‌کشیدم، دوباره توی کوهدشت چادر سر می‌کردم، دوباره سعی می‌کردم مثل همه به نظر برسم، امّا این بار از همیشه سخت‌تر بود. حال و هوای کوهدشت دوباره خاطرات یزدان رو برام زنده کرد. یزدان تنها چیزی توی کوهدشت بود که فکرکردن بهش

اذیّتم نمی‌کرد. قبل از سال تحویل همگی سر مزار فاطمه و فریبا و بی‌بی رفتیم. خیلی دوست داشتم زودتر برگردم تهران. مخصوصاً حرف‌های عمه و طوبی حالم رو به هم می‌زد، طوبی و محمد که الان خونهٔ آقایی زندگی می‌کردند من و یاد خودم و علیرضا می‌انداختند و این برام چندش آور بود، با این که مامان اصلاً شبیه مادر شوهرها نبود، امّا خود عمه انقدر سخت گیر و سنّتی بود که به جای ده تا مادرشوهر هم کافی بود. محمد تا حدّی از حساب کتاب‌های علیرضا خبر داشت و بهم می‌گفت "هرچی دلت می‌خواد تهران ریخت و پاش کن که این خرج‌ها سر سوزنی از ثروت شوهرت کم نمی‌کنه" و من فکر می‌کردم یعنی واقعاً علیرضا انقدر پول داره!

عمو و زن‌عمو مثل همیشه حسابی نصحیت می‌کردند که مواظب زندگیت باش، حواست به علیرضا باشه، تو زندگیت کوتاهی نکنی، تهران هوش و حواست رو نبره زندگیت به باد بره. تو فکر عمو و زن‌عمو همیشه زنهان که زندگی رو به باد می‌دن، چیزی که به نظرم تو واقعیّت دقیقاً برعکسِ! بابا بالاخره کار خودش رو کرده بود و از یکی از روستاهای اطراف یه زن جوون و خوشگل گرفته بود این مسأله انقدر برای همه عادّی و پذیرفته بود که خودم دهنم باز مونده بود. دختر چشم‌های سبز و موی بور و پوست سفیدی داشت، خوشگل و کم حرف بود، توی همهٔ جمع‌ها می‌اومد امّا زیاد حرف نمی‌زد، سعی می‌کرد خیلی به چشم نیاد. البته بقیه حسابی باهاش جور شده بودند و به حرف می‌گرفتنش، مخصوصاً با نیلوفر حسابی قاطی شده بود. مامان مثل همیشه بود. زن گرفتن بابا اخلاقش رو بهتر یا بدتر نکرده بود امّا ازاین که می‌دیدم این طور دلتنگ من و بچّه‌ها شده و چقدر دور و بر ماست شگفت زده می‌شدم، فکر می‌کردم مامان اگه هزار سال هم ما رو نبینه چندان براش فرقی نداشته باشه. بالاخره روز هفتم یا هشتم عید به بهانهٔ این که علیرضا تهران تنهاست ماشین دربست کردم و برگشتم. ولی علیرضا تهران نبود، صبح زود حرکت کرده بودیم و سر شب رسیدیم خونه. بچّه‌ها خسته بودند و زود خوابیدند. با فکر این که علیرضا شب میاد خونه بیدار موندم، به خودم رسیدم، دوش گرفتم، خونه

رو مرتّب کردم، حتّی شام پختم و تا ساعت دو شب منتظر شدم امّا خبری از علیرضا نشد. من چه ساده بودم، وقتی علیرضا می‌دونست ما خونه‌ایم به سختی می‌اومد خونه، حالاکه دیگه می‌دونست کسی هم منتظرش نیست. صبح وقتی بیدار شدم همش درگیر این بودم که به علیرضا زنگ بزنم یا نه! تصمیم گرفتم زنگ بزنم امّا نه اون ساعت از روز؛ بچّه‌ها بیدار شدند، صبحانه خوردیم و بعد تلفن رو برداشتم و به علیرضا زنگ زدم. خیلی خونسرد جواب داد که با دوست‌هاش رفته شمال و خیلی بدخلق پرسید چرا به من نگفتی داری برمی‌گردی تهران!؟ تلفن رو که قطع کردم پر از سوال بودم، چرا ازش نپرسیدم تو که کار داشتی نتونستی بیای کوهدشت الان شمال چی کار می‌کنی؟ ولی انقدر از صحبت کردن با من رنج می‌کشید که ترجیح می‌دادم هرچه زودتر قطع کنم. خیلی سعی می‌کردم با بچّه‌ها مهربون باشم و حال بدم رو نشون ندم، فقط تونستم ساکت باشم با لب و لوچهٔ آویزون؛ هر چی فکر کردم این‌ها که گناهی ندارند که عیدشون بیخودی و مثل همیشه بگذره، کاش دستشون رو بگیرم ببرم پارکی جایی ولی دل و دماغش رو نداشتم. توفان هم دیگه بزرگ شده بود، شلوغ می‌کرد، تنهایی از پس دوتاشون برنمی‌اومدم. دوباره موندم تو خونه و غرق سریال‌های تلویزیون شدم، تصمیم گرفتم به علیرضا فکر نکنم، گاهی فکر می‌کردم زنگ بزنم به عمو یا باباگلایه کنم، از فکر این که اون‌ها می‌گن جوونِ، پولدارِ، مردِ و سعی کن زندگیت رو جمع کنی حالم به هم می‌خورد. همون هیچ کسی چیزی نمی‌دونست تا نسخه‌های صدمن یه غازشون رو نشنوم حالم بهتر بود. علیرضا تا هجدهم فروردین خونه نیومد. نمی‌دونم شمال بود یاکجا بود ولی پیش ما نبود، وقت‌هایی که علیرضا خونه بود واقعاً حال و هوای بچّه‌ها تغییر می‌کرد، سرحال‌تر و مؤدّب‌تر می‌شدند، کاش می‌شد به علیرضا حالی کنم پدر بودن هم یه شغلِ، تایم کاری داره، باید برای بچّه وقت گذاشت، بچّه‌ها علف هرز نیستند، اگه با بچّه مثل علف هرز رفتار کنی حتماً هرز می‌شن. هرز شدن که حتماً دزد یا معتاد شدن نیست، همین که به صد در صد خودش نرسه رشد کاملش رو نکنه

هرز شده، ولی دیگه اصلاً تمایلی به حرف زدن با علیرضا نداشتم، وقتی با علیرضا حرف می‌زدم خیلی درمونده و آواره به نظر می‌رسیدم و بی‌توجّهی علیرضا هم بدتر لهم می‌کرد. بعد از تموم شدن تعطیلات یه مهد پیداکردم که می‌تونستم روزی پنج ساعت توفان رو اون‌جا بذارم، حتّی تابستون هم می‌تونستم تیام رو توکلاس‌های خلّاقیت و زبانش ثبت نام کنم و هر دوشون روزی چند ساعت اون‌جا باشن، کم‌کم کامپیوتر و تایپم خوب شد و افتادم دنبال کار. توی یه شرکت واردات کار پیدا کردم شدم منشی مدیر و چون مدیر فقط روزی پنج ساعت شرکت بود کار منم فقط روزی شش یا هفت ساعت بود. باید یه ساعت زودتر از آقا می‌رسیدم و حدّاقل نیم ساعت بعد از رفتنش هم کار من تموم می‌شد. اون روزی که قرار بود برای مصاحبهٔ کاری برم صبح زود بیدار شدم، زودتر از همیشه. بهار بود هوا مطبوع و دل‌چسب. ساعت شیش و نیم بیدار شدم از هیجان و استرس نتونستم صبحانه بخورم، منتظر بیدار شدن بچّه‌ها نشدم، کلید رو دادم به زیور تا بچّه‌ها رو قبل از اومدن سرویسشون آماده کنه، مسیر شرکت به خونمون انقدر نزدیک بود که تصمیم گرفتم پیاده برم. پیاده روی توی هوای خنک صبح بهاری می‌تونست هوشیاریم رو بیش‌ترکنه و استرسم رو کم‌تر. وقتی رسیدم اون‌جا برخلاف تصوّرم که فکر می‌کردم حتماً با یه صف طولانی از آدم‌هایی که برای مصاحبه اومدند رو به رو می‌شم، فقط چهار نفر بودیم، بعد فهمیدم از بین فرم‌های پر شده فقط همون چهار نفر سنّ مناسب و آدرس سکونت نزدیک رو داشتند. قاعدتاً منشی نداشت چون مصاحبه برای منشی بود. دفترکار مدیر تو بالاترین طبقه بود و تمام طبقه در اختیارش بود. به جز مدیر فقط سرایدار بود که رابط ما با مدیر بود و به نوبت و یکی یکی ما رو داخل فرستاد و من آخرین نفر بودم. وقتی وارد شدم برخلاف بیرون که همه چیز ساده امّا از بهترین نوعش بود، اتاق مدیر مجلّل بود، میزکار بزرگی رو به روی در بود، میز بزرگ کار شده و چوبی بود که یه صندلی کار بزرگ پشتش بود و چهار تا صندلی چرم هم با یه میز کوتاه‌تر جلوش بود. سمت راست یه میز بزرگ کنفرانس و ده تا صندلی بود. به رسم

ادب آقای مدیر پشت میز کنفرانس نشسته بود، وارد که شدم مؤدّب ایستادم و لبخند زدم و سلام کردم، منتظر شدم تا ازم بخواد که بشینم، نمی‌دونم چرا این کار رو کردم امّا دلم می‌خواست خیلی مطیع و سر به زیر به نظر برسم. آقای مدیر کت و شلوار سرمه‌ای شیکی با پیراهن سفید به تن داشت، اون جوری که روی صندلی نشسته بود، جوراب‌های مشکیش هم معلوم بودن. سرش رو بلند کرد تا جواب سلامم رو بده، حسّ تحسین برانگیز نگاهش رو گرفتم، یه چیزی ته قلبم مطمئن شد که من انتخاب می‌شم، ازم خواست و من نشستم.

- توی فرمی که توی سایت پر کردین نوشتید که متأهلّید و بچّه دارید و سابقهٔ کاری هم ندارید، به نظرتون چرا ما باید شما رو استخدام کنیم؟

- چون من می‌خوام که این کار رو داشته باشم، برای به دست آوردن و حفظ کردنش هم نهایت تلاشم رو می‌کنم و هیچ‌کدوم از مواردی هم که گفتید به معنای بد بودن من یا گزینهٔ مناسبی نبودن من نیست، اگه توی پرسش‌نامه‌تون فرصت توضیح بیش‌تری می‌دادین حتماً می‌نوشتم که من پر از انگیزه هستم.

- انگیزتون چیه!؟

- داشتن شغل و هویت مستقل.

- بدون شغل نمیشه هویت مستقل داشت؟

- برای زنی تو شرایط من خیر.

- با این شغل می‌تونید هویت مستقل داشته باشید؟

- بله هویتی مستقل از همسرم.

چیزی نگفت، ساکت شد. از جواب‌های خودم حیرت کردم، فکر کنم تاثیر معاشرت با صبا و کتاب‌هایی بود که ازش امانت گرفته بودم. آقای مدیر توی ورقه‌هایی که جلوش بود چیزی نوشت.

- در صورت قبولی باهاتون تماس می‌گیریم.

همه چیز توی دلم خراب شد، لبخند زدم که شبیه بازنده‌ها نباشم، تشکّر

کردم و بیرون رفتم، فکر می‌کردم اگه قبول بودم بهم می‌گفتند و این‌که در صورت نیاز باهاتون تماس می‌گیریم یعنی نه. تا خونه مسیر رو پیاده برگشتم و غصّه خوردم، چقدر مسیرش نزدیک بود، چه شرکت بزرگی بود، چه حقوق و مزایای خوبی داشت، گریه کردم امّا وقتی رسیدم خونه تصمیم گرفتم شغل بهتری پیدا کنم. عصر همون روز باهام تماس گرفتند یه خانم خوش صدا اونور خط بهم گفت که فردا صبح ساعت هشت برم شرکت بهشید و من تو اون لحظه بعد از مدّت‌ها خوش‌حال شدم، خندیدم، تلفن رو قطع کردم، بالا و پایین پریدم و گریه کردم. من داشتم شکل می‌گرفتم. داشتم می‌رفتم سمت خودم، داشتم آدم بودن رو، انسان بودن رو، حقّ نظر و انتخاب داشتن رو پیدا می‌کردم. اون شب حتّی منتظر علیرضا هم نشدم، حتّی به اومدن یا نیومدنش هم فکر نکردم، تا نیمه‌های شب به شغل جدیدم فکر می‌کردم. صبح روز بعد هرچند خسته بودم چون شب قبلش نتونستم زود بخوابم امّا از هیجان بیدار و هوشیار شدم، کلید رو به زیور دادم و تا محلّ کارم قدم که نزدم پرواز کردم، یه ربع به هشت رسیدم شرکت و توی طبقهٔ پنجم منتظر خانم شفیع شدم، همون خانمی که روز قبل باهام تماس گرفته بود. محلّ کار من طبقهٔ شش بود ولی قرار امروزم با خانم شفیع مدیر روابط عمومی شرکت توی طبقهٔ پنج بود. طبقهٔ پنج یه سالن بزرگ بود که با چندین پاراوان تفکیک شده بود و هر قسمت محلّ کار یه کارمندی بود. مستخدم این طبقه و طبقهٔ بالا مشترک بود، آقای صالحی مستخدم بود و تو همون طبقهٔ اوّل هم خونهٔ سرایداری داشت و زندگی می‌کرد به جز واحد سرایدار تو طبقهٔ اوّل یه واحد ویژهٔ مهمانان شرکت هم بود طبقهٔ دوّم و سوّم هم انبار بود. طبقهٔ چهارم هم قسمت حسابداری بود که خودش چند تا کارمند داشت، چند دقیقه مونده به ساعت هشت خانم شفیع اومد. خوش رو و خوش پوش و دل‌نشین بود به سر و وضع کارمندها و حرکات و حرف زدنشون رو که نگاه می‌کردم، می‌فهمیدم که باید کمی تغییر کنم و امروزی‌تر بشم.

- به شرکت ما خوش اومدی. این‌جا هرکس شرح وظایف مشخّصی داره و هیچ چیزی بیش‌تر از وظایف تعیین شده ازش انتظار نمی‌ره. شما قرارِ منشی آقای کاظمی باشید، شماره‌ای که روی کارت‌های شرکت هست مستقیم به شما وصل می‌شه، باید بدونی که چرا تماس گرفته شده و به کدوم داخلی باید وصل کنی، این‌جا پنج تا داخلی داره، داخلی پذیرش سفارشات، داخلی مرجوعی‌ها، داخلی حسابداری، داخلی روابط عمومی، داخلی مدیریت و...

خانم شفیع حرف می‌زد و حرف می‌زد و انگار قشنگ‌ترین حرف‌های عالم رو می‌گفت، با دقّت به حرف‌هاش گوش می‌دادم، هرچند تمام اطّلاعات لازم رو هم تایپ شده بهم داد. از همون روز برام روزکاری محسوب می‌شد و حقوق داشت. از فکر این که دارم به هدفم می‌رسم ذوق کرده بودم. حرف‌های خانم شفیع که تموم شد شماره تماسش رو بهم داد و گفت برای مرخصی و مسائل دیگه فعلاً باید با خودش هماهنگ کنم. بهم گفت اگه خواستم می‌تونم همه جای شرکت رو برم ببینم که این‌کارم کردم، حتّی سوئیت مهمان رو هم دیدم، آقای صالحی می‌گفت آقای کاظمی خیلی مهربونِ و یک بار این سوئیت رو چند ماه در اختیار یکی از کارمندها گذاشته چون صاحب‌خونه‌ش بیرونش کرده بوده، اومده بوده توی این سوئیت تا خونهٔ مناسبی پیدا کنه، طبقه‌های انبار پر بود از کارتن‌های بزرگ و یخچال‌های پر از موادّ بهداشتی و آرایشی. شرکت لاروتس واردکنندهٔ محصولات آرایشی و بهداشتی بود. طبقهٔ چهار هم شبیه طبقهٔ پنج بود با تعداد کارمند کم‌تر. روز اوّل فقط تلفن‌ها رو جواب دادم، طبق متن‌های از پیش آماده شده‌ای که بهم داده بودند روزهای اوّل توی طبقهٔ شش تنها بودم، فقط گاهی آقای صالحی برام چای یا نسکافه می‌آورد. روزهای بعد خانم شفیع دفتر قرار ملاقات‌ها و برنامه‌های آقای کاظمی رو بهم تحویل داد. سه روز دیگه آقای کاظمی از لندن برمی‌گشت، تمام برنامهٔ سفرها و کارهاش تا پایان تابستون سال بعد هم مشخّص بود. از این که قرار بود از این به بعد در حضور رئیسم کارکنم استرس داشتم. وضعیت خونه و بچّه‌ها

روی روال بود و حسابی همه چیز رو نظم شده بود و همه‌مون، یعنی من و زیور و بچّه‌ها به تکرار هر روزه‌اش عادت کرده بودیم، عادی شده بود که علیرضا هفته‌ای دو سه شب خونه باشه، از زیور خواسته بودم آمارکارش واسه من رو به علیرضا نده و قرار بود از حقوق خودم دست‌مزدش رو بدم، دست‌مزدم پایه حقوق اداره‌کار بود و ماه اوّلم چند روز کم‌تر، با دادن دست‌مزد زیور چیز زیادی برام نمی‌موند، باید حتماً خرید می‌کردم و به سر و وضعم می‌رسیدم و هم‌زمان پول هم پس‌انداز می‌کردم. علیرضا که از چیزی خبر نداشت به بهانه‌های مختلف ازش پول می‌گرفتم، باید رو برنامه‌هام پیش می‌رفتم، باید تا جایی که می‌تونستم پول پس‌انداز می‌کردم و پیشرفت می‌کردم. روز اوّلی که آقای کاظمی اومد شرکت، سر و وضعم حسابی عوض شده بود، لباس‌هام از همهٔ کارمندها مرتّب‌تر و به روزتر بود. لباس‌های مارک و شیک خریده بودم، روی آرایش کردن هم تمرین کرده بودم وکلّی صورتم بهتر شده بود، حتّی شوینده و مرطوب کننده وکلّی وسایل دیگه برای صورتم خریده بودم و پوستم از همیشه شاداب‌تر بود، آقای کاظمی که از در وارد شد خانم شفیع داشت یه چیزی رو بلندبلند براش توضیح می‌داد و سعی می‌کرد گام به‌گام کنارش راه بره. سلام کردم و بلند شدم، نگاه آقای کاظمی رو صورتم ایستاد، احساس کردم من رو یادش نمیاد، خانم شفیع هم همین فکر رو کرد.

- خانم سالاری منشی جدیدتون هستند، خودتون باهاشون مصاحبه داشتید.

آقای کاظمی سری تکون داد و خیلی آهسته سلامی کرد و رفت تو اتاقش. خانم شفیع هم پشت سرش رفت و در رو هم بست. بعد از این که خانم شفیع کارش تموم شد از اتاق مدیر بیرون اومد و جلوی میز من ایستاد و آهسته شروع کرد به چغلی کردن.

- کارت در اومد. از امروز که آقا تشریف آوردن می‌فهمی کارکردن یعنی چی؟ پوستت رو می‌کنه.

من هاج و واج به خانم شفیع نگاه می‌کردم که بهم نیشخندی زد و رفت. اون

روز حوالی ظهر آقای صالحی با یه سینی رنگارنگ خوراکی وارد شد و سینی رو برای آقای کاظمی برد، وقتی داشت برمی‌گشت کنار میز من ایستاد.

– آقا شما رو خواستن.

– ممنونم.

بلافاصله بلند شدم و در زدم، جوابی نشنیدم، دوباره در زدم، شغلم رو دوست داشتم و حاضر بودم هرکاری بکنم تا موجّه‌تر و معقول‌تر به نظر برسم، این‌بار آقای کاظمی خیلی بلند گفت بیا تو.

– وقتی خودم ازت خواستم بیای لازم نیست انقدر در بزنی.

آقای کاظمی روی یکی از صندلی‌های جلوی میزش نشسته بود و سینی رنگارنگ روی میز بود و آقای کاظمی داشت سیگار می‌کشید. من جلوی در ایستاده بودم.

– بیا بشین در رو هم ببند.

آقای کاظمی خیلی راحت جوری که انگار خونهٔ خاله است پا روی پا انداخته بود و سیگار دود می‌کرد. گاهی هم ناخنکی به سینی می‌زد. منم ساعت و کفش گرون قیمتش رو براندازمی‌کردم و رنگ قشنگ کت و شلوارش رو و اندامش رو نگاه می‌کردم، ورزیده نبود، شکم داشت، ولی بازهم جذّاب بود، اعتماد به نفسی که تو رفتارش بود حسابی جذّابش کرده بود.

– این چند روزی که این جا مشغول شدید چطور بوده؟

با لبخند گفت، با نگاه مستقیم به چشم‌هام، چشم‌هاش قهوه‌ای روشن بودن، چقدر درشت و گیرا.

– همه چیز خیلی خوب بوده.

– از این به بعد یه سری از تماس‌های من رو شما انجام می‌دید، باید بتونید گیرا و درخور صحبت کنید، کم‌کم باید شرکت‌هایی رو که باهاشون مراوده داریم بشناسید، گاهی شاید لازم باشه به بعضی از شرکت‌ها سر بزنید. با کار بیرون از

شرکت که مشکلی ندارید؟

مردّد بودم، دلم می‌خواست بگم بله مشکل دارم، توی شرح وظایفم نبود، ولی ترسیدم شغلم رو از دست بدم.

- نه مشکلی ندارم.

- خوبه.

- قرار ملاقات‌های این هفتهٔ من رو مرتّب بنویسید، هر روز توی یک برگهٔ جداگانه. لیست چک‌های دریافتی و خروجی رو از خانم شایسته بگیرید و برام بیارید.

- چشم.

- چیزی نخوردی که !

- ممنونم.

بلند شدم و از دفتر اومدم بیرون، خانم شایسته طبقهٔ چهارم بود، شمارش توی دفتر منشی بود، زنگ زدم وگفتم لیست‌ها رو آماده کنه، کارهام رو انجام دادم، اون‌قدری که خانم شفیع خطّ و نشون کشیده بود، سخت نبود.

وقتی برگشتم خونه. برخلاف انتظارم زیور خونه نبود، علیرضا پیش بچّه‌ها بود، با قیافهٔ طلبکارانه منتظر من بود، آماده برای دعوا شمشیرش رو از رو بسته بود.

- خسته نباشی چه تیپی به هم زدی.

- اگه بالا سر زن و بچّه‌ات باشی از حال و روزشون هم با خبر می‌شی.

- فعلاًکه می‌بینی از حال و روزتون با خبرم. امروز روز آخری بودکه سرکار رفتی، می‌شینی بالا سر بچّه‌هات.

فقط نگاش کردم، یه سنگ بزرگ رو سینه‌ام بود، داشتم فکر می‌کردم چطور برش دارم بکوبم تو سرش که زیرش له بشه.

ولی فقط ملتمسانه گفتم:

- چرا؟

- چون من شوهرتم و دوست ندارم تو بری سرکار.

چقدر خسته بودم، توان جدال نداشتم، اونم با دست خالی بدون هیچ قدرتی، بدون یال و کوپال و گرزگران و بدون شمشیر.

- باشه شوهر عزیزم راجع بهش حرف می‌زنیم، راجع به مسائل زن و شوهری و بقیهٔ وظایف شوهر هم حرف می‌زنیم.

- این‌جا فقط من حرف می‌زنم، تو فقط می‌گی چشم. حوصلهٔ دردسر ندارم، تو که هرچی پول می‌خوای من بهت می‌دم، دیگه چی می‌خوای.

- من از تو هرچیزی می‌خوام به جز پول و تو به من غیر از پول چیزی نمی‌دی، پولت رو هم نمی‌خوام.

- زبون درآوردی!

- آره کاش بودی و زبون درآوردنم رو می‌دیدی تا انقدر از همه چیز سورپرایز نمی‌شدی.

توفان و تیام لای در اتاق با چشم‌هایی وهم زده و دهنی باز ما رو نگاه می‌کردند.

- بعد از این همه مدّت دعوا آوردی برامون.

- یه روز دیگه بری سرکار زنگ می‌زنم بابات و برادرت بیان جمعت کنن.

- هرکاری صلاح می‌دونی بکن.

علیرضا رفت، با شتاب و عجله، جوری که انگار از آتیش فرار می‌کنه، رفتم بچّه‌ها رو بغل کردم، توفان گریه می‌کرد، احساس می‌کردم قدّ یه زن هزار ساله خسته‌ام.

نهار درست کردم و خودم رو با آشپزی مشغول کردم، یعنی کی به علیرضا خبر داده من می‌رم سرکار؟ قطعاً که زیور نگفته، به غیر از زیور و یعقوب هم کسی از زندگی ما خبر نداره، حتماً یقعوب گفته، دقیقاً وقتی که من به زیور گفتم به علیرضا نگو گفته و شیتیلش رو گرفته، حالا چی کار کنم؟ به بابا زنگ بزنم؟ نه، حتماً می‌گه حرف شوهرت رو گوش کن و نرو سرکار. باید به نیلوفر زنگ بزنم بد نیست اگه یه چند روزی بیان پیشمون. درجا گوشی رو برداشتم و شماره موبایل نیلوفر رو گرفتم.

- سلام نازارم.

- سلام عزیز دلم حالت چطوره؟

- ممنونم از احوال پرسی شما.

- شکمت اومده بالا؟ بچّه‌مون شیطونی نمی‌کنه؟

- بچّهٔ شیطونیِ، کلّی اذیّتم می‌کنه، دکتر گفته استراحت مطلق هستم، همهٔ کارهام افتاده رو دوش طوبی و زن‌عمو.

- آخی الهی دورت بگردم، کاش نزدیک بودم می‌اومدم کمکت، ان‌شاالله که به سلامتی فارغ بشی.

بعد از خوش و بش و احوال پرسی با نیلوفر، قطع کردم. استراحت مطلق بود و نمی‌شد بهش چیزی گفت. یعنی واقعاً علیرضا زنگ می‌زد به بابا و آبروریزی می‌کرد؟ بابا و محمد صد سال اجازه نمی‌دادند من تو تهران کار کنم، شاید به مامان زنگ بزنم، اگه بخواد می‌تونه کمکم کنه، نمی‌دونم، امیدوار بودم من رو به حال خودم بذارند. بعد از نهار، شروع کردم به آش پختن، هم سرگرم می‌شدم و فکر و خیال نمی‌کردم، هم به بهانهٔ آش می‌رفتم پیش صبا. تمام مدّت تپش قلب داشتم، استرس داشتم، همش منتظر یه اتّفاق بد بودم، آش آماده شد دست توفان و تیام رو گرفتم رفتم واحد صبا اینا. صبا با خوش‌رویی ازمون استقبال کرد، متوجّه بی قراری و ناآرومیم شده بود، منم همه چی رو براش تعریف کردم، خیلی بهم آرامش می‌داد.

- اون یه حرفی زده مطمئن باش فقط خواسته موجّه به نظر برسه، فقط خواسته اگه بعداً حرف و حدیثی تو شهرتون پیش اومد بگه من مخالف بودم و نتونستم جلوش رو بگیرم و از این حرف‌ها. اون از خداشِ هم تو سرت گرم بشه و کم‌تر کار به کارش داشته باشی، هم کمک خرجش باشی و کم‌تر نگران مخارجتون باشه.

- ولی اون درآمدش خوبه، نگرانی مادّی نداره.

- بالاخره مردها همشون خسیسن، ترجیح می‌ده پولش رو اون جایی که بیش‌تر بهش خوش می‌گذره خرج کنه.

– فقط امیدوارم زنگ نزنه کوهدشت.

– نگران نباش از الان غصّه نخور، هر وقت زنگ زد اون وقت بشین تا دلت
می‌خواد غصّه‌اش رو بخور، انقدر به استقبال حوادث بد نرو، یک کم به اتّفاق‌های
خوب فکر کن.

– تو این شرایط فکر می‌کنم اتّفاق خوبی وجود نداره.

– اتّفاق‌های خوب همیشه هستند و سر موقع خودشون اتّفاق می‌افتن و تلافی
همهٔ اتّفاق‌های بد رو درمیارن.

چند روزی از علیرضا خبری نشد، نه تلفن کرد و نه اومد خونه. نه حتّی خرجی
فرستاد، معمولاً علیرضا هفتگی پول می‌ریخت به حسابم، سوپر مارکت رو به
حساب علیرضا خرید می‌کردم، نمی‌دونستم تا چند روز ممکنِ ازش خبری نشه،
پول نقدم روکه زیادم نبود محض احتیاط نگه داشته بودم، به صورت ناخودآگاه
تمام مدّتی که خونه بودم استرس داشتم، همش منتظر بودم محمد و بابا بیان
و من رو ببرن کوهدشت، وقتی سرکار بودم آرامش بیش‌تری داشتم چون هم با
کارم سرگرم بودم هم این‌که می‌دونستم محمد و بابا این‌جا رو بلد نیستند تا بیان
خفتم کنند. به خاطر کارم تو همهٔ طبقات می‌چرخیدم و با همهٔ کارمندها آشنا شده
بودم، با همه مؤدّب و خوش‌رو بودم، دلم می‌خواست همه ازم تعریف کنند، معمولاً
کارمندها دو تایی یا سه تایی دورهم جمع می‌شدن و غیبت بقیه رو می‌کردن،
بیش‌تر از همه غیبت آقای کاظمی رو می‌کردن. راجع به خانواده‌اش که انگلیس
اقامت داشتند حرف می‌زدن، راجع به زنش که خیلی خودخواه و مغرور و بد اخلاقِ،
راجع به پسرش که تو المپیاد فیزیک مقام آورده و اون جا دانشجوست، به تیپ و
قیافهٔ آقای کاظمی نمی‌خورد بچّه به این بزرگی داشته باشه، یه دختر کوچیک‌تر
نوجوون هم داشت، یه سگ هم داشتند، انگار پیج دخترش عمومی بود و همهٔ
کارمندها دنبالش می‌کردن، از خونهٔ آقای کاظمی تو تهران می‌گفتند که تو خیابون

فرشته‌ست. یه خونهٔ ویلایی بزرگ با تمام امکانات، این‌ها رو آقای صالحی برای همه تعریف کرده بود، آقای صالحی جمعه‌ها می‌رفت ویلای آقای کاظمی رو نظافت می‌کرد، بعد از چند وقت فهمیدم اونی که همهٔ خبرها رو توی شرکت جابه‌جا می‌کنه آقای صالحیِ. فهمیدم اگه می‌خوام موجّه و معقول به نظر برسم فقط کافیِ جلوی آقای صالحی این‌جوری به نظر برسم تا همه جا رو از تعریف و تمجید از من پر کنه.

ده روز بعد از دعوای من و علیرضا یه شب علیرضا اومد خونه. دیر وقت اومد، بچّه‌ها خواب بودن، منم خواب بودم، کلیدهام پشت در بودن، به گوشیم زنگ زد تا در رو براش باز کنم.

- سلام.

نگام کرد امّا چیزی نگفت، وسایلش رو گذاشت تو اتاق، حوله‌اش رو برداشت و رفت حمام. نمی‌دونستم شام خورده یا نه، سعی کردم باهاش مهربون باشم، بهش احتیاج داشتم، تحت هیچ شرایطی حاضر نبودم برگردم کوهدشت. میز شام رو چیدم، چای دم کردم و منتظرش شدم. از حمام بیرون اومد و رفت تو اتاق خودش رو خشک کنه و لباس بپوشه. رفتم تو اتاق پیشش خواستم بهش نزدیک بشم جوری نگاهم کرد که ترسیدم و سرجام خشکم زد.

- شام حاضر کردم.

شنید ولی چیزی نگفت، کارش که تموم شد رفت سمت آشپزخونه، منم رفتم دنبالش. پشت میز نشست شروع کرد به غذا خوردن.

- مریم؟

- جانم؟

بعد از مدّت‌ها علیرضا اسمم رو صدا کرده بود، توی دلم امیدوار شدم، مگه من چی می‌خواستم؟ فقط یه خانواده‌ای می‌خواستم که به خواسته‌هام احترام بذاره.

- من یه تصمیمی گرفتم.

- چه تصمیمی؟

تپش قلب و اضطرابم صد برابر شد، یعنی علیرضا چه آشی برامون پخته، نکنه می‌خواد ما رو برگردونه کوهدشت.

- تصمیم گرفتم از تو جدا شم.

یخ شدم خشک و سرد. ادبیات علیرضا این نبود، باید می‌گفت می‌خوام طلاقت بدم، با این که سعی کرد مؤدّبانه بگه ولی معنیش همین بود.

- می‌تونی زنگ بزنی به خانوادت بگی یا ازشون کمک بخوای.

- چه کمکی؟

من دیگه نمی‌تونم مسئولیّتت رو قبول کنم تو خیلی خودسر شدی.

خیلی دلم می‌خواست داد بزنم بگم هفته‌ای یه بار به ما سر زدن و چند قرون پول ریختن تو اون حساب لعنتی خیلی برات کار سختیه! ولی فقط عصبی خندیدم.

- ازکدوم مسئولیّت حرف می‌زنی!

- اسم من روته، اگه می‌خوای اسم من روت بمونه هرکاری من گفتم باید بکنی، اگه گفتم بمیر باید بمیری، واسه تو و بچّه‌هات کم و کسر گذاشتم که تو شهر دوره افتادی! به بهانهٔ کار کجا می‌ری؟

نمی‌دونستم چی باید بگم، فقط با ابروهای گره خورده و چشم‌های ورقلمبیده نگاش می‌کردم.

- صدات رو بیار پایین، بچّه‌ها بیدار می‌شن.

تو دلم گفتم بچّه‌های من بیدار می‌شن، دیگه هیچی برای گفتن نداشتم.

- زنگ می‌زنی خودت به عمو می‌گی.

- تو می‌خوای طلاق بدی خب زنگ بزن بگو، من که نمی‌خوام طلاق بگیرم.

- از روی عمو خجالت می‌کشم اون که نمی‌دونه زندگی ما چجوری شده. اون که نمی‌دونه چه خونی به جیگر منه.

منگ بودم، علیرضا ازکدوم خون جگر حرف می‌زد. علیرضا که اصلاً خونه نبود که ما خون به جیگرش کنیم، دلم می‌خواست بگم چرا دری وری می‌گی، ولی این بار

فقط گریه کردم، بلند شدم رفتم تو حمام در رو بستم و گریه کردم. چند دقیقه بعد صدای بسته شدن در ورودی رو شنیدم، پس علیرضا فقط اومده بود اعلام کنه می‌خواد طلاقم بده، من تحت هیچ شرایطی زنگ نمی‌زنم کوهدشت، خودش زنگ بزنه خبر بده. تمام مدّت هرکس ازکوهدشت زنگ زده من فقط از زندگیم و علیرضا تعریف کردم، الان زنگ بزنم چی بگم؟ خودش زنگ بزنه، اصلاً اون می‌خواد طلاق بده خودش زنگ بزنه همین حرف‌هایی رو که به من زد به همه بگه.

تا صبح داشتم فکر می‌کردم و گریه می‌کردم، صبح با چشم‌هایی پف کرده و صورتی ملتهب رفتم سرکار. حتّی حوصله نداشتم آرایش کنم، آقای کاظمی از در که وارد شد نگاهم کرد و متوجّه حالم شد.

- امروز اگه حالت خوب نیست می‌تونی بری خونه.

- ممنونم خونه حالم رو بدتر می‌کنه.

- می‌خوای باهم بریم بیرون هوایی بخوریم.

سرم رو بلند کردم و مستقیم تو چشماش نگاه کردم.

- حرف بدی زدم؟

واقعاً حرف بدی نزده بود، واقعاً چقدر دلم می‌خواست برم بیرون هوا بخورم.

- نه حرف بدی نزدین.

- خب؟

- بریم.

- این سوئیچ ماشین، شما برو تو پارکینگ بشین تو ماشین من یه مدارکی باید از اتاقم بردارم بعد میام.

- سوئیچ روگرفتم وسایلم رو جمع کردم و رفتم تو پارکینگ. ماشین رو بازکردم و سوار شدم، بعد از ده دقیقه آقای کاظمی اومد سوار ماشین شد، ریموت پارکینگ رو زد و خارج شدیم. یه آهنگ آروم فرانسوی تو ماشینش پخش می‌شد، حال و هوای کنارش بودن چقدر آرامش داشت، نمی‌فهمیدم آهنگ چی می‌خونه ولی

دلم می‌خواست گریه کنم، گریه کردم، بهم یه دستمال داد، هیچ چی نپرسید و همین‌جوری به رانندگی‌اش ادامه داد. بالاخره به این نتیجه رسید که گریه‌هام انگار قرار نیست تموم بشه.

- خیلی دوست دارم بدونم برای چه چیزی می‌تونی انقدر عزاداری کنی!

- برای چیزی که همه حاضرن بی نهایت براش عزاداری کنن.

- اون وقت اون چیز چیه؟

- از دست دادن عزیزان.

- واقعاً فکر نمی‌کردم عزیزی رو از دست داده باشید، بی نهایت متأسّفم، خدا بیامرزتشون.

- همسرم می‌خواد طلاقم بده.

- پس عزیزی رو از دست ندادین.

- این هم یه جور از دست دادنِ دیگه!

- اون وقت اون شوهری که می‌خواد طلاقت بده عزیز محسوب می‌شه؟ دوستش داری؟

- چون بهش احتیاج دارم.

- پس عزیز نیست، بهش احتیاج داری!

- اگه بهش احتیاج نداشتم بازهم ناراحت می‌شدم، امّا انقدر داغون نمی‌شدم.

- هر آدمی خودش برای خودش کافیِ، وابستگی و احتیاج تو فقط ساختهٔ ذهن خودته.

- اگه طلاقم بده باید برگردم شهرمون، پولی ندارم که بتونم تهران بمونم.

- اگه بخوای بمونی راهش رو پیدا می‌کنی.

- اینا فقط شعارن.

نگاهم کرد و لبخند زد.

- من نمی‌تونم چیزی رو بهت ثابت کنم، چیزی درون خودت باید تصمیم

بگیره چی رو باورکنه.

خسته بودم، نمی‌تونستم به حرف‌هاش فکرکنم، هنوز شهر و مسیرها رو بلد نبودم ولی از نمای ساختمون‌ها و نوع ماشین‌ها می‌فهمیدم که تو یه محلهٔ بالای شهر هستیم، جلوی یه عمارت بزرگ ایستاد. سر در ساختمون نوشته بود رستوران ملل.

- پیاده نمی‌شی؟

- آخه الان که وقت نهار نیست.

- این‌جا صبحانه هم داره، میان وعده وکافی شاپ هم داره.

پیاده شدم امّا حسّ خوبی نداشتم، حس می‌کردم به محیط نمی‌خورم، ترجیح می‌دادم توی ماشین بشینم و توی خیابون‌ها تاب بخوریم، رستوران خیلی بزرگی بود پر از میز و صندلی‌های شیک.

- اون‌جا کنار پنجره بشینیم خوبه؟

- بیا بالا من این‌جا اتاق VIP دارم.

رفتیم طبقهٔ بالا یه سالن بزرگ پر از اتاقک بود، یه تراس بزرگ هم داشت، رفتیم توی تراس روی یه تخت نشستیم، هوا خیلی مطبوع بود، آفتاب دل انگیزی می‌تابید و نسیم خنکی تو محیط جاری بود. سکوت خوبی بود، حسّ خیلی خوبی داشتم، یه آرامش عجیب. انگارکه به دنیا متّصل نبودم از دنیایی که توش پر از مشکل وگرفتاری و دغدغه بود دور شده بودم، جایی بودم که می‌شد از هوای تازه لذّت ببرم بدون این که نگران چیزی باشم، این‌جا نه دست علیرضا بهم می‌رسید نه دست بابا و محمد.

- آدم همه چیز رو پشت سر می‌ذاره، مشکلات تو هم بالاخره تموم می‌شن، غصّه نخور.

- زندگی آدم رو به سمتی می‌بره که فکرش رو هم نمی‌کنه، دلم نمی‌خواست زندگیم این‌جوری بشه، (اشک‌هام شروع کردن به باریدن)، خودم تو خانوادهٔ سردی بزرگ شدم، دلم می‌خواست بچّه‌هام بفهمند کانون گرم خانواده یعنی چی.

- تو مسئول این اتّفاقات نیستی، فقط باید جوری باهاشون کنار بیایی که خودت ازبین نری، بچّه‌هات مثل همهٔ بچّه‌های دنیا بزرگ می‌شن، عاقل می‌شن، می‌فهمن دنیا چجوریِ و تو چه مادری بودی براشون، الان بهتره به فکر خودت باشی.

- اگه بخوام فقط به خودم فکرکنم هرچه زودتر از علیرضا جدا می‌شم.

- خب جدا شو.

- تنها تو تهران موندن سخته.

راه‌های زیادی هست، خیلی‌ها شراکتی خونه می‌گیرند، خوابگاه‌های ویژهٔ زنان شاغل هست، اگه خواستی منم می‌تونم کمکت کنم.

- سلام صادق خان خیلی خوش اومدین در خدمتتون هستم.

متصدّی رستوران بود، پس اسم کوچیک آقای کاظمی صادق بود.

- برامون یه صبحانهٔ مفصّل بیارو یه قلیون خوب.

- چشم رو چشمم.

- خب خدا رو شکر انگارگریه‌هات تموم شد.

- بچّه‌هام چی؟

- باهاش توافق کن مهریه‌ات رو ببخش بچّه‌ها رو بگیر.

- مهریه‌ام زیاد نیست، پنجاه سکّه‌ست، خیلی راحت پرداختش می‌کنه، نمی‌تونم روش معامله‌کنم.

- خوب این‌جوری که بهترِ، با پولی که گیرت میاد می‌تونی خونه بگیری، خرج بچّه‌هاتم نداری، پدرشون براشون کم نمی‌ذاره، توانایی‌اش رو هم داره.

- دلتنگیم چی؟

- اون‌هام تو همین شهرن، هروقت دلت تنگ شد می‌ری می‌بینیشون.

حرف‌های صادق خیلی حالم رو خوب کرد، حرف‌های علیرضا رو براش تعریف کردم، گفت زنگ بزن کوهدشت و اطّلاع بده، به کسی بگوکه از همه بزرگ‌تر و

عاقل‌ترِ. آخ کاش آقایی زنده بود، کاش بی‌بی زنده بود، فکرکنم به عمو بگم از همه مطمئن‌ترِ. برگشتنی آقای کاظمی برام آژانس گرفت، همش نگران بودم برم خونه و علیرضا اون جا باشه، فکر می‌کردم آدمی مقابلمه که هیچ منطقی نداره و قدرت این رو داره هر بلایی سرم بیاره، ازش می‌ترسیدم؛ رفتم خونه زیور پیش بچّه‌ها بود، بچّه‌ها رو بغل کردم و بوسیدمشون. بچّه‌های منن، مال منن، نمی‌خوام پیشم نباشن، دوست دارم هرشب تو بغل خودم بخوابن، به خاطر شما حتّی حاضرم برگردم کوهدشت. اون روز عصر با عشق با بچّه‌ها بازی کردم، خندیدن و دویدن و بازی کردنشون رو نگاه کردم، انگارکه داشتم برای همیشه تو حافظه‌ام ضبطش می‌کردم، چقدر خونمون رو دوست داشتم، چقدر امنیت داشت، حتّی حاضر بودم اون علیرضای نصفه و نیمه باشه و همه چی مثل قبل باشه. از اتّفاقاتی که ممکن بود بیفته می‌ترسیدم، اون شب دوباره تا نیمه‌های شب گریه کردم، چشمام رو پاک نمی‌کردم که صبح کم‌تر پف کنند، بچّه‌ها رو توی خواب می‌بوسیدم، به علیرضا فکر می‌کردم، اونم ناراحته؟ ناراحتی و عذاب من ذرّه‌ای براش ارزش داره؟ من چی کار کردم که باید تو این شرایط باشم؟ این تاوان کدوم گناهمه!

صبح ساعتم رو کوک کرده بودم و زودتر از همیشه بیدار شدم، برای این که خیلی ناراحت و زار به نظر نرسم صبحانه خوردم، دوش گرفتم و آرایش کردم. اون روز وقتی وارد شرکت شدم همه جور دیگه‌ای نگاهم می‌کردن، به نظر می‌اومد همه فهمیدن که من دیروز با آقای کاظمی رفتم بیرون و مرتّب بودن و به خودم رسیدن امروز رو هم گذاشتند به پای دلبری کردن از آقای کاظمی. این مسأله اونم تو شرایطی که بودم خیلی آزاردهنده بود ولی سعی می‌کردم به روی خودم نیارم. صادق اون روز نزدیک ظهر اومد شرکت و قرار بود تا عصر بمونه، باید منم تا عصر می‌موندم، نهار رو تو دفترش می‌خورد، دو تا غذا سفارش داد و به منم گفت که نهار رو باهاش بخورم، حتماً آقای صالحی می‌ره همه جا رو پر می‌کنه که ما با هم نهار خوردیم. در زدم و وارد دفترش شدم.

- خیلی به من لطف دارین که دوست داشتین نهار رو باهم بخوریم ولی فکر نمی‌کنم پیش بقیهٔ بچّه‌های شرکت صورت خوشی داشته باشه.

نگاهم کرد و چیزی نگفت، انگار فهمید که ته دلم دوست دارم باهاش نهار بخورم، لبخند زد:

- بیا بشین غذات رو بخور و کم‌تر حرف بزن.

بعد از مدّت‌ها از ته دل خندیدم، روی صندلی جلوی میزش نشسته بود. رو به روش نشستم، غذاها رو بازکرد و چید روی میز، غذاها مفصّل و با مخلّفات بودند، خیلی راحت لم داد و شروع کرد به خوردن، من ولی راحت نبودم، هم مواظب بودم آرایشم خراب نشه، هم نگران بودم بد به نظر نرسم، بعد از غذا طبق معمول سیگارش رو روشن کرد، از بچّه‌ها شنیده بودم سیگارگرونی می‌کشه، به منم تعارف کرد.

با این که قبلاً نکشیده بودم ولی دلم می‌خواست امتحانش کنم.

سیگار رو ازش نگرفتم، پاکت سیگار رو انداخت روی میز، یه کام عمیق از سیگارش گرفت و دود رو از دماغ و دهنش بیرون داد.

با لذّت نگاهم می‌کرد، جوری که یه بچّه آبنباتش رو نگاه می‌کنه و میک می‌زنه من رو نگاه می‌کرد و لذّت حضورم رو میک می‌زد. از این که از حضور و تماشای من لذّت می‌برد کیف می‌کردم، سیگارش تموم شد چشماش جوری خمار شده بود که انگار از چیزی مسته، من هنوز نشسته بودم که به ساعتش نگاه کرد و گفت:

- به آقای صالحی بگو بیاد این‌جا رو مرتّب کنه، ساعت سه یه جلسهٔ مهم دارم، البته وظیفهٔ شماست که این جلسات رو یادآوری کنید ها.

لبخند زدم، چقدر همه چیزش جذّاب بود.

-قبل از رفتن پنجره‌ها رو بازکن.

بلند شدم رفتم سمت پنجره، پنجره پشت میزش بود، بلند شد دنبالم اومد، فکرکردم می‌خواد بشینه رو صندلیش، صندلی رو آروم هل داد کنار و از پشت بغلم کرد، سرش رو برد زیر مقنعه‌ام و موهام رو بو کرد، داشتم فکر می‌کردم کی حمام

بودم؟ خدا رو شکر صبح دوش گرفتم، گردنم رو می بوسید امّا خیلی ظریف، انگار که من بلور بودم و اگه محکم‌تر می‌بوسیدم ترک برمی‌داشتم. چقدر حالش رو دوس داشتم، چقدر دلم می‌خواست تسلیمش باشم، مدّت‌ها بود که هیچ‌کس بغلم نکرده بود، هیچ دستی نوازشم نکرده بود، چقدر بهش احتیاج داشتم. یه نفر به در کوبید، مضطرب شدم و حال خوشم خراب شد.

- نگران نباش کسی بدون اجازهٔ من داخل نمیاد.

- من حسّ خوبی ندارم.

من رو رها کرد، پنجره رو باز کردم، لباسم رو مرتّب کرد، چک کردم مقنعه‌ام مرتّب باشه، پشت میزش نشست، تلویزیون روی دیوار کنفرانس رو روشن کرد، دوربین‌ها همه جای شرکت رو نشون می‌دادند، دوربین سالن طبقهٔ شش رو بزرگ کرد، آقای صالحی پشت در بود و دو تا آقا از دو شرکت مهم تو سالن منتظر بودند، نگاش کردم، چیزی نگفت، با دست اشاره داد که برم بیرون. چیزی نگفتم، خودم رو جمع کردم و از اتاق اومدم بیرون. مثل آدم‌های گناهکار خودم رو لو می‌دادم، تو چشم هیچ‌کس نگاه نمی‌کردم، دو تا پسرها بلند شدند، معلوم بود که قرارداد با شرکت ما براشون خیلی مهمّه.

- خواهش می‌کنم لطفاً بنشینید.

پشت میزم نشستم. به حال خوبی که داشتم فکر می‌کردم، یعنی اسم این حال خوب عشق بود! آقای صالحی با سینی و وسایل نهار از اتاق اومد بیرون، تلفن میزم زنگ خورد.

- بله.

-لطفاً آقایون رو فعلاً نفرست داخل، به آقای صالحی بگو بیاد تمیز کنه و میز کنفرانس رو بچینه.

- چشم.

آقای صالحی خودش دوباره برگشت، بهش اشاره دادم و اومد سمت میزم.

- لطفاً نظافت اتاق رو کامل کن و میز کنفرانس رو آماده کن.

سرزنش کننده نگاهم کرد و رفت. تو ذهنم فکر می‌کردم به تو هم باید جواب پس بدم.

اون روز وقتی از شرکت برگشتم دوباره دوش گرفتم، فکر می‌کردم بوی ادکلن صادق روکلّ بدنم مونده، بوش رو دوست داشتم ولی فکر می‌کردم این بو من رو لو می‌ده.

عصر تلفن رو برداشتم و به عمو زنگ زدم.

- جان دلم دخترم.

- جونتون بی بلا.

- خوبی عزیزم؟ بچّه‌ها خوبن؟؟

گریه کردم. تا دهنم رو بازکردم حرف بزنم بغضم ریخت بیرون. بچّه‌ها نگاهم می‌کردند و من نمی‌تونستم گریه نکنم.

- چی شده دخترم حرف بزن، من خیلی نگران شدم.

- عمو علیرضا می‌خواد طلاقم بده، اصلاً خونه نمیاد، من نمی‌بینمش، فقط یه بار اومد وگفت می‌خواد طلاقم بده، بعدشم رفت.

عمو ساکت بود.

- شنیدین عمو؟

- آره دخترم، آخه چطور می‌شه! من خودم زنگ می‌زنم باهاش حرف می‌زنم، لازم شد میام تهران، تو فعلاً به کسی چیزی نگو.

- چشم عموجان.

عمو شب دوباره زنگ زد.

- دخترم درسته تو می‌ری سرکار؟

- بله عمو من تازه سه هفته است میرم سرکار(وقی این حرف رو زدم یادم افتاد فردا روز حقوق گرفتنه، خوش‌حال شدم) علیرضا مدّت‌هاست که خونه نمیاد، حواسش به ما نیست، من نگران زندگیم و بچّه‌هامم، دلم خواست واسه خودم پشتوانه بسازم.

- دخترم من با علیرضا صحبت کردم فعلاً حرفی از طلاق نزنه، اومد خونه تو هم باهاش بدخلقی نکن.

- چشم عموجان هرچی شما بگید.

آرامشم قدری بیش‌تر شده بود، می‌دونستم علیرضا برمی‌گرده به روال سابق و از صرافت طلاق میفته. فردا وقتی بیدار شدم اوّلین چیزی که دیدم اس ام اس بانک بود، حقوقم واریز شده بود خیلی بیش‌تر از چیزی که تصوّر می‌کردم، تقریباً سه برابر بیش‌تر. قشنگ‌ترین اتّفاقی بود که می‌تونستم روزم رو باهاش شروع کنم. این بار وقتی وارد شرکت شدم به هیچ‌کس سلام نکردم، ترجیح دادم سلام نکنم تا برخورد سردی نبینم ولی بیش‌تر بچّه‌ها خودشون بهم سلام کردند و از این بابت خیلی خوش‌حال شدم. هنوز پشت میزم ننشسته بودم که یه پیامک دیگه برام بود.

"دریافت اوّلین حقوقت مبارک باشه با شادی خرجش کنی"

یه شمارهٔ رند ناشناس بود، انقدر شماره رند بود که اوّل فکر کردم شاید از طرف بانک باشه. پیام دادم و تشکّر کردم، حدس زدم باید صادق باشه. دوباره پیام داد.

"امروز قرار خاصّی توی شرکت ندارم، بقیهٔ کارامم تلفنی انجام می‌دم، شما هم اگه دلت برام تنگ شد می‌تونی واسه خودت مرخصی رد کنی و بیای به این آدرس...".

جواب ندادم، دلم می‌خواست برم، دلم واسهٔ اون نوازش‌ها و در آغوش کشیدن پر می‌کشید، اگه علیرضا می‌فهمید طلاقم نمی‌داد، سرم رو گردن می‌زد ولی آخه اون اصلاً با من زندگی نمی‌کرد، من باید به چی وفادار می‌بودم! برای خودم مرخصی رد کردم، آژانس گرفتم و رفتم به اون آدرس. جلوی درکه رسیدم یه خونهٔ ویلایی بزرگ بود، با صادق تماس گرفتم و گفتم پشت درم. با آیفون در رو باز کرد، حیاط خوبی داشت، تو پارکینگش سه تا ماشین خارجی پارک بود، صادق با شلوارک و تی‌شرت اومد جلوی در ساختمون استقبالم. سلام کردم، سلام کرد، دستش رو از تو جیبش درآورد و دراز کرد، دست دادم، دست‌هاش لطیف بودند،

تعارفم کرد، وارد شدم، یه خونهٔ بزرگ بود، به روز و مرتّب و دل‌نشین بود.

سمت مبل‌های سبز رنگ تو سالن راهنماییم کرد.

نگاهش کردم، طبق عادت لبخند می‌زدم.

- نمی‌خوای لباس ادارت رو عوض کنی؟

- من نمی‌دونستم قرارِ بیام این‌جا، لباس مناسبی تنم نیست.

- عزیزم هر جور راحتی؛ بشین.

اوّلین باری بود که بهم می‌گفت عزیزم. داشتم فکر می‌کردم قبلاً کی این‌جوری عزیزم خطاب شدم؟ چیزی یادم نمی‌اومد، ذهنم شده بود مخزن خاطرات بد، خاطرات خوبم رو گم کرده بودم، اصلاً خاطرهٔ خوبی هم داشتم!؟ شب باید بشینم راجع بهش فکرکنم، یعنی من توی این بیست و شش سال زندگی هیچ خاطرهٔ خوبی نداشتم! چقدر بیچاره‌ام من! یعنی روزهایی که با صادق می‌گذره قرارِ خاطرات خوبم بشه!؟ منم از این دنیا سهم می‌خوام، این دنیا روزهای خوش زیادی بهم بدهکارِ.

صادق رفت تو راهرویی که نمی‌دونم به کجا ختم می‌شد، مقنعه‌ام رو درآوردم، می‌دونستم این‌جوری خوشگل‌تر می‌شم، زیر مانتو یه تاپ ساده تنم بود، ترجیح دادم مانتوم رو درنیارم، تاپم زیادی نازک بود، صادق با سینی چای و شیرینی از تو همون راهرو برگشت. سینی رو روی میزگذاشت و روی همون مبلی که من نشسته بودم نشست. سالن بزرگی بود با پرده‌های سنگین و فرش‌های دست بافت گرون قیمت. مبل‌ها ساده بودند، با این که مبل‌ها سبز بودن ولی فرش‌ها طرح قرمز و نارنجی و زرد داشتند، پرده‌ها هم سبز بودند، سبز زیتونی آرامش بخش.

- چی شد امروز نیومدین شرکت؟

- قرار مهمّی نداشتم، از وقتی که از لندن برگشتم یه روز هم استراحت نکردم، به استراحت احتیاج داشتم ربات که نیستم.

- تو لندن استراحت نکردین؟

- نه اصلاً فرصت نکردم خیلی کار داشتم.

حرفی نزدم.

-چای بخور.

خودش استکان رو دادم دستم، چای خودش رو هم برداشت.

در حالی که چای می‌خورد و با ولع شیرینی گاز می‌زد با دهن پر گفت:

- طبقهٔ بالا سمت راست اتاق خواب دخترمِ، سایزش بهت می خوره برو هرچی دوست داری بپوش.

- فکر نمی‌کردم دخترتون انقدر بزرگ باشه.

- اون‌قدر سنّی نداره ولی قدش بلندِ.

دوست داشتم تو خونه بچرخم ولی سعی کردم دوست داشتنم رو نشون ندم، راه پلّه کنار راهرویی بود که صادق از اون جا رفت به آشپزخونه. بلند شدم از راه پلّه بالا رفتم یه سالن بود که توش تلویزیون و مبلمان چیده بودند، روی تمام دیوارها عکس‌های خانوادگیشون بود، زنش چندان زیبا نبود، خودش خوشگل‌تر بود ولی بچّه‌هاش خیلی خوشگل بودند. اتاق خواب دخترش جوری بود که انگار دیشب همین جا وسایل مدرسه‌اش رو برداشته و صبح رفته مدرسه، دخترش سیزده یا چهارده ساله به نظر می‌رسید، قد بلند و بور بود، پسرش هم قد بلند بود، خانمش هم همین‌طور. درکمد رو بازکردم همه جور لباسی بود یه بلوز برداشتم، مانتوم رو درآوردم، تاپم رو هم درآوردم، لباس زیرم اون‌قدر که باید جذّاب نبود، ازش چشم پوشی کردم، می‌تونستم درش بیارم، بدون اون خوشگل‌تر بودم، درش آوردم، داشتم سر و ته بلوز رو پیدا می‌کردم که نگاهش رو روی بدنم حس کردم، برگشتم لای در ایستاده بود با ولع نگاهم می‌کرد، لبخند می‌زد، پشتم رو کردم بهش و بلوز رو گرفتم جلوی سینه‌هام، امّا اون اومد تو و کاری که دلش می‌خواست رو انجام داد.

همه با لباس‌های سفید نشسته بودند. من و فاطمه با لباس‌های عروس و تور و شیفون روی سفرهٔ عقد نشسته بودیم و دهن هم عسل می‌ذاشتیم، زن‌عمو و مامان روی سرمون تورگرفته بودند و بی‌بی داشت رو سرمون قند می‌سابید. همه داشتن می‌خندند و دست می‌زدند، علیرضا و غلامرضا اومدند من و بلند کنند تا با هم برقصیم، فاطمه لجش گرفت، کاش یکیشون می‌رفت با فاطمه می‌رقصید، فاطمه عصبانی بلند شد تور رو از دست مامان و زن‌عمو کشید و پرتش کرد، بی‌بی سرد نگاهش می‌کرد، همه ساکت شدند، من بهش گفتم چی کار می‌کنی؟ داری بازیمون رو خراب می‌کنی، سفرهٔ عقد رو کشید و همه چیز رو ریخت، گفت:

– شما بازی کردن بلد نیستین، من باهاتون بازی نمی‌کنم.

طلعت با صورت کبود اومد نشست و نقل‌هایی که از تو سفره ریخت رو جمع می‌کرد. محمد عصبانی شد، از توی سفرهٔ عقد یه چاقوی بزرگ برداشت، می‌خواست بیفته دنبال من که همه جیغ کشیدند.

از خواب پریدم، خیس عرق بودم، مثل چوب خشک شده بودم، نمی‌تونستم تکون بخورم، نفس‌های عمیق کشیدم، همّت کردم خودم رو تکون بدم. به سختی دستم رو بلند کردم و کلید چراغ رو از کنار تخت زدم، اتاق روشن شد، همه چی مثل همیشه بود، جای علیرضا رو تخت خالی بود، هوای بیرون نیمه روشن بود، داشت صبح می‌شد، به زحمت بلند شدم و نشستم. به خوابی که دیده بودم فکر می‌کردم، چقدر دلم برای مامان، برای بی‌بی و برای فاطمه تنگ شده بود. گریه کردم، از ته دلم گریه کردم، سعی می‌کردم بیش‌تر گریه کنم شاید این وزنهٔ سنگین روی قلبم آب بشه، شاید سبک بشم ولی هرچی گریه می‌کردم حالم بهتر نمی‌شد. بلند شدم رفتم حمام. زیر دوش به اتّفاقی که بین من و صادق افتاده بود فکر کردم، به این فکر کردم که واقعاً بهم خوش گذشت، به این فکر کردم که واقعاً بهش احتیاج داشتم و به این فکر کردم این اون چیزی نیست که من می‌خوام، این چیزی نیست که زندگیم رو بهتر کنه، برخلاف همیشه دلم می‌خواست برم کوهدشت، چند روز

دیگه دورهٔ ماهانهٔ بچّه‌ها تموم می‌شد. دیگه شارژش نمی‌کنم، می‌تونم با بچّه‌ها برم کوهدشت، دلم می‌خواد یک کم از تهران دور شم، یک کم از این خونه دور شم، از این خونه متنفّرم، همش تو این خونه تنهایی کشیدم و گریه کردم، قبل از این که برم سر کار به علیرضا پیام دادم:

"من می‌خوام با بچّه‌ها برم کوهدشت، دلم برای همه تنگ شده، از تنهایی خسته شدم"

برام پیام اومد، یه درصد فکر نمی‌کردم از علیرضا باشه امّا علیرضا بود، این وقت صبح علیرضا بیدار بود.

"من برای کاری اومدم دبی برگشتم میام دنبالتون"

دبی! من چقدر از کارهای علیرضا بی خبر بودم.

همون موقع پول زد به حسابم، بیش‌تر از مبلغ همیشگی، تو واتس‌اپ رسید واریز رو برام فرستاد.

"برای همه سوغاتی بخر مخصوصاً برای ابوالفضل و محمد. زن محمد حامله است برای بچّه هم چیزی بگیر."

پس علیرضا مرتّب با کوهدشت در ارتباط بوده، فقط منم که این جا تو جزیرهٔ تنهایی گیر افتادم، فقط گاهی تو واتس‌اپ مامان یا نیلوفر گاهی هم بابا برام پیامی می‌فرستند یا حال و احوالی می‌کنند، بیش‌تر مواقع هم می‌گن عکس و فیلم بچّه‌ها رو بفرستم. خدایا چرا من انقدر برای هیچ‌کس مهم نیستم؟ چرا هیچ‌کس حواسش به من نیست؟ چرا هیچ‌کس نگران من نمی‌شه؟ مردها خودشون خوب می‌دونند که پول محبّت نیست ولی با پول دوست دارند رفع مسئولیّت کنند، قدرت نمایی کنند، وابستگیت رو به رخ بکشند، علیرضا فکر کرده بود به خاطر پول بهش گفتم می‌خوام برم کوهدشت، یه درصد فکر نکرده بود دوست دارم کنار من و بچّه‌ها باشه؟ چرا حالم رو نپرسید؟ دوباره پیام اومد، صادق بود:

"صبح زمانی ست که بیدار می‌شوی

ساعت من، به وقت چشمانت تنظیم شده است...

صبح بخیر عزیزتر از جانم"

از خوندن پیامش حالم خوب شد، بابت تمام اتّفاقات روز قبل هم خوش‌حال شدم، انگار همه چیز حال دیگه‌ای گرفت، دیروز بعد از اون رابطه خیلی سعی کردم حال بدم رو نشون ندم، دوست داشتم محبّت صادق رو داشته باشم ولی ناگهان بی‌اراده گریه کردم، دست خودم نبود، حتماً اونم از این گریه‌ام حالش بد شده، حتماً دوست داره همه چیز قشنگ‌تر باشه.

اون روز توی شرکت روز شلوغی داشتیم، اصلاً فرصت نشد با صادق صحبت کنم، حتّی وقت نشد راجع به مرخصیم صحبت کنم، وقتی برگشتم خونه باهاش تماس گرفتم.

– سلام زیبای من.

دلم غنج می‌رفت، انگار همهٔ عمر منتظر بودم تاکسی بهم بگه زیبای من

– سلام.

دوست داشتم بگم سلام عزیزم ولی زبونم نچرخید، برام سخت بود.

– خسته نباشی، امروز خیلی سرمون شلوغ بود.

– ممنونم شمام خسته نباشید، تماس گرفتم تا باهات صحبت کنم چند روز مرخصی لازم دارم.

– مثلاً چند روز؟

– هرچند روزی که بشه.

– اتّفاقی افتاده؟

– نه، می‌خوام برم به خانواده‌ام سر بزنم.

– ای بابا به این زودی می‌خوای من رو تنها بذاری؟ این‌جوری که من خیلی دلتنگ می‌شم.

خندیدم.

ـ دلتنگی اگه شوق وصالی باشه خیلی دل‌چسبه.

ـ درسته حق با شماست.

ـ توی دفتر چک کن، چند روزی از این ماه منم باید برم دبی، می‌تونی چند روز زودتر از من بری، تاریخ دقیقش رو مشخّص کن به من اطّلاع بده، توی اون روزهایی که نیستی لیست دقیق کارهایی که باید انجام بدی رو مشخّص کن و به خانم شفیع بده.

ـ باشه حتماً، ممنونم لطف کردید.

ـ تو جون بخواه.

ـ بزرگوارید.

می‌خندیدم، حسّ خندیدنم از تلفن به اون طرف خط منتقل می‌شد.

ـ قربون خنده‌هات.

جوری خندیدم که صدای خنده‌ام ملیح و جذّاب باشه.

ـ دیگه داری خیلی لوسم می‌کنی.

ـ من دوست دارم لوس من بشی.

نمی‌دونستم چجوری باید تلفن رو تموم کنم. خودش گفت:

ـ من پشت فرمونم بعداً بیش‌تر با هم حرف می‌زنیم.

ـ مواظب خودت باش.

ـ خداحافظ.

تلفن رو قطع کردم، حالم از همیشه بهتر بود، فکر می‌کردم، به حال خوب فکر می‌کردم، یعنی یه روزی حال منم خوب می‌شه؟ یعنی تو این دنیا حال خوبی وجود داره؟ یعنی آدم‌هایی هستند که شادی و رضایت درونیشون بیش‌تر از غم و استرسشون هست؟ آدم‌هایی وجود دارن که شاد باشن؟ که غم و درد نداشته باشن؟ یعنی روزهایی میاد که انقدر استرس نداشته باشم؟ چرا یادم نمیاد کی حالم خوب

بوده. اصلاً یادم نمیادکه خوب بوده باشم، تمام ذهنم پر از بی‌توجّهی‌های مامانِ، تمام ذهنم پر از بی‌توجّهی‌های علیرضاست، انگار هیچ‌وقت قدّ الان راضی نبودم، هیچ‌وقت قدّ الان بهم توجّه نشده، تنهایی آدم رو از درون پوچ می‌کنه، همه یه آدم می‌بینن که راه می‌ره، غذا می‌خوره و زندگی می‌کنه، امّا این آدم از درون خالی شده، تهی شده، پر شده از هیچ. آدم‌ها بیش‌تر از چند وقت تاب تنهایی ندارن، حالا این چند وقت می‌تونه برای یکی چند روز باشه، برای دیگری چند سال، ولی از یه جایی به بعد تنهایی آدم رو می‌خوره آدم رو پوک می‌کنه، آدم رو تموم می‌کنه. من حق داشتم؛ داشتم با صادق ترمیم می‌شدم، عاشق دست‌هاش بودم وقتی رو بدنم سر می‌خورد، عاشق بدنش بودم وقتی من تو بغلش جا می‌شدم، عاشقش بودم وقتی انقدر قشنگ باهام حرف می‌زد، من حق داشتم کمی به خودم تسکین بدم، کمی به خودم حال خوب بدم، کمی به خودم صادق بدم، شما جای من بودید چی کار می‌کردید؟ تا حالا مدّت زیادی تو یه رابطهٔ بد بودید؟ تنهایی هزار برابر ساده‌تر از اینه که توی رابطه‌ای باشی که نادیده‌ات بگیرند، که بی‌توجّهی ببینی. دوست داشتم برم تو تراس فریاد بزنم بگم آهای اهالی شهر، اهالی کوهدشت، اهالی این مملکت، آهاااای تمام آدم‌های کلّ دنیا، من حق دارم برم دنبال نیازم، حق دارم برم دنبال خواسته‌هام، حق دارم وجود داشته باشم و حق دارم زندگی کنم. من حق دارم مگه نه؟ چقدر دلم می‌خواست کسی باشه تاییدم کنه، این که دیگران تاییدت کنند به آدم آرامش می‌ده، تو تمام این مدّت می‌خوندم آدم موجود اجتماعی ولی الان تازه دارم می‌فهمم یعنی چی. یعنی همین که الان احتیاج دارم کسی تاییدم کنه، یعنی همین. تو درس‌هام می‌خوندم انسان‌ها در درجهٔ اوّل برای نیاز جنسی ازدواج می‌کنن، من مادر دو تا بچّه‌ام و الان تازه دارم می‌فهمم نیاز جنسی یعنی چی؛ تازه دارم می‌فهمم لازم دارم دستی مردونه نوازشم کنه، تازه می‌فهمم نیاز به هم‌خوابی با یه مرد دارم؟ چرا هیچ‌کس به علیرضا نگفته بود زن‌ها هم نیاز جنسی دارن؟ نه، حتماً علیرضا می‌دونه ولی نیازهای من براش مهم نیست، علیرضا چرا من برات مهم نیستم؟

صدای زنگ در بود، از توی تراس با عجله اومدم و در رو باز کردم، برخلاف تصوّرم علیرضا نبود، صبا بود با سامیار با یه ظرف باقلوا. بغلش کردم بوسیدمش:

- خیلی به موقع اومدی کلّی حرف دارم برات.

اومدن تو، چای دم کردم، بچّه‌ها رفتند تو اتاق و مشغول بازی شدند، من و صبا هم نشستیم به چای و باقلوا خوردن.

- خب تعریف کن چی می‌خواستی بگی؟

- یه اتّفاقاتی برام افتاده که حالم رو بهتر کرده.

- خدا رو شکر، چه اتّفاقاتی؟

بهش نزدیک‌تر شدم و آهسته‌تر حرف زدم:

- وارد یه رابطه شدم.

خیلی تعجّب کرد

- با کی؟

- رئیس شرکتمون، آدم خیلی موجّه و دوست داشتنی هست. خیلی به من احترام می‌ذاره و بهم توجّه می‌کنه.

- می‌دونه که متأهّلی؟

- آره.

- چرا وارد یه همچین رابطه‌ای شدی؟ نگو که اونم زن داره!

- زنش ایران نیست.

- هرجای دنیا که باشه هنوز زنشه.

واکنش صبا حالم رو گرفت.

- چرا وارد همچین رابطه‌ای شدی!؟

- چون بهش احتیاج دارم چون حالم رو خوب می‌کنه.

- اگه استفاده‌اش رو از تو کرد بعدم بی‌خیالت شد، حتّی از کارم بیرونت کرد می‌خوای چی کار کنی؟ من خواهرانه بهت می‌گم رو همچین رابطه‌ای زیاد حساب

نکن و مواظب خودت باش.

چیزی نگفتم.

- نمی‌خواستم ناراحتت کنم. بیا چای بخوریم.

به خاطر این که جو سنگین‌تر نشه هردومون شروع کردیم به چای و باقلوا خوردن.

- مریم؟

- جانم؟

- من تو رو خوب می‌فهمم، من تنهایی کشیدم، بی‌توجّهی دیدم، حتّی خیانت دیدم امّا هیچ‌وقت تصمیم نگرفتم برای بهتر شدن حال خودم هرکاری رو انجام بدم، این کار مثل این می‌مونه که از گرسنگی تپاله بخوری.

- صادق تپاله نیست، صادق پیتزاست.

جفتمون با هم خندیدیم.

- تو همه چیز رو با هم قاطی کردی، تو هنوز یه زن شوهرداری، یک کم به اصول پایبند باش، حدّاقل به خاطر وجههٔ خودت، بچّه‌هات، خانواده‌ات.

- به چه چیزی باید پایبند باشم؟! کی به من پایبندِ؟ کی به فکر منِ؟

- من نمی‌دونم چطور باید توجیه‌ات کنم فقط می‌دونم که کارت درست نیست، راجع بهش بیش‌تر فکر کن، با هیچ‌کس دیگه‌ای هم درموردش حرف نزن، باید خیلی مواظب باشی شوهرت بویی نبره، انقدر هم درگیرش نشو که اگه یه روزی نبود داغون‌تر بشی.

فکر می‌کردم از این داغون‌تر هم می‌شه!

فردا صبح وقتی رفتم سرکار تو مسیر چند شاخه گل خریدم، برام مهم نبود بقیه گل‌ها رو ببینن، میز صادق رو خودم مرتّب کردم، براش گل گذاشتم با یه یادداشت عاشقانه:

"دل را قرار نیست مگر در کنار تو"

وقتی صادق اومد مثل همیشه جلوی پاش بلند شدم، به میز نزدیک شد،

لبخند زد و گفت:

- وقتی خودمونیم لازم نیست بلند شی. امروز چقدر از هر روز زیباتر شدی.

- ممنونم لطف دارین.

رفت تو اتاقش، منتظر بودم تا نوشته‌ام و گل‌ها رو ببینه، بلافاصله پیام داد:

"همیشه برقرار باشی ماه روی من."

دفتر برنامه‌های صادق رو نگاه کردم، تاریخ رفتنم به کوهدشت رو مشخّص کردم، فرم مرخصی پر کردم، شرح وظایف اون تاریخ رو مرتّب و خوانا برای خانم شفیع نوشتم.

قبل از رفتن یه روز از صبح تا عصر تو بازار چرخیدم و برای همه سوغاتی خریدم، چادرهای گلدار رو که می‌دیدم دلم می‌خواست برای بی‌بی چادر گلدار بگیرم، برای تاجی چادر گلدار گرفتم، برای نیلوفر لباس راحتی شیردهی، برای مامان کفش خریدم و برای هرکسی چیزی گرفتم، بچّه‌ها خوش‌حال بودند، ذوق خونهٔ آقایی و عمو رو داشتند، مثل همیشه ماشین دربست کردم و رفتیم.

هر چی حال و احوال من تغییر می‌کرد، کوهدشت و حال و هواش همیشه ثابت بود. خیابون‌ها کمی تغییر کرده بودند امّا هنوز هوا پاک و لطیف بود. آدم‌های تو خیابون همون آدم‌های قبلی بودند انگار حتّی با همون لباس‌ها، با همون نگاه‌ها، حس می‌کردم مثل وصلهٔ ناجور شدم، اصلاً با محیط تناسبی ندارم، اصلاً دلم نمی‌خواست از محلّهٔ خودمون اون طرف‌تر برم. مامان خیلی شکسته شده بود انگار با تمام مسائل بازم هوو روش تاثیر گذاشته بود، از تاجی به جز چند تیکه استخون چیزی باقی نمونده بود، افتاده بود روی تشک، وصل شده به دستگاه اکسیژن، نه حرفی می‌زد نه کسی رو یادش می‌اومد، عمو هم خیلی شکسته شده بود، همهٔ موهاش سفید شده بود، کمر درد داشت و پاش لنگ می‌زد امّا بابا خیلی عوض نشده بود.

زن بابا اسمش منیر بود، این بار خیلی با همه می‌جوشید، دیگه کم رو نبود، تو

جمع‌ها حرف می‌زد، واسه اونم سوغاتی خریده بودم، یه بلوز قرمز خوشگل که خیلی دوستش داشت، وقتی می‌پوشیدش سفیدی پوستش بیش‌تر به چشم می‌اومد، این بار واسه رفت و آمد توکوه‌دشت چادر نزدم، من همینم، همین شکلی، بذار همه نگاهم کنن، تاوان انتخابم رو می‌دم، سنگینی نگاه‌ها رو طاقت میارم، محمد و بابا و عمو و زن‌عمو هرچی می‌خوان تیکه بندازند، غر بزنند، اخم کنند، من دیگه نمی‌تونم حواسم باشه بقیه چی می‌خوان، دلم می‌خواد فقط به این فکر کنم که خودم چی می‌خوام، عمو و زن‌عمو یه سره نصیحتم می‌کردند، علیرضا از من پیششون گلایه کرده بود، ازشون فرار می‌کردم، سعی می‌کردم پیششون تنها نشم؛ تا من رو تنها گیر می‌آوردن شروع می‌کردن به نصیحت کردن:

"شوهرت دستش به دهنش می‌رسه، همه جورِ برات ریخت و پاش می‌کنه، بشین سر زندگیت، مگه درموندهٔ پولی که رفتی سرکار و این جور نصیحت‌ها" هر جمله‌ای که از دهنشون در می‌اومد قلبم رو سوراخ می‌کرد، بدترین اتّفاق عالم اینِ که عزیزانت کسانی باشن که وقتی پیششونی سرخورده و غمیگنت کنند و وقتی ازشون دوری دلتنگ و تنها باشی. کاش می‌شد همهٔ حرف‌ها رو گفت، حتّی اگه همهٔ حرف‌ها رو هم بگی بازم آدم‌ها اونقدر که باید حرف‌هات رو درک نمی‌کنند، از ترس این که کسی حرف‌هام رو نفهمه ترجیح می‌دادم هیچی نگم، از ترس این که نشنوم:

"خب اون مردِ تو باهاش بساز"، ترجیح می‌دادم سبک سر، بچّه یا حتّی لج‌باز و احمق به نظر برسم امّا این دست نصیحت‌ها رو نشنوم، محمد همش زیرگوشم وز وز می‌کرد که زندگیت رو حفظ کن، هرچی همه‌مون داریم از صدقه سر علیرضاست، به همه کمک می‌کنه، به من، به غلامرضا، به عمو، حتّی پول واریز می‌کنه براش خیرات می‌کنیم، اون‌وقت تو این جوری داری دستی دستی زندگی خودت رو خراب می‌کنی، شوهرت رو داری، بچّه‌هات رو داری، خونه، زندگی، هرچی بخوای بهت نه نمی‌گه، تو هم حرفش رو گوش کن، ببین چی ازت می‌خواد اون جوری باش. حرف‌هاشون کلافه‌ام می‌کرد ولی فقط لبخند می‌زدم و می‌گفتم چشم نگران

نباشید. یه روز همه‌مون رفتیم باغ آقایی، آخ که چقدر لای این درخت‌ها می‌دویدیم و بازی می‌کردیم، باغ آقایی بزرگ بود ولی نه اون‌قدر که تو بچّگی فکر می‌کردیم و به چشم ما بزرگ می‌اومد. انگار آب رفته بود. لای درخت‌ها ایستادم، موهام رو باز کردم و نیلوفر ازم عکس گرفت، چه عکس‌های قشنگی شدن، موهام چقدر قشنگن، چقدر خوشگل افتادم، عکس‌ها رو برای صادق فرستادم، تا شب آنلاین نشد، همش چک می‌کردم ببینم عکس‌هام رو دیده یا نه. بالاخره شب عکس‌هام رو دید.

ـ چشمم کف پات چه تیپی به هم زدی، مرخصی بهت افتاده.

شکلک خنده فرستادم.

ـ دلم برات تنگ شده، جات این‌جا کنار من خیلی خالیِ.

عکسش رو فرستاد، ایستاده جلوی فوّاره‌های بزرگ و ساختمون‌های بزرگ.

یعنی علیرضا هم اون‌جاست؟ دبی عجب جای دیدنی باید باشه.

ـ کی برمی‌گردی؟

ـ من دو روز دیگه پرواز دارم.

ـ جوری میام که با هم برسیم تهران.

ـ بی‌قرارتم.

ـ اسیرتم.

لحظه شماری می‌کردم برگردم تهران، دلم می‌خواست واسه یه عمر تو بغل صادق باشم، دلم می‌خواست تو بغلش بمیرم، دقیقاً وقتی من به صرافت برگشتن افتادم علیرضا اومد کوهدشت و همهٔ برنامه‌هام به هم ریخت، مجبور شدم چند روز بیش‌تر بمونم و با علیرضا برگردم. علیرضا از دبی برام طلا خریده بود و جلوی همه گردن‌بند طلا رو بهم داد. اون چند روز برام زجرآور بود و لحظه‌ها کند و کشنده می‌گذشتند، همه تمام مدّت داشتن از علیرضا تعریف می‌کردن و من رو نصیحت می‌کردند، دیگه داشت باورم می‌شد که من نمک نشناس‌ترین زن جهانم. اون چند روزی که با علیرضا کوهدشت بودیم بعد از مدّت‌ها علیرضا من رو

دید، بعد از مدّت‌ها تو چشمام نگاه کرد، شب‌ها توی اتاق قدیمی بچّگی‌هامون توی خونهٔ آقایی می‌خوابیدیم. من و علیرضا و بچّه‌ها همه با هم. اتاقش آرامش خاصّی داشت که به چهارتامون منتقل می‌شد، بعد از مدّت‌ها دست‌های علیرضا بدنم رو لمس کرد، بغلم کرد، منو بوسید، دلم می‌خواست بهش بگم دیگه واسه این کارها خیلی دیر شده، الان کس دیگه‌ای توی دل منه، ولی حرف صبا تو سرم می‌چرخید: "نذاری شوهرت بو ببره" مجبور بودم فیلم بازی کنم، مجبور بودم تسلیمش باشم و این عذاب‌آورترین کار دنیا بود، فکر می‌کردم علیرضا چقدر از صادق جوون‌ترِ، چقدر خوش‌تیپ‌ترِ، امّا هیچ‌کدوم از این‌ها برای من مهم نبود، حال خوبی که صادق بهم می‌داد مهم بود، در عوض تک‌تک لحظه‌هایی که با علیرضا بودم حالم رو بد می‌کرد، بالاخره بعد از چند روز به سمت تهران حرکت کردیم، بچّه‌ها از این که با پدرشون بودند خیلی خوش‌حال بودند، علیرضا براشون جوک می‌گفت و سه تایی می‌خندیدند، منم ادای خندیدن درمی‌آوردم، براشون آهنگ می‌ذاشت، با هم می‌خوندند و بچّه‌ها می‌رقصیدند. وقتی رسیدیم خونه احساس می‌کردم مثل مرده‌ای هستم که به گورش برگشته، از اون خونه متنفّر بودم، این خونه شاهد همهٔ اشک‌ها و تنهایی‌هام و یادآور تمام روزهای بدم بود. از این که قرار بود فردا برگردم شرکت هیجان زده بودم. از فکر این که فردا می‌رفتم پیش صادق حالم خوب بود، لباس‌های فرمم رو درآوردم و اتو کردم، علیرضا اومد بالای سرم ایستاد و نگاهم کرد. با اخم نگاهم می‌کرد، چیزی نمی‌گفت، انتظار داشت از اخمش همه چیز رو بفهمم، تو دلم آرزو می‌کردم از خونه بره، از اخم و نگاهش متنفّر بودم، آرزو می‌کردم دعوامون شه و قهر کنه بره. اون شب علیرضا خیلی زود خوابش برد. به صادق پیام دادم:

"تمام لحظه‌های فراق را به شوق روز دیدار نفس کشیدم."

خیلی زود جواب داد، پیش خودم فکر کردم حتماً اونم دلش تنگ شده و منتظرِ.

"جای خالیت تو شرکت خیلی اذیّتم می‌کنه."

" فردا میام."

جوابی نداد، منم پیامی نفرستادم.

صبح زودتر از علیرضا و بچّه‌ها بیدار شدم، میز صبحانه رو با عجله چیدم. دوست داشتم قبل از بیدار شدن علیرضا از خونه برم، واسه این که زودتر از خونه دور شم قید آرایش کردن رو زدم و زودتر از همیشه رسیدم شرکت. با آرامش نشستم به آرایش کردن. صادق سر وقت همیشگیش اومد، از درکه وارد شد بلند شدم، می‌خندیدم، اونم خندید، دوست داشتم بپرم بغلش، بهم اشاره داد دنبالش برم .رفتم تو اتاقش. به محض این که وارد اتاق شدیم بغلش کردم، لب‌هاش رو می‌خوردم و کیف می‌کردم.

- امروز روزکار نیست.

- اشتباه می‌کنی، اتّفاقاً امروز روزکارِ، چند تا قرار خیلی مهم دارم، باید هردومون شرکت باشیم.

صبحانه رو با هم خوردیم، برام از دبی تعریف کرد، بهم گفت سفر بعدی اگه خواستی می‌تونی باهام بیای، خیلی دوست داشتم می‌تونستم برم ولی بچّه‌ها رو نمی‌تونستم تنها بذارم.

بعد از صبحانه یه عالمه کار داشتیم و اصلاً فرصت نشد همدیگه رو ببینیم. وقتی عصر برگشتم خونه برخلاف تصوّرم علیرضا خونه بود، زیور اومده بود نهار پخته بود، علیرضا هم با بچّه‌ها بازی کرده بود و نهارشون رو هم داده بود و بچّه‌ها دوباره خوابیده بودند.

- سلام.

علیرضا نگام کرد و چیزی نگفت.

- چیزی شده؟

- هر روز تا این موقع روز سرکاری؟

- اگه تو خونه پیش زن و بچّه‌هات بودی می‌فهمیدی که من ساعت یک برمی‌گردم خونه، امروز استثناءً کارم طول کشیده.

- من چی کار کنم که تو دیگه نری سرکار؟

- الان تنها کاری که باید بکنی اینه که بذاری برم سرکار وگرنه زندگیمون تموم می‌شه.

- این سرکار رفتن انقدر برات مهمّه!؟

- چرا سرکار نرفتن انقدر واسه تو مهمّه!؟ کی از زندگیت رفته که یادت افتاده من و بچّه‌ها هم وجود داریم؟

- هیچ اتّفاقی نیفتاده، دلم برات سوخته.

- دلت واسه من نسوخته، از بابا و عمو و محمد شرمنده‌ای، نگران این دو تا بچّه‌ای، پس سر من منّت نذار.

- از هیچکس ابایی ندارم، طلاق دادنت برام کار دو روزه.

- طلاقم بده.

-که بری هر غلطی که دلت می‌خواد بکنی؟ تو مادر دو تا پسری، شرمندهٔ بچّه‌هات نمی‌شی؟

- چرا فکر می‌کنی باید شرمنده باشم؟

- چون مطمئنّم کسی که از سرکار برمی‌گرده انقدر سرحال نیست.

- علیرضا حرف حسابت چیه؟

- نرو سرکار بشین بچّه‌هات رو بزرگ کن.

- تنهایی؟ یا قرارِ تو هم باهامون زندگی کنی؟

- من زن گرفتم، اگه می‌بینی لاپوشونی می‌کنم به خاطر آبروی توئه، الانم تو توی خونهٔ من زندگی می‌کنی، زن منی، تا وقتی که تو این خونه‌ای و تا وقتی که زن منی و مسئولیّتت با منه حق نداری بری سرکار.

- مرسی که برام آبروداری کردی امّا من نه می‌خوام تو این خونه باشم نه می‌خوام

زنت باشم.

رفتم سمت در، می‌خواستم از خونه بزنم بیرون که با عجله اومد جلوم ایستاد و هلم داد.

- حق نداری هیچ جایی بری، می‌شینی همین جا تا زنگ بزنم بابا و برادرت بیان تحویلت بگیرن، فکرکردی هر غلطی دلت بخواد می‌تونی بکنی.

داد می‌زد و رگ‌های گردنش بیرون زده بودند، دور سالن می چرخید، بچّه‌ها از خواب بیدار شدند، با تعجّب نگامون می‌کردن، دوست داشتم از خونه برم بیرون دوباره رفتم سمت در. این بار محکم‌تر هلم داد، بعدش نفهمیدم چی شد.

چشمام رو که بازکردم توی بیمارستان بودم، سروم به دستم وصل بود، تو بخش اورژانس بودم، سرم درد می‌کرد، نگاه کردم علیرضا رو ندیدم، بلند شدم با عجله از بیمارستان بیرون رفتم، می‌دویدم و پشت سرم رو نگاه نمی‌کردم مبادا نگام به علیرضا بیفته، ازگیت بیمارستان خارج شدم، نمی‌دونستم کجام، یه تاکسی گرفتم پول و موبایل و هیچی نداشتم، گوشی راننده رو قرض گرفتم و به صادق زنگ زدم.

- الو صادق.

تا اسمش روگفتم گریه امونم نداد.

- چی شده؟

- تو خونه‌ای؟ می‌تونم بیام پیشت؟

- آره حتماً، می‌خوای بیام دنبالت؟

- نه تو تاکسیم فقط لطفاًکرایهٔ تاکسی رو بیار جلو در بده.

- باشه نگران نباش.

وقتی رسیدم صادق جلوی دربود، من خیلی سریع خزیدم تو خونه، درست نبود همسایه‌ها ببینن. اونم با این سر و وضع. صادق کرایهٔ تاکسی رو داد و اومد.

- سرت چی شده؟

دوباره یادم اومد، سرم درد می‌کنه، سرم پانسمان بود.

- علیرضا هلم داده فکرکنم شکسته.

- لباس‌هاتم همه پاره‌ست، برو داخل تا بهت لباس بدم.

رفتیم داخل لباس‌های فرمم رو درآوردم.

- می‌رم برات لباس بیارم.

- نه لازم نیست، فقط مانتوم پاره بود، فقط می‌خوام دراز بکشم.

رو مبل درازکشیدم و نفهمیدم کی خوابم برد. وقتی بیدار شدم هوا تاریک شده بود، خونهٔ صادق نیمه روشن بود، لامپ‌های سقف خاموش بود و آباژورهای سالن روشن بود. همون‌جا روی مبل نشستم نگران بودم، نمی‌دونستم صادق خونه‌ست یا نه. تلفن روی میز بود، تلفن رو برداشتم به زیورزنگ زدم، سراغ بچّه‌ها روگرفتم، زیورگفت که علیرضا بچّه‌ها رو با خودش برده، حتّی یه چمدون لباس هم براشون برده، قطع کردم، داشتم بلند بلندگریه می‌کردم که صادق از در سالن اومد تو.

- بیدار شدی عزیزم؟ چراگریه می‌کنی.

کلید برق رو زد، پتو روگرفتم جلو صورتم.

اومد نزدیکم، چیزهایی که دستش بود روگذاشت زمین، بغلم کرد و من زار زدم، گریه می‌کردم، جوری گریه می‌کردم که خودم فکر می‌کردم الان جونم از تو دهنم در میاد.

- خواهش می‌کنم دیگه بسه منم حالم بد می‌شه‌ها.

بهم دستمال داد، تی‌شرتش ازگریه‌هام خیس شده بود، اشک‌هام رو پاک کردم.

- ببین برات چی گرفتم.

دوتا زنبیل غذاکنار میز بود.

- غذای خونگی درجه یک. تو قابلمه رویین و بقچه پیچ. هم قرمه سبزی گرفتم هم جوجه هم کباب هم لوبیا پلو. الان ظرف میارم بخوریم.

صادق سینی به دست برگشت، کنار میز جلوی مبل روی زمین نشست، از تو سینی دو تا بشقاب، دو تا لیوان و قاشق و چنگال روی میز چید، بقچه‌ها رو از تو زنبیل درآورد، بازشون کرد، در قابلمه‌ها رو برداشت و همه رو گذاشت وسط میز.

- بیا دیگه سرد می‌شه نمی‌چسبه.

- انقدر استرس دارم که چیزی از گلوم پایین نمی‌ره.

- خواهش می‌کنم به خاطر من، فکر نمی‌کنم نهار هم خورده باشی.

- نه رو همون صبحانه‌ام که با هم خوردیم.

با لبخند و نگاهش ازم خواست غذا بخورم. رو به روش روی زمین نشستم. تو بشقابم غذا کشید. از هر چهار تا مدل غذا برام گذاشت.

- نگران چی هستی؟

- بی قرارم، همش منتظر یه اتّفاق یا خبر بدم.

- هیچ اتّفاق بدی نمیفته نگران نباش.

- نمی‌دونم علیرضا بچّه‌ها رو کجا برده.

- پدرشونه مواظبشونِ، نگران نباش یه عمر تو با بچّه‌ها تنها بودی یه روز هم اون تنها باشه.

تو غذا خوردن تازه فهمیدم دستم چقدر درد می‌کنه.

بعد از غذا بازم صادق تو تکاپوی پذیرایی بود میوه و چای آورد.

- یه جوری ازم پذیرایی می‌کنی انگار که غریبه‌ام.

- من از غریبه‌ها فقط با چای پذیرایی می‌کنم. دیگه نبینم غریبی کنی. هردومون لبخند زدیم. چای ریخت.

- با خانواده‌ات تماس بگیر بهشون اطّلاع بده چی شده، نذار از زبون علیرضا بشنون.

- بهشون چی بگم که ترس و نگرانی من براشون موجّه باشه؟

- همون چیزی که اتّفاق افتاده، لازم نیست چیز بیش‌تری بگی همه چیز به

قدّکافی تلخ هست.

- برای تو تلخِ، برای خانوادهٔ من تلخ نیست عادیِ، یه دعوای زن و شوهری عادی که احتمالاً مقصّرش هم منم.

- چرا این جوری فکر می‌کنی؟

- چون من خانواده‌ام رو می‌شناسم، تو خانوادهٔ ما اتّفاقاتی افتاده که اگه به عنوان یه فیلم وحشتناک می‌دیدیش باورش نمی‌کردی ولی تو زندگی واقعی ما اتّفاق افتاده.

با ابهام و پرسشگرانه نگاهم می‌کرد.

- چه اتّفاقی؟

- گفتنش چه سودی داره؟

- می‌فهمم تو چه شرایطی هستی و بهتر می‌تونم کمکت کنم.

- تو کمکم می‌کنی؟

- معلومِ که کمکت می‌کنم.

- من یه دختر عمو داشتم خواهر علیرضا بود، با خانوادهٔ شوهرش و خود شوهرش مشکل داشت، یه بار خانوادگی زده بودنش پا برهنه اومد خونهٔ عموم ولی چه فایده هر دفعه دوباره می‌فرستادنش تو همون زندگی. یه بار به بهانهٔ این که حامله‌ست، یه بار به خاطر بچّه‌اش، آخرش می‌دونی چی شد؟

منتظر نگاهم می‌کرد.

- آخرش خودش و بچّه‌اش رو کشت.

- واقعاً؟

- آره واقعاً، من از یه همچین خانواده‌ای میام، اون‌ها فکر می‌کنن من یه زندگی ایده آل دارم و باید برای حفظش همه کار بکنم. نمی‌فهمن من چی دوست دارم چی می‌خوام از چی ناراضی‌ام من بی‌اهمّیّت‌ترین موضوع دنیا برای اون‌هاست.

- باهاشون حرف بزن شاید فهمیدن.

- فایده‌ای نداره، مامان من زنیه که هم شاغل بوده هم خانه‌دار، پا به پای بابام کار کرده و زحمت کشیده، کلّ قسط‌های خونمون رو داده، تمام کارهای خونه هم با خودش بود، همیشهٔ خدا هم خانوادهٔ پدرم سرش منّت می‌ذاشتن که ما اجازه می‌دیم تو کار کنی، هیچ‌وقت ندیدم اعتراضی بکنه، همیشه افسرده و دمغ بود، آخر سر می‌دونی چی شد؟

- نگوکه مادرت هم...

خندیدم.

- نه مامانم زنده‌ست ولی جدا از پدرم زندگی می‌کنه، البته بدون این‌که رسماً طلاق گرفته باشه، جسارت همچین کاری رو نداشته یا شاید خودش هم این‌جوری راضی باشه. پدرم دوباره ازدواج کرده الان فهمیدی من از چه خانواده‌ای اومدم.

- واقعاً متأسّف شدم، واقعاً ناراحت‌کننده و نگران‌کننده ست.

ولی به نظرم بازم بهترِ به خانواده‌ات زنگ بزنی.

- دوست ندارم این کار رو بکنم، اونا هیچ کاری در جهت خواسته‌های من نمی‌کنن، نهایتاً میان واسطه می‌شن که علیرضا من رو بپذیره، چون من یه شب خونه نبودم و الان مطمئن باش تو فرهنگ ما من گناه کارم، حتّی اگه فکر کنند خونهٔ یکی از همکارهای خانمم بودم بازم بدون رضایت علیرضا کار وحشتناکی کردم.

- باشه من درکت می‌کنم. فردا زنگ می‌زنم وکیلم بیاد دنبالت، واسه طلاق بهش یه وکالت می‌دی، اوّل باید بری پزشکی قانونی و واسه اتّفاق امروز شکایت کنی بعد باهاش می‌ری خونتون و وسایلت رو جمع می‌کنی، یه واحد آپارتمان مبله دارم که خالیِ، کلیدش رو می‌دم بهت فعلاً برو اون جا ساکن شو، یه قرارداد اجارهٔ صوری هم می‌نویسیم که همه چیز موجّه و قانونی باشه.

- می‌ترسم برم خونه.

- نترس چیزی نمی‌شه، کرامت رو هم باهات می‌فرستم، وکیل قابل اعتمادیِ، حواسش بهت هست.

- اگه علیرضا سر برسه و من رو با یه مرد ببینه!

- وقتی واسه بچّه‌ها لباس برداشته یعنی فعلاً برنمی‌گرده. چای‌ات رو بخور.

چای خوردیم و اون همش سعی می‌کرد آرومم کنه.

- شب می‌خوای همین جا بخوابی؟

- تو می‌ری طبقهٔ بالا؟

- آره می‌رم تو اتاقم.

- من می‌ترسم می‌شه توهم بیای پایین بخوابی؟

-نه اصلاً عادت ندارم، تا صبح خوابم نمی‌بره، صبح هم کمردرد می‌شم، فردا هم روزکاری شلوغی دارم، تو هم که نیستی بالا هم مبل هست بیا رو مبل بالا بخواب.

الان چند روز شده که خونهٔ صادق زندگی می‌کنم، این همهٔ اتّفاقاتیِ که برای من افتاده، دیگه برام مهم نیست که همه در موردم چه فکری می‌کنند، این‌ها رو تعریف نکردم تا بگم بهترین تصمیم‌ها روگرفتم یا اشتباهی نداشتم، این‌ها رو گفتم تا همه بدونند من توی چه شرایطی چه تصمیماتی گرفتم.

دیگه برام مهم نیست که بچّه‌هام با من زندگی کنند یا پیش پدرشون زندگی کنند، من تصمیم گرفتم زندگی خودم رو بسازم، امیدوارم روزی بچّه‌هام به دیدنم بیان، امیدوارم که همیشه خبرهای خوب و موفّقیّتشون رو بشنوم. تصمیم دارم در اوّلین فرصت برای خودم خونه بگیرم، تصمیم دارم از چتر حمایت صادق بیرون بیام، تصمیم دارم برای خودم زندگی کنم، تصمیم دارم از هیچ‌کس نترسم، تصمیم دارم همیشه از مشکلات زندگیم قوی‌تر باشم.